KINDERTOTENLIEDER

DAS BUCH

Keine närrischen Tage in Schweinfurt …
Die Faschingszeit von Altweiberfasching bis Aschermittwoch lähmt die Stadt. Ausgerechnet auf dem Rückert-Denkmal wird eine Leiche gefunden. Welche Feinde hatte der tote Faschingsprinz, ein angesehener Bürger Schweinfurts? Gleichzeitig beschäftigt ein verschwundenes türkisches Mädchen die Öffentlichkeit. Das Schlimmste ist denkbar, und der Vater beschuldigt die Schweinfurter Polizei schwer. Und wieso sammelt ein besessener Industriemanager alles, was mit den „Kindertotenliedern" Friedrich Rückerts zu tun hat?
Eigentlich hat Christian „Blacky" Schwarz, Moderator bei Main-Radio Schweinfurt, anderes zu tun. Er probt fieberhaft für seinen ersten Auftritt mit eigenen Songs. Da er vielleicht der Letzte war, der das türkische Mädchen vor dem Verschwinden gesehen hat, lässt ihm ihr Schicksal keine Ruhe. Auf eigene Faust beginnt er zu ermitteln und sieht sich plötzlich mit zwei Fällen konfrontiert – Fälle, die scheinbar nichts miteinander zu tun haben und am Ende doch ineinander verwoben sind. Gute Ratschläge bekommt er aus dem fernen Irland, wo sein Freund Lothar, Kriminalschriftsteller, in einem Cottage an der Westküste sitzt und gerade über einem Schweinfurt-Krimi brütet.

DER AUTOR

Lothar Reichel, in Schweinfurt geboren, ist Journalist und Schriftsteller. Sein Berufsleben hat er bei den Schweinfurter Justizbehörden begonnen. Schon damals war er der Meinung, dass die Stadt am Main sich hervorragend als literarischer Tatort für Verbrechen aller Art eignet. Seine Schweinfurter Kriminalromane sind wie alle Romane ein Produkt der Phantasie und doch ganz nah an der Wirklichkeit …

Lothar Reichel

KINDER TOTEN LIEDER

Blacky tritt auf

Buchverlag Lothar Reichel

FSC
www.fsc.org
MIX
Papier aus verantwortungsvollen Quellen
Paper from responsible sources
FSC® C105338

Menschentod und Menschenleben
Ist ein Rätsel;
Was die Schicksalsmächte weben,
Ist ein Rätsel.

Dass ihr mir gegeben wart,
Ist ein Wunder,
Dass ich muss zurück euch geben,
Ist ein Rätsel.

Dass ihr mir im Tode lebet,
Ist ein Zauber,
Und bei euerm Tod mein Leben
Ist ein Rätsel.

Friedrich Rückert
Kindertodtenlieder

Mittwoch

Friedrich Rückert war auch an diesem Morgen tief in Gedanken versunken. Die Narrenkappe auf seinem Kopf schien ihn nicht zu stören.

Der Leiter des Schweinfurter Stadtarchivs, Udo Meier, stieg vom Fahrrad, blinzelte im milchigen Frühlicht, schüttelte den Kopf. Er zog das Handy aus der Anoraktasche und steckte es wieder ein. Sollte sich doch drum kümmern, wer mochte. Die Stadtreinigung zum Beispiel. Oder der Oberbürgermeister, der soeben quer über den Marktplatz kam, wie immer den Blick starr auf den Boden gerichtet. Dass mich nur keiner anspricht, hieß das. Meier radelte rasch in die Keßlergasse hinein. Diese Begegnung musste nicht sein. Ein Chef am Morgen bringt Kummer und Sorgen.

Der Oberbürgermeister ging tief in Gedanken versunken auf das Rathaus zu. Friedrich Rückert würdigte er keines Blickes. Erst eine halbe Stunde später verständigte der Standesbeamte Will, ein feinsinniger Mann, empört die Feuerwehr.

*

Um zehn vor acht nutzte Okan Demir den Stau in der Gunnar-Wester-Straße und ließ seine Tochter vor der Friedrich-Rückert-Volksschule aussteigen.

„Mach schnell“, sagte er. „Wir sind spät dran.“

Hülya kämpfte angestrengt mit dem Schulranzen und versuchte die Autotür zu schließen. Demir streckte sich über den Beifahrersitz hinüber, um ihr zu helfen.

„Görüşürüz güzelim", rief er ihr zu, als sie schließlich auf dem Gehweg stand, zart und schmächtig, wie ein hilfloses Vögelchen, das gerade aus dem Nest gefallen war. Und trotzdem eine Prinzessin, kindlich und schön. Okan Demir schloss für eine Sekunde die Augen. Eine jähe Welle maßlosen Vaterstolzes überwältigte ihn. Es gab keine Worte dafür, wie sehr er sie liebte.

„Pass auf dich auf! Bis heute Abend."

Hülya winkte ihm zu und hüpfte davon. Er sah ihr nach, lächelnd vor Glück. Dann gab er sich einen Ruck und legte den ersten Gang ein. Man wartete auf ihn, und der Tag würde nicht erfreulich werden.

*

„Jetzt ist es auf die Sekunde genau acht Uhr und vierzig Minuten. Der Mittwochvormittag auf Main-Radio Schweinfurt. Ich bin Christian Schwarz, und hier ist Phil Collins mit *Dance into the Light.*"

Blacky zog den Regler hoch und sprang auf. Phil würde fast viereinhalb Minuten schmachten, Zeit genug für einen Anschiss. Er riss das Blatt Papier mit dem Moderationstext vom Pult, stürmte aus dem Sendestudio direkt in die Redaktion und brüllte: „Veronika!"

„Is eine rauchen", sagte der aknegeplagte Praktikant, ohne vom Computermonitor aufzuschauen.

„Sie soll ihren dekorativen Hintern sofort zu mir bewegen. Und du guck mich an, wenn du mit mir redest."

„Schon klar", murmelte der Praktikant und hielt den

Blick starr auf den Monitor gerichtet. Er war erst den dritten Tag im Sender, und es konnte ihn schon nichts mehr erschüttern. Was nicht an Main-Radio lag, sondern an dem betrüblichen Umstand, dass er bereits das achte Praktikum irgendwo zwischen den Alpen und der Nordsee machte. Er hatte mittlerweile so ziemlich alles erlebt, gesehen und gehört, die Tendenz ging gegen hoffnungslos, und Schweinfurt war sowieso das Letzte.

„Sören", sagte Blacky mit milder Stimme, „so heißt du doch, oder?"

„Den ganzen Tag. Nachts nennt sie mich Fury."

„Ich wüsst' was Besseres. Aber egal. Würdest du jetzt bitte vor die Tür gehen und Veronika zu mir schicken? Schnell, prompt, rasch und ohne Widerworte?"

„Widerworte? Was is'n das für ein blöder Ausdruck?", nörgelte Sören und erhob sich widerstrebend.

„So sprechen gebildete Menschen mit entsprechendem Wortschatz. Radiomoderatoren zum Beispiel."

„Oder alte Säcke", zischte Sören, gerade noch in Hörweite.

Seit knapp drei Wochen traf ihn ein solcher Satz. Von einem Tag auf den andern. Vierzig zu sein war kein Spaß mehr. Hätte er vorher nicht gedacht. Es fühlte sich an, als wäre ein Schalter umgelegt worden. Plötzlich hatte er das Gefühl, dem Leben endlich ins Gesicht schauen zu müssen. Und zwar dem richtigen Leben. Verantwortung. Familie. Ordnung. Ernsthaftigkeit. Solide werden. Eine erschreckende Vorstellung. Er hatte sogar darüber nachgedacht, sich den Kopf nicht mehr kahl zu rasieren und mit einer braven Halbglatze herumzulaufen. Und die zwei großen Ringe aus dem Ohr zu nehmen. Einen Anzug hatte er sich schon vor einem Jahr gekauft. Nur eine Krawatte hatte er immer noch nicht.

Veronika trödelte herbei. Praktikantin seit sechs desaströsen Wochen. Anfang zwanzig, eigentlich ganz süß. Aber unendlich langsam. Arbeiten, kapieren, reagieren – alles extrem zeitverzögert. Lediglich beim Flirten war sie nicht ganz so begriffsstutzig. Jede noch so harmlose Annäherung blockte sie reflexartig ab. Da war sie richtig gut drin.

Ihr Gesicht ein Fragezeichen. Blacky reichte ihr den Moderationstext, den sie ihm vor zehn Minuten ins Studio gebracht hatte.

„Schau dir das mal an und sag mir, was dir auffällt."

Veronika überflog widerwillig die paar Zeilen, die sie geschrieben hatte: *Große Aufregung herrschte heute Morgen auf dem Schweinfurter Marktplatz. Die Berufsfeuerwehr rückte aus, um mittels einer Drehleiter das Rückertdenkmal von einer Narrenkappe zu befreien, die sich unerklärlicherweise auf dem Kopf des Schweinfurter Dichterfürsten befunden hatte. Wie sie dorthin gelangte, ist noch ungeklärt. Die Polizei geht von einem verfrühten Vaschingsscherz aus. Eventuelle Zeugen können sich direkt an eine Polizeidienststelle wenden.*

„Ja und?", sagte Veronika. „Geiler Text."

„Außer, dass du ihn mal wieder fast wörtlich aus dem Polizeibericht abgeschrieben hast. Kapierst du eigentlich nicht, dass das hier Beamtendeutsch ist? Du sollst fürs Radio schreiben, verdammt noch mal. Locker, flockig, amüsant. Kurze, knackige Sätze."

„Ich find's locker und knackig."

Es hatte keinen Zweck. Sie würde nie verstehen, was er meinte. Ihr Sprachgefühl war das einer Schildkröte und entsprach ihrem Arbeitstempo.

„Da ist aber noch etwas anderes“, sagte Blacky. „Wie schreibt man denn Fasching?“

„Na ja, mit F.“

„Und wieso schreibst du es dann mit V? Vaschingsscherz?“

„Ist doch scheißegal, wie ich es schreibe. Im Radio sieht man es doch sowieso nicht.“

Blacky spürte Grimm in sich aufsteigen. Sogar die Grimms und ihr Wörterbuch.

„Aber hören, wenn ich Waschingsscherz sagen würde. So wie du es geschrieben hast.“

„Wieso? Bei Vater mit Vogel-f sprichst du doch auch automatisch ein Fenster-f und sagst nicht Water. Wo ist das Problem?“

„Das hängt mit der germanischen Lautverschiebung zusammen. Wenn du verstehst, was ich meine. Nein, verstehst du offensichtlich nicht. Bei einem deutschen Wort wird v als f gesprochen. Bei einem Fremdwort als w. Weronika. Wagi… ach, vergiss es! Schreib die Wörter einfach richtig, okay?“

Er war sich bei der Sache mit der germanischen Lautverschiebung zwar nicht sicher, aber so tun als ob war alles. Junge Menschen brauchten klare Ansagen. Verblüfftes Schweigen hing in der Luft, als er ins Sendestudio zurückstapfte. Blitzschnell änderte er den Sendeplan.

„Viertel vor neun wird es gleich. Oder wie man hier bei uns sagt: drei viertel neun. Die Bee Gees mit einem ihrer großen Erfolge: *Words.*“

*

Lars Wenning schaltete das kleine Designerradio aus, das im großzügig dimensionierten Badezimmer auf einer eigens angefertigen Konsole stand. Er rückte den Krawattenknoten noch einmal zurecht und vermied es dabei, sein Gesicht im Spiegel bewusst wahrzunehmen. Man muss sich im Spiegel noch selber anschauen können. Hieß es nicht so? Er hatte schon vorhin beim Rasieren gespürt, dass es damit nun wohl vorbei war. Interessant, welche Wirkung der Entschluss, es zu tun, auf seine Psyche hatte. Er konnte sich selber nicht mehr in die Augen sehen und hatte das Gefühl, jeder würde ihm vom Gesicht ablesen können, was er vorhatte. Und dabei war er bis vor kurzem völlig überzeugt gewesen, in allen Lebenslagen ein eiskalter Hund zu sein, der sein Pokerface in jeder Situation einzusetzen wusste. Aber auch das schien eine Selbsttäuschung gewesen zu sein.

Er ging hinunter in das Vestibül der Villa, wo sein Gepäck schon bereitstand. Sie hatte es ihm gerichtet mit der selbstverständlichen Routine von zwanzig Jahren, und es würde wie immer alles perfekt sein. Jedes Hemd sorgfältigst gebügelt und gefaltet, die passenden Krawatten in mehreren Nuancen zur Auswahl, die Hosen frisch gedünstet, die Schuhe poliert. Im Reisenecessaire würden sich seine bevorzugten drei Herrendüfte finden, die speziellen englischen Zahncremes, die exklusiven Rasierklingen, die es nur in London zu kaufen gab, und wie immer dezent versteckt in einer kleinen Innentasche eine Auswahl hochwertiger Kondome. Vor vier Jahren hatte er sie zum ersten Mal gefunden, er hatte sie nicht darauf angesprochen, und sie hatte nie ein Wort darüber verloren. Ob es ihr aufgefallen war, dass er niemals eines davon angerührt hatte? Oder dachte sie, er würde nur so tun und den Vorrat heimlich ergänzen? Eine der vielen offenen Fragen, die zwischen ihnen standen und nie ausgesprochen wurden. Weil jeder von ihnen Angst vor den Antworten hatte.

Sie kam aus dem Wohnzimmer, schmal, blass, in Jeans und Kaschmirpulli. Er zögerte kurz, dann ging er auf sie zu und küsste sie rasch auf die Wange.

„Ich muss los. Die A 3 ist zurzeit eine einzige Katastrophe."

„Wann kommst du zurück?"

„Hängt davon ab, ob ich noch nach Helsinki muss. Nicht vor Freitagabend. Wahrscheinlich erst am Samstag. Ich rufe dich heute Abend an."

„Natürlich", sagte sie. „Natürlich rufst du heute Abend an."

Er wandte sich rasch ab. Bemühte sich um die lässige Routine einer Geschäftsreise. Koffer in die Garage hinuntertragen. Im Jaguar verstauen. Als er auf den Hof hinausfuhr, stand sie wie immer unter dem Portikus. Er winkte kurz mit der linken Hand, das Tor glitt zur Seite, er bog in die Deutschfeldstraße ab. Im Rückspiegel vergewisserte er sich, dass das Tor sich ordnungsgemäß wieder schloss.

*

Er hatte es hinter sich gebracht, aber es war nicht vorbei. Noch lange nicht. Okan Demir stand am Fenster seines elegant möblierten Büros, schaute hinaus auf den Georg-Wichtermann-Platz und kämpfte mit den Tränen. Die letzte Stunde war hart, bitter und demütigend gewesen. Acht Gesichter, deren Ausdruck in wenigen Minuten von freudiger Erwartung zu entsetzter Fassungslosigkeit gewechselt hatte. Dann flehende Anrufe Allahs, verzweifeltes Schweigen, schließlich Flüche und Verwünschungen, am Ende Drohungen. Acht ehrliche Männer, deren Leben bisher nur aus Arbeit und

Sorge für ihre Familien bestanden hatte. Zwei Gemüsehändler, zwei Facharbeiter, ein Bäcker, ein Taxifahrer, zwei Hausmeister. Männer, die ihm vertraut hatten, weil er nicht irgendwer war, sondern der Schwiegersohn von Bülent Agaoglu Bey. Daran hatte auch das vergangene Jahr nichts verändert, denn trotz all der Querelen war sein Ruf als der erfolgreichste türkische Rechtsanwalt Schweinfurts unangetastet geblieben. Doch damit würde es nun vorbei sein, wenn es ihm nicht gelang, das Versprechen einzulösen, sein Ehrenwort, das ihm die acht Männer am Ende dieser dramatischen Stunde abgerungen hatten.

Okan Demir setzte sich an den Schreibtisch und wählte die Nummer seines Bruders. Murat meldete sich so unmittelbar, als hätte er das Handy schon am Ohr gehabt.

„Wir ziehen es durch", sagte Okan Demir nur. „Heute."

„Ich hoffe bei Gott, du weißt, was du tust", antwortete sein Bruder.

*

Nach der Maxbrücke bog Lars Wenning rechts ab und fuhr auf die Maininsel hinunter. Am Flussufer hielt er an. Er schloss kurz die Augen, wie immer, bevor er vom Gedanken zur Tat überging. Jetzt konnte er noch aufhören, denn mit dem Anruf würde er den Tag auf die andere Spur setzen. Er hatte schon so oft gezögert und immer gewusst, dass er es tun musste. *Du entgehst nicht dem Verhängnis!* Friedrich Rückerts Worte standen auch jetzt wie eingemeißelt vor ihm, er sah sie klar und deutlich, dann öffnete er die Augen und griff zum Handy. Schräg gegenüber, auf der anderen Seite des Flusses, würde in der Chefetage des Hochhauses seine Sekretärin nun den Hörer abnehmen.

„Guten Morgen, Herr Wenning."

„Guten Morgen, Frau Wohlfahrt." Er gab seiner Stimme einen betont gelassenen Klang, wusste aber, dass sie die Sache merkwürdig finden würde. „Ich möchte Sie bitten, den Termin in Göteborg für heute kurzfristig abzusagen. Um ganz ehrlich zu sein, meiner Frau geht es mal wieder nicht so toll, und ich habe mich entschlossen, mit ihr ein paar Tage wegzufahren. Ich weiß, das kommt jetzt überraschend, aber das Meeting hat auch noch Zeit bis nächste Woche. Sagen Sie denen einfach, ich sei krank geworden, und machen Sie einen neuen Termin."

„Selbstverständlich, Herr Wenning. Ich kümmere mich sofort darum." Kein verwunderter Unterton, nur Routine und Freundlichkeit. Eine perfekte Schauspielerin.

„Ach, und Frau Wohlfahrt … Mir wäre es recht, wenn das unter uns bliebe. Es ist ja doch sehr privat."

„Natürlich, Herr Wenning. Sie sind auf Geschäftsreise und kommen erst am Wochenende zurück."

„Ich danke Ihnen sehr. Und falls dennoch etwas sein sollte, bin ich auf dem Handy jederzeit zu erreichen."

„Ich denke, das wird nicht nötig sein. Richten Sie bitte Ihrer Frau meine besten Wünsche aus."

„Das werde ich gerne tun. Auf Wiederhören, Frau Wohlfahrt."

Er trennte die Verbindung und sah einen Augenblick zum Hochhaus hinüber. Dann schaltete er das Handy aus.

*

Murat Demir wartete auf dem Parkplatz vor der Friedrich-Rückert-Schule. Er hörte das schrille Klingeln der Schulglocke, und schon eine halbe Minute später quollen die ersten Kinder aus der Tür. Drollige Zwerge in bunten Anoraks mit viel zu großen Schulranzen. Schließlich tauchten auch die Mädchen auf, die er kannte. Er stieg aus dem Wagen und ging auf sie zu. Erst nach einigen Sekunden fiel ihm auf, dass sie nicht dabei war.

„Merhaba kızlar", sagte er. „Sagt mal, wo ist Hülya?"

„Keine Ahnung", antwortete Damla, Hülyas beste Freundin. „Sie ist weg."

„Was heißt, sie ist weg?"

„Sie ist nach der kleinen Pause nicht mehr ins Klassenzimmer zurückgekommen. Die Lehrerin hat schon versucht, ihren Vater anzurufen."

„Und?"

„Wissen wir nicht. Die Lehrerin hat nichts mehr gesagt."

„Habt ihr sie denn nicht gesehen? Ihr seid doch ständig zusammen."

„Sie war plötzlich verschwunden. Wir haben erst gedacht, sie ist auf dem Klo."

Verwirrt schüttelte Murat den Kopf.

„Und wo ist ihre Tasche? Also ihr Schulranzen oder wie das heißt?"

„Der ist auch weg. Das ist ja das Komische."

„Ja, okay. Dann geht jetzt mal nach Hause. Ich rufe Hülyas Vater an."

Murat Demir ging zum Wagen zurück und wählte nervös die Nummer seines Bruders.

*

Der *Morning Man* … König des Radios. Botschafter des neuen Tages. Seine Herrschaft beginnt frühmorgens zu nachtschlafender Zeit und endet vor Mittag, wenn der Tag zum ersten Mal müde wird. Er weckt Stadt und Land auf und wünscht fröhlich guten Morgen. Fast immer verbreitet er beste Laune, an manchen Tagen muss er der Überbringer schlechter Nachrichten sein. Selbst Morgenmuffel können seinem Werben nicht widerstehen. Er begleitet sie unter die Dusche, putzt mit ihnen Zähne. Wie selbstverständlich sitzt er mit am Frühstückstisch und hat seine Ratschläge parat: ein paar kluge Lebensweisheiten, Tipps für die Gesundheit, Weltwissen in kleinen Dosen. Er weiß um diese Stunde schon, was in der Nacht passiert ist und was der Tag noch bringen wird. Vor allen Dingen kennt er das Wetter und hat den Überblick über die Staus auf den Straßen. Für all das respektieren ihn seine vielen Hörer, aber geliebt wird er wegen seiner Stimme. Die Wunderwaffe des *Morning Man* ist seine Stimme. Damit richtet er die auf, die zaghaft und ratlos am Beginn eines undurchsichtigen Tages stehen. Er tröstet mit ihr die hoffnungslos Einsamen, die auch in dieser Nacht wieder allein gewesen sind. Seine Stimme umschmeichelt die Frauen und gibt den Männern das Gefühl, auch heute wieder ein ganzer Kerl zu sein.

Die Wirkung des *Morning Man* verblasst im Laufe des Vormittags. Der Tag wird unruhiger, die glatte Oberfläche des Morgens zersplittert in zahllose Einzelheiten. Die Hörer zerstreuen sich, werden unerreichbar. Seine Stimme streichelt nun die Hausfrauen, aber sie muss sich gegen Staubsauger und Waschmaschinen behaupten. Er versucht es mit Kochrezepten und Geschichtchen aus der Welt der Regenbogenpresse. Doch seine große Zeit ist längst überschritten, und um zehn Uhr übergibt er das Mikrofon und den Tag an andere Moderatoren, die nun schauen müssen, was sie damit noch anfangen können. Der König des Radios ist müde und tritt ab.

Blacky verließ den Sender nach der Redaktionskonferenz gegen zwölf Uhr, eilig wie immer. Keine Diskussionen jetzt und kein überflüssiges Gequatsche. Carpe diem! Sein Job als *Morning Man* hatte wie alles im Leben zwei Seiten. Er fing früh an und war früh fertig. Allerdings fing er sehr früh an und war deshalb auch entsprechend fertig mit der Welt, wenn mittags der Feierabend begann. Der eigentliche Abend war kurz und kaum der Rede wert. Die Nacht dauerte bis halb vier Uhr morgens. Dann stand er schon wieder auf und brachte sich in Stimmung, um seine Hörer gutgelaunt zu wecken. Die Lebenskunst bestand darin, dem Tag dann noch ein Gesicht zu geben und dem inneren Schweinehund, der „Leg dich aufs Ohr" jaulte, Paroli zu bieten. Dazu hatte er feste Rituale entwickelt.

Als erstes amerikanisch essen gehen, euphemistisch ausgedrückt. McDonald's lag gleich um die Ecke. Trotzdem stieg er in seine Fiat Barchetta. Das gehörte jetzt zum Lebensgefühl relaxter Freiheit. Am grauen Himmel die Ahnung eines Sonnenstrahls. Aber noch viel zu kalt, um das Verdeck zu öffnen, so hartgesotten er in dieser Beziehung auch war. Der Frühling ließ auf sich warten, der Sommer war eine ferne Erinnerung und eine vage Utopie.

Neuerdings aß er nur noch einen Burger und trank Coke Zero. Teil eines ausgeklügelten, aber nicht ausgereiften Fitness- und Diätprogramms, das er sich inkonsequent und sporadisch auferlegte. Dazu gehörte auch die Mitgliedschaft in Schweinfurts exklusivstem Fitnessstudio, die er nicht über Gebühr in Anspruch nahm. Was er allerdings deutlich reduziert hatte, waren seine Abstecher zu Jaques' Wein-Depot in Würzburg; seit er der *Morning Man* bei Main-Radio war, passte Rotwein nicht mehr in die kurze abendliche Entspannungsphase. Und den hochgeschätzten Single Malt trank er sowieso nur, wenn Besuch aus Irland da war.

Weiter im Ritual. Begehung eines Konsumtempels zwecks Belohnung in Form materieller Güter. Albern, aber wirksam, um das Aufkommen jenes leeren Gefühls zu vermeiden, das er verabscheute. Des Gefühls, das plötzlich alles in Frage stellte, weil es bohrende Fragen stellte. Nach dem Sinn und der Zukunft und dem Leben und der Liebe. Fragen, auf die es sowieso keine Antworten gab. Ablenkung war alles.

Er entschied sich für den kurzen Weg. Der Media Markt war nicht weit entfernt und warb in dieser Woche mit extraniedrigen Faschingspreisen. Seine DVD-Sammlung war umfänglich und knallhart auf Wachstum ausgerichtet. Längst hatte sie jede Balance zwischen Filmminuten und voraussichtlich verbleibender freier Lebenszeit verloren, doch so dachte kein unkontrolliert sammelnder Cineast. Die scheinbar wahllose Anhäufung war das Ziel, aber dahinter steckte die Sehnsucht nach einer nie zu erreichenden Vollkommenheit. Sein Freund Lothar trieb es so mit Büchern und er mit Filmen.

Aus der Ahnung des Sonnenstrahls war inzwischen ein deutliches Frühlingssignal geworden. Also nun doch für ein paar Minuten das Verdeck einfahren und sich der *Born-to--be-free*-Illusion hingeben. Blacky fuhr gemütlich die Friedrich-Rätzer-Straße entlang. Auf der Höhe des Gartencenters nahm er aus dem linken Augenwinkel den Sekundenbruchteil von Gefahr wahr und trat heftig auf die Bremse. Der protzige Wagen, dessen Fahrer die Vorfahrtsregelung ungeniert missachtete, schoss dicht an ihm vorbei und bog in seine Fahrtrichtung ab. „Blödes Arschloch", murmelte Blacky und widerstand dem Impuls, kräftig zu hupen. Das brachte jetzt auch nichts mehr, und er konnte nicht umhin, das Auto vor sich zu bewundern. Ein traumschöner Jaguar XJ der Luxusklasse aus der neuen Baureihe in einem eleganten Metallicblau, die Raubkatze unübersehbar auf dem Kofferraumdeckel. Er warf einen Blick auf das Kennzeichen. Eine Zulassung der Stadt Schweinfurt mit einer auffälligen 666 am Ende. Was auch sonst? Das Zeichen des Tieres. Zufall oder Symbol? Wer ein solches Auto fährt, dachte Blacky, überlässt nichts dem Zufall. Und wer bewusst die 666 wählt, hat einen Grund. Welchen auch immer. Er nahm den Fuß vom Gas, weil der Jaguar plötzlich langsamer wurde. Dann sah er das kleine Mädchen auf dem Gehsteig rechts von ihm.

*

Der Gerichtstermin hatte viel länger als erwartet gedauert, und Okan Demir legte die Strecke zwischen der Rüfferstraße und seiner Kanzlei am Georg-Wichtermann-Platz im Laufschritt zurück. Er stürmte an der Sekretärin vorbei in sein Büro, wo Murat mit düsterem Gesicht in einem der Besuchersessel saß. Der Rechtsanwalt schloss sorgfältig die Tür, atmete tief durch und brüllte: „Kannst du mir sofort sagen, was los ist?"

„Ich weiß es nicht."

„Was heißt, du weißt es nicht, Murat? Wo ist Hülya?"

„Ich habe keine Ahnung. Ich weiß nicht, was passiert ist."

„Murat, wenn du mich verarschen willst, dann sieh dich vor. Ich will wissen, wo Hülya ist."

„Mensch, ich weiß es doch auch nicht. Ich komm zur Schule, und sie ist nicht da. Die anderen Mädchen sagen, sie ist während der Pause verschwunden. Ich hab dich sofort angerufen, aber du warst nicht zu erreichen."

„Okay, ganz langsam." Okan Demir fuhr sich mit der Hand übers Gesicht und setzte sich an den Schreibtisch. „Meine Sekretärin erhält aus der Schule einen Anruf, dass Hülya nicht aus der kleinen Pause zurückgekommen ist. Sie ruft mich im Gericht an, und ich denke mir: Was ist Murat doch für ein Idiot. Wieso hält er sich nicht an unseren Plan? Dann stammelst du mir auf die Mobilbox, dass Hülya weg ist. Ich begreife erst gar nicht, was du meinst. Dann denk ich mir, du willst mich verarschen. Einen dummen Witz machen. Und jetzt denke ich mir, du willst mich linken. Zum letzten Mal, wo ist Hülya?"

„Abi, ich schwöre dir als dein Bruder, dass ich es nicht weiß. Ich hab sie ja schon überall gesucht. Zuhause ist sie nicht, in der Nachbarschaft ist sie nicht, niemand hat sie gesehen. Vielleicht ist sie weggelaufen."

„Ach Quatsch. Hülya läuft doch nicht weg. Wohin auch? Es gibt nur eine Erklärung, Murat. Nämlich die, dass du lügst."

„Wie kannst du nur auf eine solche Idee kommen?"

„Weil du Hülya heute entführen solltest und mir jetzt offenbar weismachen willst, dass dir jemand zuvorgekommen ist."

*

Seine Mittagspause verbrachte Alexander Eisentraut gern an dem See mit dem grünen Wasser, der eigentlich direkt hinter der Spedition lag. Allerdings war er durch die A70 vom Industriegebiet abgetrennt und nur über einen Trampelpfad zu erreichen. Er ging immer allein dorthin, weil er niemandem hätte erklären können, was er da wollte. Alles hier, die Bäume, das Ufergras, die Spiegelungen im Wasser bei klarem Wetter, erinnerten ihn an das, was er vergessen wollte. Er kam aus einer einsamen Landschaft, in der es zahllose solcher Seen gab, und früher hatten sie ihm nichts bedeutet. An dem See hier neben der Autobahn, der nicht einsam lag und dennoch friedlich war, verstand er, dass man nicht vergessen konnte. Und er fühlte etwas, das er niemals Heimweh genannt hätte.

Als Alexander Eisentraut an diesem Mittwoch an seinen Arbeitsplatz zurückkehrte und den Mann neben einem Lkw im Hof stehen sah, wusste er sofort, dass man auch ihn und sein Versprechen nicht vergessen hatte.

*

Unverzichtbarer Bestandteil seines Nachmittagsrituals war die große Tasse Cappuccino in der Judengasse. Blacky stellte die Barchetta in der für viel Geld angemieteten Altstadtgarage ab und schlenderte durch Schweinfurts malerischstes Viertel. Vergleiche mit Würzburg oder gar Bamberg durfte man hier nicht ziehen, aber mit viel gutem Willen und ein wenig Kopfkino spürte man Flair, wo in Wirklichkeit keines war. Doch dafür musste man anscheinend am Main geboren sein, denn Sören, der Praktikant, mit dem er vorgestern einen Kneipenbummel gemacht hatte, beschied kurz und knapp: „Das ist ja wohl das ödeste Nest, das ich je gesehen habe." Sören kam aus Wilhelmshaven, und Blacky hatte nur sehr vage Vorstellungen von dieser Stadt. Deshalb hatte er einfach geschwiegen, auch wenn er einen Stich im Herzen verspürte.

Manchmal musste er an seinen alten Fahrlehrer von damals denken. Der hatte jedes Mal, wenn sie durch die von blühenden Bäumen gesäumte Niederwerrner Straße stadteinwärts gondelten, auf Höhe der *La Gondola* geseufzt: „Das hier ist genauso schön wie die Via Veneto in Rom." Was angesichts einer Eisdiele und zweier Pizzerias leicht übertrieben erschien, aber waschechtes Schweinfurter Lebensgefühl ausdrückte. Sein Fahrlehrer fand, wie viele seiner Generation, auch das Sommerbad attraktiver als die Adria und den Baggersee pittoresker als die Riviera. So weit mochte Blacky zwar nicht gehen, aber im Grunde verstand er, was gemeint war.

Nicht original, aber originell war seit neuestem das Kaffeemekka *Viva Porcellino* in der Judengasse für alle, die wussten, wie echter Espresso schmeckte und was ein Barista, eine Faema E 61 oder La Cimbali ist. Die meisten, die das wussten, waren jeden Tag hier und zelebrierten italienische Lebensart. Auch an diesem Nachmittag lehnte der Theaterleiter an einem der Bistrotischchen und gab für ein kleines Publikum Wiener Schmäh von sich. Versteckt in einer Ecke äugte eine ehemalige Oberbürgermeisterin hinter der *Frankfurter Allgemeinen Zeitung* hervor und hoffte, gesehen zu werden. Blacky nickte ihr freundlich zu, bestellte seinen Cappuccino und setzte sich ans Fenster. Er nahm die *Süddeutsche Zeitung* vom Haken und blätterte sie durch. Anders als die meisten las er das „Streiflicht" auf der Seite eins immer zuletzt. Im Bayernteil blieb er an einem Artikel hängen, weil ihm das Wort „Golfanlage" im Zusammenhang mit „kriminellen Machenschaften" auffiel. Das müsste doch eigentlich Lothar interessieren. Sicher spielte der auch heute in Irland seine tägliche Runde Golf, nachdem er sein Tagespensum geschrieben hatte; er wurde nicht müde, bei jedem Anruf süffisant darauf hinzuweisen.

Blacky überflog den Artikel. Ein gigantisches Investitionsprojekt im Fränkischen Seenland südöstlich von Ansbach war gescheitert. Man hatte anscheinend Tausenden von Kleinanlegern weisgemacht, mitten im Naturpark Altmühltal die exklusivste Golfanlage Deutschlands mit mehreren Luxusresorts, Seniorenresidenzen und einer alle Dimensionen sprengenden Wellness-Oase bauen zu wollen. Außerdem hatte man ihnen vorgegaukelt, noch in diesem Jahrzehnt ausgerechnet den Ryder Cup, das renommierteste Golfturnier der Welt, dort auszutragen und alles in allem Profit ohne Ende zu machen. Eine Seifenblase von A bis Z, aber sie war erst einmal schillernd umhergeschwebt und hatte gierige Gemüter aller Couleur erregt. Nun war sie geplatzt, der Schaden war groß, und die Gesichter waren lang. Interessant fand Blacky die Information im letzten Absatz, dass auch gegen einen renommierten Schweinfurter Geschäftsmann Ermittlungen in dieser Sache liefen. Er zog sein Notizbuch aus der Tasche und machte sich einen Vermerk. Zum einen wollte er Lothar auf den Artikel hinweisen; der konnte die Geschichte vielleicht für sein Buch verwenden. Außerdem würde er morgen die Redaktionskonferenz damit konfrontieren. Es war ja wieder einmal typisch, dass eine überregionale Zeitung über solche Details schon Bescheid wusste, während die Medien vor Ort vor sich hinschnarchten. Und drittens würde er heute noch die Polizeisprecherin anrufen und dezent auf den Busch klopfen. Zufrieden trank er den Cappuccino aus.

*

Am späten Nachmittag schwante es Melanie Rudloff, dass etwas überhaupt nicht stimmte. Er rief nicht an, und sie konnte ihn nicht erreichen. Sein Handy war abgeschaltet. Das war völlig ungewöhnlich. In einem Anfall von Panik hörte sie Nachrichten, ob es auf einem Flug nach Göteborg einen Zwischenfall gegeben hatte. Nichts dergleichen. Er machte das Handy sonst nur aus, wenn er in der Luft war. Und er rief immer sofort nach der Landung an. Weil er wusste, dass sie zur Hysterie neigte und ihre Flugangst ständig auf ihn übertrug. Und natürlich rief er auch vor dem Abflug an und überhaupt fast jeden Morgen zur gleichen Zeit, und heute hatte er sich noch gar nicht gemeldet. Sie konnte sich an keinen Tag in den letzten Jahren erinnern, der so gewesen wäre – von Weihnachten abgesehen, aber da herrschte immer Ausnahmezustand.

Sie hatten sich gestern am späten Nachmittag gesehen. Wie so oft leider nur kurz, aber so war es nun einmal. Er war liebenswürdig und charmant gewesen und hatte eine seiner kleinen Überraschungen parat gehabt.

„Ich habe da eine Idee“, hatte er gesagt. „Ich muss morgen nach Göteborg und komme am Freitagnachmittag zurück. Meiner Frau habe ich gesagt, dass ich wahrscheinlich bis Samstag bleibe. Bestimmt fällt wegen des Wetters aber ein Flug aus, und ich kann erst am Sonntag fliegen. Ich nehme mal an, dein Mann ist das gesamte Faschingswochenende komplett auf Tour und legt keinen Wert auf deine Anwesenheit?“

Sie hatte sofort verstanden und ihn angestrahlt.

„Er weiß zurzeit nicht einmal, dass ich überhaupt existiere“, hatte sie gesagt.

„Dann komm Freitag mittags zum Flughafen, und wir

nehmen die nächste Maschine nach Venedig. Dort soll auch Karneval sein.“

Es würde schwierig zu organisieren sein, aber sie hatte sofort zugesagt. In der Nacht konnte sie vor Freude kaum schlafen. Dass er nun ausgerechnet heute nichts von sich hören ließ, war sehr beunruhigend und machte ihr Angst.

*

Blacky wohnte in der Frauengasse im Schweinfurter Zürch. Eine Adresse, die er je nach Lebenslage als beziehungsreich oder spöttisch empfand. Zurzeit schien sie ihn wieder einmal zu verspotten.

Sanierter und modernisierter Altbau, schick, hip und teuer. Wenn er von der uralten Gasse auf die Haustür zuging, hatte er das Gefühl, in der Heimat verwurzelt zu sein, im lichtdurchfluteten Penthouse hoch über den Dächern der Stadt aber ein Gefühl von Freiheit und Weite. Jetzt konnte Schweinfurt auch Paris oder New York sein. Und wenn er dann die Gitarre nahm und zu singen begann, war er ganz weit weg. In einer anderen Welt, von der er manchmal träumte, die er nie erreichen würde. Eine Welt jenseits von Schweinfurt und seinem kleinen Radiosender. Die Welt der unbegrenzten Möglichkeiten.

Viele seiner Songs handelten davon. Sehnsüchtige Balladen, von denen er manche schon während der Schulzeit geschrieben hatte. Er hatte die besten davon wieder hervorgekramt, sie neu aufpoliert, überarbeitet, an Texten und Melodien gefeilt, kompliziertere Gitarrengriffe hinzugefügt. In den letzten Jahren waren neue dazugekommen, die vielleicht besser waren, aber oft den alten elegischen Grundton hatten. Schnellere, leichtere, optimistischere Titel gingen ihm schwerer von der Hand. Aber aufs Ganze gesehen war er inzwischen recht zufrieden mit seinem persönlichen Repertoire. So zufrieden, dass er sich endlich vor ein paar Monaten getraut hatte, daraus ein Programm von zwanzig Songs und vier Zugaben zusammenzustellen und es der Disharmonie anzubieten. Zu seinem Erstaunen waren die Kulturwerkstättler sofort darauf eingegangen und hatten ihm für seinen ersten Auftritt eine Nische angeboten: am Faschingsdienstagabend um zweiundzwanzig Uhr, die beiden letzten Stunden der närrischen Tage. Für alle, die keinen ausgelassenen Kehraus suchten, sondern ruhig und nachdenklich den Fasching zu Grabe tragen wollten. Es gäbe ein spezielles Publikum dafür, wurde ihm versichert, mit einigen Zweifeln hatte er sich darauf eingelassen. Überraschenderweise war das Konzert schon restlos ausverkauft, und er hatte mittlerweile noch einen eigenen Aschermittwoch-Blues dafür geschrieben. Je näher der Abend jetzt rückte, umso flauer wurde ihm.

Um 17.30 Uhr legte er die Gitarre beiseite und schaltete das Radio ein. Die letzten Lokalnachrichten des Tages. Patricia hatte Spätdienst und klang souverän wie immer. Man musste sie schon genau kennen, um zu spüren, dass sie trotzdem unter Druck war. Als er die erste Meldung hörte, wusste er auch, weshalb.

„Seit dem späten Vormittag wird die neunjährige Hülya vermisst. Wie die Polizei soeben mitteilte, verschwand die Schülerin der Friedrich-Rückert-Schule spurlos während einer Unterrichtspause. Da inzwischen davon ausgegangen werden kann, dass sie nicht von sich aus weggelaufen ist, ermittelt die Kriminalpolizei in alle Richtungen und bittet die Bevölkerung um sachdienliche Hinweise. Hülya ist türkischstämmig und für ihr Alter noch recht klein. Sie hat dichtes, langes schwarzes Haar und trägt einen pinkfarbenen Pullover, schwarze Jeans, schwarze Stiefel und einen auffällig gelben Anorak. Sie könnte ihren Schulranzen aus hellgrünem Kunststoff bei sich haben, an dem ein kleiner Eisbär aus Plüsch befestigt ist. Wer das Mädchen gesehen hat oder weiß, so sich Hülya aufhält, möge sich bitte sofort mit der Polizeidirektion Schweinfurt unter der Rufnummer zwei-null-zwei-null in Verbindung setzen."

Blacky wartete, bis Patricia die restlichen Meldungen gelesen und heftige Regenfälle für die Nacht angekündigt hatte, dann rief er sie an.

„Gibt es noch irgendwelche Hintergründe bei dem türkischen Mädchen, die ich für morgen früh wissen sollte?"

„Nö, eigentlich nicht." Sie hörte sich müde und genervt an. „Die sind nur jetzt in allerletzter Minute damit angekommen. Anscheinend gibt's einen Mordsstress hinter den Kulissen, weil der Vater Rechtsanwalt ist und einen Riesenterz veranstaltet. Na ja, kann man ja auch verstehen."

„Ich glaube, ich habe das Mädchen heute Mittag gesehen", sagte Blacky.

„Was? Wo?"

„Das war schon eine ziemlich seltsame Geschichte. Die Kleine mutterseelenallein im Industriegebiet, in der Nähe vom Media Markt. Und dann war da noch ein Jaguar, der neben ihr angehalten hat. Ich weiß aber nicht, ob sie eingestiegen ist."

„Da solltest du unbedingt gleich Bescheid sagen."

„Ja, klar. Ich rufe Kerstin sofort an."

„Mach das. Du rufst sie doch sowieso gerne an", stichelte Patricia. „Und dann schlaf gut."

Polizeioberkommissarin Kerstin Weiß, die Pressesprecherin der Schweinfurter Polizei, hob nicht gleich ab, als sie Blackys Nummer sah. Er sollte ruhig einen Augenblick zappeln. Dann meldete sie sich mit betont dienstlicher Stimme.

„Polizei Schweinfurt. Weiß."

„Hallo, Kerstin, hier ist Blacky. Du arbeitest ja tatsächlich noch."

„Immer im Dienst, wie man so schön sagt. Was kann ich für dich tun?"

Sie war nach diesem Nachmittag abgenervt und fertig und hatte keine Lust auf das übliche Geplänkel und die Frotzeleien zwischen ihnen. Er schien es sofort zu spüren und kam gleich zur Sache.

„Du, ich glaube, ich habe das verschwundene türkische Mädchen gesehen."

„Bist du sicher?"

„Nein, aber der Beschreibung nach müsste sie es gewesen sein. Dunkle, lange Haare, gelber Anorak, farbiger Schulranzen. Sie war völlig allein unterwegs in der Friedrich-Rätzer-Straße. Vielleicht wollte sie zum Media Markt. Mehr ist dort ja nicht. Komisch war jedenfalls, dass ein protziger Jaguar direkt neben ihr angehalten hat. Ich bin an ihm vorbeigefahren und habe im Rückspiegel gesehen, wie der Fahrer ausgestiegen ist."

„Ein Mann?"

„Ja, im Anzug. Aber ich könnte ihn nicht beschreiben. Ich bin dann auf den Parkplatz des Media Marktes abgebogen. Keine Ahnung, ob sie ins Auto eingestiegen ist."

„Wann war das?"

„Gegen Viertel vor eins. Soll ich noch bei euch vorbeikommen, um das zu Protokoll zu geben?"

„Nee du, lass mal. Ich mach einen Vermerk und bringe ihn gleich selbst zu den Kollegen. Wenn die noch was wissen wollen, melden sie sich bei dir. Aber sei mal in der nächsten Zeit erreichbar, okay?“

„Für dich bin ich doch immer erreichbar.“

Sie war zu müde, um darauf etwas zu erwidern. Ihr Schweigen schien ihn einen Moment lang zu irritieren, dann sagte er: „Hast du noch Fragen?“

„Nein, im Augenblick nicht. Wir melden uns.“

„Du könntest mich zum Beispiel doch fragen …“

Nein, dachte Kerstin Weiß, bitte, Blacky, nicht heute …

„… ob ich nicht zufällig das Autokennzeichen weiß, Frau Weiß.“

Sie spürte, dass sie rot wurde, obwohl sie allein war. Was für ein Anfängerfehler.

„Okay,“, sagte sie und kicherte nervös. „Du hast was gut bei mir. Also, was ich dich noch fragen wollte: Hast du dir eventuell das amtliche Kennzeichen des Jaguars gemerkt?“

*

Blacky gab ihr die Daten durch und verkniff sich jeden weiteren Kommentar. Sie war heute nicht gut drauf. Er überlegte, ob er es dabei belassen sollte. Doch sein journalistischer Ehrgeiz kitzelte ihn gerade sehr.

„Da ist noch etwas“, sagte er und versuchte harmlos zu klingen. „In der Süddeutschen Zeitung steht heute, dass es Ermittlungen gegen einen renommierten Schweinfurter Geschäftsmann geben soll. Wegen einer Betrugsgeschichte. Irgendwas im Fränkischen Seenland. Es klingt ziemlich kompliziert.“

„Dazu kann ich nichts sagen.“

Der Satz kam wie aus der Pistole geschossen. Aber er war zweideutig.

„Weil du nichts weißt, oder weil du nicht darfst?"

„Kein Kommentar."

Oho. Bei diesen zwei Wörtern schrillten die Alarmglocken jedes Journalisten.

„Also ist was dran an der Sache?"

„Wie gesagt, kein Kommentar."

„Hatte ich nicht noch was gut bei dir?"

„Hör zu, Blacky." Sie wechselte in den sehr persönlichen Tonfall. „Wenn ich dir sage, ich kann dazu nichts sagen, dann habe ich dir damit schon etwas gesagt. Mehr ist nicht drin. Jetzt ist ja erst einmal Fasching, und dann sehen wir weiter."

„Was hat denn der Fasching damit zu tun?"

„Gar nichts", sagte Kerstin Weiß. „Eigentlich gar nichts."

Ihr Unterton verwirrte ihn. Er hatte das Gefühl, gerade ziemlich auf dem Schlauch zu stehen.

„Aber", fügte sie hinzu, „am Aschermittwoch ist ja bekanntlich alles vorüber. Auch die Schonzeit für Geschäftsmänner und Faschingsprinzen."

Es dauerte mehrere Augenblicke und eine kleine Ewigkeit, bis der Groschen fiel.

„Okay", sagte er. „Ich glaube, ich habe verstanden."

„Ich hoffe nicht", erwiderte sie. „Doch apropos Fasching. Ich bin natürlich dabei."

„Wo dabei?" Er war schon wieder verwirrt.

„Na, bei deinem großen Auftritt. Faschingsdienstag. Disharmonie. Zweiundzwanzig Uhr."

„Echt? Ich fühle mich geehrt. Aber hast du denn eine Karte? Es ist schon alles ausverkauft."

„Tja, nachdem du mir keine Freikarte angeboten hast, musste ich mir wohl oder übel eine kaufen.“

„Oh, hm, ja … Ich dachte ja nicht …“

„Denken, mein Lieber, ist eine hohe Kunst. Wir seh'n uns dann!“

Sie legte auf, und er beschloss, heute gar nichts mehr zu denken. Oder an etwas anderes zu denken. Er hatte bei den extraniedrigen Faschingspreisen zugeschlagen und sich endlich die ultimative Specialedition von *Twin Peaks* zugelegt, mit dem Pilotfilm und allen 29 Episoden. Wenn er jetzt noch dieses magische Labyrinth betrat, dann war er für diesen Abend verloren. Aber warum eigentlich nicht?

*

Im düsteren Grau des Abends hätte er den Aufruhr seines Inneren wiederfinden können, aber er nahm es gar nicht wahr. Er starrte hinaus auf die regennasse Luitpoldstraße, ohne etwas zu sehen. Okan Demir hatte sich immer viel eingebildet auf seinen raschen Verstand und seine brillante Kombinationsgabe, doch an diesem Nachmittag war er damit nicht weitergekommen. Er hatte nichts herausgefunden, gar nichts. Hülya war verschwunden, spurlos, und er brütete finster über die einzige Erklärungsmöglichkeit nach, die ihm einfiel. Es schien, als ob ihn das Schicksal grausam verspotten wollte. Nur die Teufel konnten hinter all dem stecken, weil sie sich an ihm rächen wollten. Oder hießen die Teufel doch einfach nur Zufall? Das war kaum vorstellbar, und Okan Demir hatte panische Angst davor, den Teufeln die Stirn zu bieten, um Hülya zurückzuholen.

*

Der Wirt des Gasthofs *Steigerwaldstube* in Handthal schloss das Fenster wieder. Küchendunst war nach draußen gedrungen und hatte sich mit der schweren Nässe des regnerischen Abends vermischt. Am Stammtisch wurde noch lautstark Schafkopf gekartet.

„Hast was gsehn?", fragte einer der Kartenspieler.

„Ja, scho", sagte der Wirt. „Der Pinkel is grad komme."

„Was? Um die Zeit? Und unner die Woch?"

„Ja, des is komisch. Die war'n überhaupt scho monatelang nimmer da."

„Und is er mi'm Jaguar da oder mi'm Cayenne?"

„Ja, des is aa komisch. Der is mit so'm Transporter in die Garasch neigfahrn."

„Noja, da wird er halt widder irgendwelche Antiquitäten für sei Domizil gekäfft ham. Die hams ja."

„Des kann uns ja a grad wurscht sei", meinte der Wirt und setzte sich mit an den Tisch.

*

Am späten Abend setzte in Schweinfurt ein Regen ein, der die Sintflut anzukündigen schien. Es war, als ob seine Heftigkeit alles wegwaschen wollte, was sich an Schmutz, Unrat und Schuld angesammelt hatte. Der Stadtarchivar Meier hörte währenddessen Wagner, der Standesbeamte Will las Gedichte von Friedrich Rückert. Der Theaterleiter saß zuhause und schimpfte über das Fernsehprogramm, eine ehemalige Oberbürgermeisterin stand vor dem Spiegel und schminkte sich ab. Der Oberbürgermeister stand vor dem Kleiderschrank und überlegte, welche Krawatte er sich morgen abschneiden lassen sollte. Blacky schlief bereits, und sein Radiowecker blinkte unentwegt rote Zahlen in die Dunkelheit.

Altweiberfasching

Auch an diesem Morgen war Friedrich Rückert tief in Gedanken versunken. Die Leiche, die er auf dem Schoß hielt, schien ihn nicht zu stören.

Eine rabenschwarze Nacht hatte den Regen aufgesogen; sie wich nur zögernd der fast lichtlosen bleigrauen Dämmerung. Es dauerte lange, bis das Rückert-Denkmal auf dem Schweinfurter Marktplatz seine Überraschung preisgab.

Der Taxifahrer Rudi Vollert stieg aus dem Auto, fröstelte und machte mechanisch ein paar halbherzige Dehnübungen. Die Bandscheiben plagten ihn, er hatte Magenschmerzen, die Müdigkeit brannte ihm fast den Kopf leer. So eine Nacht wie diese hatte er in dreißig Jahren noch nicht erlebt. Wie alle Kollegen konnte er sich keinen Reim darauf machen.

Er ging mit schweren Beinen einige Schritte vom Taxistand vor dem Rathaus quer über den Marktplatz und zündete sich eine Zigarette an. Nach dem ersten Zug legte er den Kopf nach hinten und stieß den Rauch hinaus in die feuchte, kalte Luft. Dann sah er ihn. Erst erstaunt, dann ungläubig, dann entsetzt.

Die erste Sache war gegen halb drei morgens hereingekommen. Die Taxizentrale beorderte alle verfügbaren Wagen zur Kulturhalle nach Grafenrheinfeld. Dort würden über sechzig vergnügte und betrunkene Frauen warten, um in alle Himmelsrichtungen kutschiert zu werden. Als Rudi Vollert und die Kollegen ankamen, lag die Kulturhalle einsam in tiefer Dunkelheit. Von besoffenen Weibern keine Spur. Ärger und Gefluche. Einige Minuten später wurde es dramatisch. Die Kollegin Rita Halbleib meldete einen Notruf. Sie sei von einem Mann in Clownskostüm überfallen und entführt worden. Ihre Position sei die B 19 auf der Höhe von Poppenhausen, was von der Taxizentrale per GPS-Peilung auch umgehend bestätigt wurde. Der Funkverkehr zu ihr war dann abrupt abgebrochen, aber wie in solchen Fällen üblich, machten sich sofort ausnahmslos alle Taxis in und um Schweinfurt mit quietschenden Reifen auf den Weg. Sie waren schneller vor Ort als die Streifenwagen der Polizei. Das Taxi war rasch gefunden, es stand verlassen und mit offenen Türen mitten auf der Kreisstraße nach Holzhausen.

Noch bevor alle zur Suche ausschwärmen konnten, tauchte Rita Halbleib aus einem Waldstück auf. Sie schien völlig unversehrt und war sogar recht heiter drauf. Ihrem Bericht nach hatte der Clown ihr nichts angetan und sie auch nicht beraubt. Er habe lediglich mit einer Pistole herumgefuchtelt, sei dabei aber ausnehmend freundlich und nett gewesen und habe sie bei Poppenhausen ausdrücklich aufgefordert, einen Notruf abzusetzen. Dann musste sie Richtung Holzhausen abbiegen und schließlich auf der Straße anhalten. Er verband ihr die Augen, ließ sie aussteigen und führte sie auf matschigen Boden. Sie befürchtete schon das Schlimmste, da sagte er plötzlich „Tschüs", und sie hörte, wie er wegrannte. Als sie die Augenbinde abgerissen hatte, stellte sie fest, dass sie allein im Wald stand und an ihren Schuhen große Klumpen von Dreck hingen. Das war das

Einzige, was sie heftig beklagte, als sie den Kollegen und den Polizeibeamten ihr Abenteuer erzählte. Den Mann konnte sie weiter nicht beschreiben, er sei als Zirkusclown kostümiert und geschminkt gewesen und habe einen leicht ausländischen Akzent gehabt. Er war am Schweinfurter Hauptbahnhof eingestiegen und wollte nach Bad Kissingen. Am Anfang habe er völlig harmlos gewirkt, bis er bei Kronungen plötzlich eine Pistole aus der Tasche zog.

Einige der Kollegen hatten noch versucht, den Täter zu verfolgen, gaben aber auf, als die ersten Wagen im Schlamm der Feldwege des nördlichen Landkreises Schweinfurt steckengeblieben waren. Es wurde vier Uhr morgens, bis sie wieder in die Stadt zurückkehrten.

Als Rudi Vollert kurz vor Sonnenaufgang die Leiche auf dem Rückert-Denkmal sah, begriff er, dass sie an der Nase herumgeführt worden waren.

*

Es war ein Mann im schwarzen Anzug. Auf dem Kopf trug er eine Narrenkappe. Sein Gesicht wächsern bleich, die Augen weit geöffnet. Er hatte eine Krawatte um, die kurz unter dem Knoten abgeschnitten worden war. Eigentlich saß er nicht wirklich auf dem Schoß Friedrich Rückerts, sondern hing dort in grotesker Haltung. Das rechte Handgelenk war mit einem dünnen schwarzen Seil an die rechte Hand Rückerts gebunden, auf die sich der Dichter in seiner nachdenklichen Pose stützte. Der linke Arm des Mannes hing schlaff nach unten. Um den Oberkörper wand sich ein dickes schwarzes Seil, das beidseitig hinter die Bronzefigur führte und dort kompliziert verknotet war. Die beiden Seile fixierten die Leiche oben auf dem Denkmal, aber da sie schwarz waren, konnte man sie in der Dämmerung nicht auf den ersten Blick erkennen. So schien es, als sitze der tote Mann halb auf dem Schoß des Dichters und halb auf dem aufgeschlagenen Buch, das Friedrich Rückert vor sich liegen hatte. Die Beine des Mannes baumelten über die Knie der Figur herunter. Er trug schwarze Lackschuhe.

*

Die polizeilichen Ermittlungen begannen schleppend. Nach dem Notruf durch die Taxizentrale rasten zwar sehr bald zwei Streifenwagen mit Blaulicht und Martinshorn über den Marktplatz, gefolgt von Rettungsdienst und Notarzt des Roten Kreuzes. Doch dann herrschte erst einmal Ratlosigkeit. Rudi Vollert und seine Kollegen standen um das Denkmal herum und kommentierten fachmännisch die Bemühungen der Beamten, die Angelegenheit in den Griff zu kriegen.

Als Erstes versuchte der Notarzt, das Denkmal zu ersteigen und sich der Leiche zu nähern. Da er klein und etwas korpulent war, gelang ihm das nur mit erheblicher Mühe und der Hilfe von zwei Rettungssanitätern. Schon bald winkte er ab und rief hinunter: „Der ist mausetot."

„Okay,", sagte ein kräftiger Polizeihauptmeister, der sich offenbar dazu entschieden hatte, das Sagen zu haben. „Das wäre dann schon einmal geklärt. Stellt sich die Frage, ob es sich um einen Unfall, Selbstmord oder ein Tötungsdelikt handelt."

Der kleine Notarzt sah ihn nachdenklich an.

„Ich an Ihrer Stelle würde die Mordkommission verständigen. Der hat sich da oben nicht von allein festgebunden."

*

Sören aus Wilhelmshaven stürmte um zehn nach sieben in die Redaktion von Main-Radio Schweinfurt. Sein Dienst begann um sieben Uhr, aber bevor ihn Patricia, die Chefin vom Dienst, tadeln konnte, rief er: „Heute ist der Tag der Tage! Und ich bin der Erste. Ich brauche sofort ein Reportagegerät und ein Diensthandy. Und dann geht's los."

„Was geht los?", fragte Patricia.

„Mord!", schrie Sören. „Mord in Schweinfurt. Eine Leiche auf dem Marktplatz. Auf dem Denkmal. Ich bin eben mit dem Rad vorbeigekommen. Die Hölle ist los."

Er rannte an Patricia vorbei ins Sendestudio, wo Blacky seit einer Stunde on air war.

„Heute kriegst du was zu tun", sprudelte er. „Wir haben eine Leiche. Wahrscheinlich Mord. Der Hammer, sag ich dir. Ich hab schon mit der Kripo gesprochen. Also das heißt, ich hab's versucht. Die lassen natürlich noch nichts raus. Aber ich bin dran. Ich fahr jetzt wieder auf den Marktplatz und stelle knallharte Fragen. Ihr bekommt von mir Informationen im Fünf-Minuten-Takt. Wenn ich anrufe, nimmst du mich sofort auf Sendung, okay?"

„Jetzt mal langsam", sagte Blacky genervt. „Was ist überhaupt los? Und wieso bist ausgerechnet du derjenige, der sich darum kümmert? Du bist hier Praktikant und sonst gar nichts."

„Ja, aber ich bin nun mal Spezialist für bizarre Mordfälle. Und das hier ist sehr bizarr, sag ich dir. Sehr bizarr."

*

Als es endlich hell geworden war, hatte sich der Schweinfurter Marktplatz verwandelt. Nach dem ersten Wutanfall des Leiters der Mordkommission, Kriminalhauptkommissar

Wolfram Bayer, dem noch weitere folgten, hatten Polizeibeamte und Feuerwehrleute damit begonnen, das gesamte Areal weiträumig abzusperren, um Gaffer fernzuhalten. Was nur bedingt etwas brachte, weil aus den Fenstern der umliegenden Gebäude mittlerweile Dutzende von Menschen das Geschehen aufmerksam verfolgten. Sie konnten hautnah miterleben, wie ein hünenhafter Kriminalbeamter in speckiger Lederjacke sich genauso verhielt, wie sie es vom Fernsehen kannten. Er machte erst einmal die Streifenpolizisten, Taxifahrer und Rettungssanitäter rund, weil sie seiner Ansicht nach Spuren vernichtet hatten. Dann regten ihn die Passanten auf, die über den Platz kamen und ungeniert alles in Augenschein nahmen. Schließlich erboste es ihn, dass sich die Ankunft des Gerichtsmediziners aus Würzburg verzögern würde. Er beruhigte sich allerdings auffallend schnell, als aus einem dunklen Zivilfahrzeug ein gutgekleideter, schlanker grauhaariger Mann stieg, der Souveränität und Ruhe ausstrahlte.

*

Sören machte seine Sache gut, fand Blacky. Er würde es ihm zwar nie sagen, aber die kurzen Berichte, die er übers Handy durchgab, waren durchaus brauchbar. Natürlich tat er einen auf reißerisch und ahmte unverkennbar amerikanische Sensationsreporter nach, doch die Hörer von Main-Radio waren so bestens im Bilde über die Ereignisse auf dem Schweinfurter Marktplatz.

„Hier am Tatort, dem Schauplatz eines ungeheuerlichen Verbrechens, tut sich gerade jetzt eine ganze Menge. Zum einen ist soeben der Leitende Oberstaatsanwalt hier angekommen und scheint nun das Kommando zu übernehmen.

Zum anderen wird wohl auch der Gerichtsmediziner aus Würzburg in Kürze erwartet. Wie wir natürlich alle wissen, muss er die Leiche in situ inspizieren, um erste Schlüsse zu ziehen. Wie ich soeben von einem Feuerwehrmann erfahren habe, wird dazu allerdings um das gesamte Rückert-Denkmal eine schwarze Plastikfolie als Sichtschutz gespannt. Die Vorbereitungen sind bereits im Gange, mehrere Feuerwehrfahrzeuge haben das Denkmal mittlerweile umstellt. Ich werde mich natürlich davon nicht abhalten lassen, weiterhin live direkt vom Ort des Geschehens zu berichten."

Blacky griff über das Studiomikrofon ein, bevor Sören ganz abhob.

„Sören, eine Frage noch, die wir uns an diesem Morgen alle stellen: Wer ist der Tote, der so makaber auf dem Rückert-Denkmal in Schweinfurt quasi ausgestellt wurde?"

„Ja, Christian, diese Frage wird hier überall heftig diskutiert, und es schwirren die wildesten Gerüchte umher. Fakt ist, dass es darüber noch keine offiziellen Informationen gibt. Seit fast zwei Stunden bedeckt ein großes weißes Tuch die Leiche. Und die wenigen, die den Toten bisher aus der Nähe sehen konnten, hüllen sich in Schweigen. Ich habe allerdings in Erfahrung gebracht, dass er angeblich eine Narrenkappe auf dem Kopf trägt. Außerdem sei seine Krawatte abgeschnitten worden. Was alles sehr bizarr klingt. So weit erst einmal Sören Eckenstade für Main-Radio Schweinfurt."

*

Es klingelte an der Wohnungstür, als Okan Demir gerade sorgfältig seine Krawatte band. Trotz einer schlaflosen Nacht und eines grauenhaften Morgens musste er sich die nächsten Stunden durch einige wichtige Termine hindurchkämpfen.

Er ging zur Tür und öffnete. Ein Mann und eine junge Frau, die er beide flüchtig kannte, standen im Treppenhaus und sahen ihn ernst an.

„Kriminalpolizei Schweinfurt", sagte der Mann. „Mein Name ist Lutz, und das ist meine Kollegin Werner."

„Ja, ich weiß. Ich kenne Sie. Vom Gericht. Haben Sie Hülya gefunden?"

„Dürfen wir bitte hereinkommen?"

„Natürlich. Ja. Bitte."

Er führte sie ins Wohnzimmer. Sie nahmen beide auf dem Sofa Platz und sahen ihn wieder ernst an. Okan Demir setzte sich zögernd in einen Sessel.

„Nun reden Sie schon."

„Nein, Herr Demir, wir haben Hülya nicht gefunden. Noch nicht", sagte der Kriminalbeamte. „Aber wir tun alles, um sie zu finden. Wirklich alles. Wenn sie denn zu finden ist."

„Was soll das heißen?", fragte Okan Demir scharf. „Wenn sie denn zu finden ist?"

„Herr Demir", begann die Kriminalbeamtin mit leiser Stimme. „Darüber müssen wir mit Ihnen reden. Aber zuvor möchten wir Ihnen sagen, dass bereits am frühen Morgen eine der größten Suchaktionen begonnen hat, die es in Schweinfurt in den letzten Jahren gab. Wir setzen Hunde ein und Hubschrauber und haben Einsatzkräfte aus ganz Nordbayern angefordert."

„Das ist ja schön, dass Sie jetzt schon damit beginnen!" Okan Demir spürte, dass er in Gefahr war, die Kontrolle zu verlieren.

„Bleiben Sie bitte sachlich, Herr Demir", sagte der Kriminalbeamte ruhig. „Wir haben auch schon die ganze Nacht gesucht. Allerdings war es da stockdunkel. Und wir können nichts dafür, dass Sie uns erst gestern Nachmittag gegen halb fünf von Hülyas Verschwinden in Kenntnis gesetzt haben. Da hatten wir gerade noch Zeit, im lokalen Radiosender eine erste Vermisstenmeldung unterzubringen und in der Dämmerung die Gegend zu durchkämmen, in der sie zum letzten Mal gesehen wurde. Und wie gesagt, eine Sonderschicht war die ganze Nacht auf den Beinen."

„Womit wir beim Thema wären, über das wir mit Ihnen sprechen wollen", fuhr die Beamtin Werner fort. „Wir fragen uns schon, ob dieser Aufwand gerechtfertigt ist."

„Was soll denn das nun schon wieder bedeuten?", brauste Okan Demir auf. „Hören Sie, ich frage mich inzwischen, ob Sie sich überhaupt eine Vorstellung von meiner Lage machen können."

„Ja, das fragen wir uns in gewisser Weise auch", meinte die Kriminalbeamtin spitz. „Wir haben zum Beispiel Probleme damit, zu verstehen, weshalb Sie so spät die Polizei informiert haben. Da ruft die Schulleitung am späten Vormittag bei Ihnen an und zeigt sich höchst beunruhigt darüber, dass Ihre Tochter einfach so verschwunden ist. Sie aber unternehmen zunächst einmal nichts, lassen den ganzen Nachmittag verstreichen und erstatten erst kurz vor Abend Vermisstenanzeige. Das finden wir merkwürdig."

„Ich habe es Ihren Kollegen gestern schon erklärt. Ich hatte viel zu tun. Ich dachte erst, Hülya habe vielleicht etwas ausgefressen und sei zu Nachbarn oder Bekannten gegangen. Und ich habe meinen Bruder Murat beauftragt, sie zu suchen."

„Das wissen wir alles. Trotzdem erscheint uns Ihr Verhalten seltsam. Ich meine, bei Hülya handelt es sich ja nicht um einen Teenager, sondern um ein kleines Mädchen. Da könnte man schon erwarten, dass sich der Vater etwas mehr Sorgen macht.“

„Was wissen Sie denn schon von meinen Sorgen?“, schrie Okan Demir gequält auf.

„Vielleicht mehr, als Sie denken, Herr Demir“, sagte der Kriminalbeamte Lutz.

*

Als sie kurz nach neun die Tür öffnete, wusste Melanie Rudloff schon, dass überhaupt nichts mehr stimmte und ihr Leben kollabieren würde. Der Abend zuvor war eine Tortur gewesen. Sie war mit einer Freundin ins Theater gegangen, der sie seit langem die Karte ihres Mannes versprochen hatte. Dass er in der Woche vor Fasching keine Zeit haben würde, war ihr klar gewesen. Deshalb wollte sie nicht absagen, obwohl sie überhaupt keinen Kopf dafür hatte. Irgendwie überstand sie den Abend. Vom Stück – der Erfolgskomödie einer französischen Erfolgsautorin – bekam sie nur einzelne Fetzen mit. Ihre Gedanken wirbelten wild, wüst, angstvoll. Sie wusste nicht, wie oft sie auf Lars' Handy angerufen hatte, den ganzen Tag über. „Die Nummer ist zurzeit leider nicht erreichbar.“ Keine Verbindung zur Mobilbox. Ein Dutzend SMS wurde nicht zugestellt. Sie schaltete ihr Handy während der Theatervorstellung nicht ab in der Hoffnung, er würde sich melden. Er tat es nicht. In der Pause machte sie mühsam Small Talk. Zwei Gläser Sekt beruhigten sie etwas. Dann kehrte die Angst zurück. Es war ihre Urangst. Dass es eines Tages vorbei sein würde. Dass er sie satt hatte. Lars war ein Mann schneller Entschlüsse. Und er konnte eiskalt sein. Davor hatte sie immer Angst gehabt. Nach der Vorstellung lehnte sie brüsk die Einladung auf ein Glas Wein ab und fuhr nach Hause. Sie brauchte zwei Schlaftabletten, um das Gedankenkarussell gewaltsam zu stoppen.

Als sie gegen acht Uhr aufwachte, wusste sie nicht, ob ihr Mann in der Nacht überhaupt da gewesen war. Es war ihr auch egal. Sie wählte Lars' Nummer, keine Verbindung. Deprimiert ging sie unter die Dusche. Dann trank sie Kaffee und hörte im Radio, dass auf dem Marktplatz eine Leiche mit Narrenkappe gefunden worden sei. Während der Meldung über die Suchaktion nach einem vermissten türkischen Mädchen klingelte es an der Haustür.

Draußen standen ein hünenhafter Mann in speckiger Lederjacke und eine schmächtige blasse Frau.

„Frau Rudloff?", fragte der Mann mit bemerkenswert weicher Stimme. „Wir sind von der Kriminalpolizei Schweinfurt. Vielleicht wäre es besser, wenn wir hereinkommen dürften."

*

Die Redaktionskonferenz von Main-Radio um zehn Uhr morgens war eine heilige Kuh, an die niemand rühren durfte. Alle hatten da zu sein, es wurden keine Ausnahmen geduldet, mit Ausnahme der Ausnahmen, die schon immer Ausnahmen gewesen waren. Sie betrafen ausnahmslos Olaf Röder, den Redaktionsleiter, der in der Regel nie da war. Er behauptete, er sei in der Stadt unterwegs, um Kontakte zu knüpfen, Informationen zu sammeln und dem Image des Senders zu dienen. Alle bezweifelten das, aber es war auch allen egal. Deshalb leitete Patricia fast immer die Konferenz, was auch effektiver war. Gegen elf Uhr tauchte Olaf Röder meist auf, warf alle Beschlüsse der Redaktionskonferenz über den Haufen und ging anschließend zum Mittagessen mit Werbekunden von Main-Radio. Den Rest des Tages wurde nun das getan, was in der Konferenz ursprünglich beschlossen worden war. Wenn Olaf Röder wieder erschien, hatte er vergessen, was er über den Haufen geworfen hatte. Er fragte „Läuft's?" und verschwand in seinem Büro. Dort telefonierte er bis zum späten Nachmittag, dann verließ er die Redaktion, weil wichtige Abendtermine anstanden. Mit diesem Tagesrhythmus waren alle zufrieden.

Als Veronika an diesem Vormittag zwei Minuten vor zehn mit Leberkäsbrötchen für alle ankam, erstarrte sie vor Schreck. Zum ersten Mal in den sechs Wochen ihres Praktikums saß der Chef im Konferenzraum an der Stirnseite des Tisches und klickte mit dem Kugelschreiber. Nach und nach trödelten alle herbei, als Letzter kam Blacky mit seiner obligatorischen Tasse Darjeeling. Nur Sören fehlte.

„Wo ist der Praktikant?", fragte Olaf Röder.

„Unterwegs", sagte Patricia. „Er war auf dem Marktplatz und wird gleich da sein."

„Gut", sagte der Chef. „Kommen wir zur Sache. Heute haben wir naturgemäß zwei Themen. Das Ding mit der Leiche und die Geschichte mit dem Türkenmädel. Wir werden den ganzen Tag über an beiden dranbleiben und die Hörer so fesseln, dass sie überhaupt nicht ans Abschalten denken. Die Leichenkiste war schon ganz gut, bei dieser Hülya müssen wir noch emotionaler werden. Die Leute sollen um die Kleine zittern. Aber aufpassen wegen türkischem Background, Islam und so weiter. Alles klar? Noch Fragen?"

„Ich hab noch was", meldete sich Blacky. „Gestern in der Süddeutschen stand ein Artikel über eine Riesenbetrugssache im Fränkischen Seenland, in die ein bekannter Schweinfurter Geschäftsmann verwickelt sein soll. Toll, wenn das die halbe Welt schon weiß und wir mal wieder keine Ahnung haben."

Olaf Röder sah ihn eisig an.

„Das ist brisant", sagte er. „Da lassen wir erst mal die Finger davon."

Blacky blickte erstaunt zurück.

„Soll das heißen, Olaf, dass du schon Bescheid weißt?"

„Ich hab was läuten hören. Aber wir vertagen das mal auf Aschermittwoch."

Am Aschermittwoch ist alles vorüber, dachte Blacky. Kerstin Weiß' Worte.

„Okay", sagte er. „Was nicht heißen soll, dass es okay ist, wenn wir den Mann decken."

„Was ist schon okay in dieser Welt?", meinte Olaf Röder lapidar. In den Gesichtern der anderen standen Fragezeichen, aber keiner stellte eine Frage. Die Tür flog auf, und Sören rauschte herein.

„'tschuldigung", keuchte er. „Ging nicht schneller."

„Kein Problem", sagte der Chef. „Wir sind sowieso fertig."

„Eines noch." Patricia sah von ihrem Laptop auf. „Gerade gekommen. Um elf Uhr ist Pressekonferenz. Die Kripo will allererste Ergebnisse wegen der Leiche auf dem Denkmal bekanntgeben. Wer geht hin?"

„Blacky", entschied der Chef.

„Wieso er?", schrie Sören.

„Wieso ich?", fragte Blacky, der seinen freien Nachmittag in Gefahr sah.

„Weil du erfahren bist. Beziehungen hast. Die richtigen Fragen stellen kannst. Und die Hörer dir vertrauen. Reicht das?"

„Aber das ist mein Fall“, nölte Sören. „Ich bin Spezialist für Mord.“

„Ende der Diskussion“, sagte Olaf Röder und stand auf. „Im Übrigen ist überhaupt noch nicht klar, ob es sich wirklich um Mord handelt.“

„Um was denn sonst?“, grollte Sören. Aber keiner hörte ihm zu.

*

Okan Demir saß in seiner Kanzlei am Schreibtisch und grübelte. Das Gespräch am Morgen mit den beiden Kriminalbeamten war nicht sehr glücklich verlaufen. Sie hatten Andeutungen gemacht, vage Andeutungen, sich aber nicht aus der Deckung locken lassen.

„Natürlich verstehen wir Ihre Situation“, hatte die Beamtin Werner gesagt. „Und selbstverständlich haben Sie unser Mitgefühl. Das tragische Schicksal Ihrer Frau damals, und jetzt ist Ihre Tochter offenbar verschwunden.“

„Offenbar? Was soll das heißen? Sie ist verschwunden!“

„Sehen Sie“, sagte der Beamte Lutz, „es ist nicht so, dass wir das grundsätzlich bezweifeln. Sonst hätten wir nicht eine gigantische Suchaktion gestartet. Aber Herr Demir – Sie sind Jurist, ein erfahrener Anwalt. Sie wissen doch, dass wir allem nachgehen müssen. Auch Ungereimtheiten.“

„Ungereimtheiten?“

„Na ja, wie gesagt, Ihr Verhalten bereitet uns etwas Kopfzerbrechen. Außerdem ist da die Aussage des Zeugen, der Hülya offensichtlich gesehen hat. Fast zwei Stunden nach ihrem Verschwinden aus der Schule. Allein. In einer Gegend, die recht weit weg ist von der Schule. Wie ist sie dahingekommen? Was wollte sie da?“

„Was für ein Zeuge ist das überhaupt?"

„Ein sehr zuverlässiger. Christian Schwarz von Main-Radio"

„Der Radiomoderator?"

„Ja. Wir haben ihm heute Morgen Bilder von Hülya gezeigt. Er hat sie zweifelsfrei erkannt. Sie war also gegen Viertel vor eins allein im Industriegebiet unterwegs. Und zwar in der Nähe des Media Markts."

„Ja und? Was schließen Sie aus all dem?"

„Nun, Herr Demir", sagte der Kriminalbeamte gedehnt, „einige Schritte weiter befindet sich eine große Speditionsfirma, die, soweit wir wissen, zum weltweiten Firmenimperium Ihres Schwiegervaters, des Großvaters von Hülya, gehört. Von dort gehen täglich mehrere Transporte aller Art in die Türkei ab."

„Sie wollen jetzt doch nicht damit andeuten ...?"

„Wir denken einfach in alle Richtungen. Und wir machen uns eben auch Gedanken darüber, dass Sie letztlich aus einem anderen Kulturkreis stammen. Einem Kulturkreis, in dem es doch andere Vorstellungen von Ehre, Familie, den Sitten und Gebräuchen gibt."

An dieser Stelle fuhr er aus der Haut.

„Ach, jetzt kommt diese Nummer, ja? Die rückständigen Türken, in deren archaischer Welt alles ganz anders zugeht. Sie wollen also behaupten, dass Hülya in die Türkei verschleppt worden ist, wo man ihr ein Kopftuch umbindet und sie in den Familienclan meines Schwiegervaters eingliedert?"

„Ist Ihnen dieser Gedanke noch nicht gekommen?", fragte die Kriminalbeamtin Werner.

„Das ist so absurd!", hatte er geschrien. „Das ist einfach nur absurd. Sie haben ja überhaupt keine Ahnung!"

Die beiden Kriminalbeamten wechselten einen kurzen Blick.

„Vielleicht nicht", sagte der Beamte Lutz. „Aber eines wissen wir schon, Herr Demir. Dass Sie in nicht unerheblichen Schwierigkeiten stecken. Und zwar in mehrfacher Hinsicht. Und wir wissen auch, dass Ihr Schwiegervater ein sehr, sehr reicher Mann ist."

Dann hatten sie sich verabschiedet. Unter der Tür drehte sich die Kriminalbeamtin Werner noch einmal um.

„Falls sich tatsächlich jemand melden sollte, der behauptet, Hülya entführt zu haben, dann verfahren wir so, wie es die Kollegen gestern Abend mit Ihnen besprochen haben."

Okan Demir stand vom Schreibtisch auf und schaute hinaus auf den Georg-Wichtermann-Platz. Es kam nicht oft vor in seinem Leben, aber jetzt hatte er das Gefühl, dass er dringend Hilfe brauchte.

*

Die Schweinfurter Kriminalpolizei hatte schon erfolgreichere Zeiten gesehen. Die letzten Jahre waren eher mau gewesen. Ein unaufgeklärter Doppelmord kratzte nach wie vor schwer am Image. Von der Bevölkerung, die sich in relativer Sicherheit wähnte, unbemerkt, wurde an vielen Fronten ein hoffnungsloser Krieg gegen jede Art von Kriminalität geführt. Ein Krieg, der nie zu gewinnen war und viel zu oft auf einen faulen Waffenstillstand hinauslief. Wie alle Kriege war er schmutzig, weil von allen Seiten üble Tricks und unlautere Methoden angewandt wurden. Auch von denen, die diesen Krieg im Namen der Gerechtigkeit und des Rechts führten. Nicht nur, weil sie fehlbare Menschen waren, die oft genug selbst auf dem schmalen Grat balancierten, der zwischen

Hell und Dunkel verläuft. Sondern vor allem der ominösen „Interessen“ wegen, in die sie vielfach verstrickt waren, in ein Netz aus politischen und wirtschaftlichen Interessen, das dieses Land seit Jahren einschnürte. Es waren viele, die an diesem Netz die Fäden zogen und die Knoten knüpften, und sie nahmen auch Einfluss darauf, was Recht und Unrecht war. Was sich jeden Tag aufs Neue ändern konnte. Schweinfurt war nur eine kleine Stadt inmitten einer scheinbaren Idylle, doch sie war Teil einer Welt, die längst aus allen Fugen geraten war.

Es lag eine nervöse Spannung über dem kleinen Konferenzraum, als Polizeioberkommissarin Kerstin Weiß die sehr überschaubare Zahl von Schweinfurter Pressevertretern zur kurzfristig angesetzten Pressekonferenz begrüßte. Schnörkellos dankte sie für das Erscheinen und übergab das Wort sofort an Kriminalhauptkommissar Wolfram Bayer. Der ließ seinen Blick grimmig über die kleine Runde schweifen.

„Genug Tamtam hat es ja schon gegeben“, begann er. „Kommen wir zu den Tatsachen. Heute Morgen kurz nach sechs Uhr entdeckte ein Taxifahrer einen menschlichen Körper hoch oben auf dem Rückert-Denkmal, das bekanntlich auf dem Schweinfurter Marktplatz steht. Ich schiebe an dieser Stelle schon ein, dass damit höchstwahrscheinlich der Überfall auf eine Taxifahrerin mitten in der Nacht erklärt ist, der zu einem Großeinsatz geführt hatte. Es scheint sich um eine Finte gehandelt zu haben, die dafür sorgen sollte, dass der Taxistand am Marktplatz für einen gewissen Zeitraum verlassen war. Während dieser Zeit wurde der menschliche Körper offensichtlich auf das Denkmal gehievt und dort festgebunden. So stellt es sich uns im Augenblick wenigstens dar.“

„War der menschliche Körper, wie Sie das nennen, da schon tot?“, fragte der Vertreter der alteingesessenen Schweinfurter Tageszeitung. „Hat man also eine Leiche da hinaufgeschafft, oder erfolgte der Todeseintritt erst danach?“

Kriminalhauptkommissar Bayer sah ihn vernichtend an.

„Eins nach dem andern, junger Freund. Bereits der herbeigeholte Notarzt stellte den Tod der betreffenden Person fest. Es begannen die polizeilichen Ermittlungen, deren Leitung ich in enger Absprache mit dem Leitenden Oberstaatsanwalt Dr. Wurzer übernommen habe. Die dabei naturgemäß im Vordergrund stehende Spurensicherung dauert noch an. Der Auffindungsort der Leiche – ich spreche nicht von Tatort – wurde dafür eigens abgeschirmt, der gesamte Marktplatz ist für die Öffentlichkeit bis auf weiteres gesperrt.“

„Was wissen Sie denn vom Tatort?“ Die Reporterin des Bayerischen Rundfunks hielt ihr Mikrofon wie eine Waffe auf ihn gerichtet.

Bayer ignorierte die Frage völlig.

„Der herbeigezogene Rechtsmediziner aus Würzburg hat eingehende Untersuchungen vor Ort vorgenommen. Dann ist die Leiche in einem aufwendigen Verfahren vom Denkmal heruntergenommen und zur amtlichen Obduktion in das Institut für Rechtsmedizin nach Würzburg verbracht worden. Das war's. Haben Sie noch Fragen?“

Die Journalisten und Pressevertreter sahen sich verblüfft an. Blacky grinste in sich hinein. Wolfram Bayers Auftritte waren jedes Mal großes Kino.

„Äh … ja … schon …“, versuchte der Vertreter der Tageszeitung seinen Platzhirschstatus wahrzunehmen. „Vielleicht mal die allerwichtigste jetzt … Haben Sie denn schon Hinweise auf die Identität des Toten?“

„Des Toten? Habe ich gesagt, dass es sich bei der Leiche um einen Mann handelt?“

„Nein, haben Sie nicht. Aber es ist bereits einiges durchgesickert. Ein Mann im schwarzen Anzug. Eine Narrenkappe auf dem Kopf. Eine abgeschnittene Krawatte. Logisch, wo doch heute Altweiberfasching ist.“

„Kann ich alles bestätigen“, sagte Bayer gönnerhaft.

„Und wer ist es denn nun?“ Die Rundfunkreporterin fuchtelte wild mit dem Mikrofon.

„Die Identität der aufgefundenen Leiche ist mittlerweile zweifelsfrei geklärt.“ Der Kriminalhauptkommissar machte eine kurze Pause. „Es handelt sich bei dem Toten um Hubert Rudloff. Ich denke, Sie werden ihn alle kennen.“

„Ach, du heilige Scheiße!“ Die Praktikantin des lokalen Anzeigenblättchens schlug sich die Hand vor den Mund. „Der Faschingsprinz … Und was wird jetzt mit dem Schweinfurter Fasching?“

Nur der Umstand, dass sie eine ganz Süße war, bewahrte sie davor, von Hauptkommissar Bayer gefressen zu werden. Stattdessen brummte er: „Das ist nicht Gegenstand der polizeilichen Ermittlungen, junge Dame.“

„Es ist ja nur, weil ich bei seiner Garde tanze“, piepste sie erschüttert.

Blacky rollte mit den Augen und meldete sich zu Wort.

„Was wissen Sie über die Todesursache?“, fragte er knapp.

„Dazu kann ich noch nichts sagen“, erwiderte Wolfram Bayer, nun sehr sachlich. „Wir müssen das Ergebnis der Obduktion abwarten. Vielleicht wissen wir heute Abend schon mehr.“

„Sie gehen aber von Fremdeinwirkung aus?“, brachte sich der Zeitungsreporter rasch wieder ins Spiel.

„Wir gehen im Augenblick davon aus, dass vermutlich die Kraft von zwei Männern nicht ausgereicht haben dürfte, um Herrn Rudloff auf das Denkmal zu schaffen. Außer er war noch am Leben und ist selbst hinaufgeklettert. Dann muss ihn aber jemand festgebunden haben. Die gerichtsmedizinische Untersuchung wird das alles klären. Noch Fragen?"

„Eine letzte", sagte Blacky. „Sehen Sie einen Zusammenhang zu der merkwürdigen Sache, dass sich gestern Morgen eine Narrenkappe auf dem Kopf von Friedrich Rückert befunden hat?"

„Das ist eine gute Frage", sagte Kriminalhauptkommissar Bayer. „Eine sehr gute Frage."

Blacky nickte. Sehr gute Fragen waren seine Stärke.

*

Die Pressemeute zerstreute sich rasch, und Blacky beeilte sich, Kerstin Weiß zu erwischen, bevor sie in den unzugänglichen Fluren des Polizeigebäudekomplexes verschwand. Sie trug ihre Uniform und sah reizend aus. Das flachsblonde Haar hatte sie wie immer, wenn sie im Dienst war, zu einem dicken Zopf geflochten. Blacky zog den Bauch ein wenig ein und setzte sein gewinnendstes Lächeln auf.

„Hi", sagte er. „Hast du noch eine Minute Zeit übrig?"

„Klar. Sogar zwei oder drei. Um die Ecke ist ein Kaffeeautomat. Ich brauche dringend Koffein."

Er verstand. Sie wollte mit ihm allein sein. Hauptkommissar Bayer hatte ihn schon misstrauisch beäugt, als er noch fünf Schritte von Kerstin entfernt gewesen war.

Sie ließ dünne Brühe in Plastikbecher laufen und sah mehrmals den Gang hinauf und hinunter.

„Tja", sagte sie dann leise. „So schnell kann's gehen."

„Also hast du gestern Abend tatsächlich ihn gemeint, als du sagtest, ich solle bis Aschermittwoch warten? Ich war nicht sicher. Es war schon sehr verklausuliert."

„Mehr war nicht drin. Und selbst das war eigentlich schon zu viel. Ich hatte striktes Auskunftsverbot."

„Dann ein umso größeres Dankeschön. Ich hätte allerdings eh nichts draus machen können. Röder hat sofort alles abgeblockt. Er schien schon bestens Bescheid zu wissen."

„Klar", sagte sie. „Sie wissen alle Bescheid. Die ganze Sache läuft ja schon seit Monaten."

Blacky sah nachdenklich in seinen Kaffee. Heute trank er ihn pechschwarz und ungesüßt.

„Hubert Rudloff also", meinte er. „Wie tief steckte er drin?"

„Sehr tief. Einer der Hauptstrippenzieher. Ich denke mal, es hätte für acht bis zehn Jahre gereicht."

„Boah! Und wieso habt ihr ihn nicht längst hoppgenommen?"

„Er hat gute Anwälte. Aber eigentlich wäre er fällig gewesen, das stimmt. Doch von ganz oben hieß es, wir warten den Fasching ab. Am Aschermittwoch wäre die Lawine dann ins Rollen gekommen."

„Das ist ja wohl ein Faschingsscherz, oder? Hat der Faschingsprinz hier in Schweinfurt so was wie Immunität?"

„Frag mich nicht, ich habe damit nichts zu tun. Aber du weißt ja wohl selber, wer alles beim ASKV das Sagen hat und welche Beziehungen Hubert Rudloff in dieser Stadt hat. Hatte. Angeblich bestand keine Fluchtgefahr."

„Wusste er, dass am Aschermittwoch seine Zeit in doppelter Hinsicht vorüber sein würde?"

„Keine Ahnung. Ich glaube nicht, dass er mit seiner Verhaftung rechnete. Wie gesagt, seine Anwälte haben gute Arbeit geleistet."

„Und jetzt ist euch jemand zuvorgekommen. Zu welcher Ironie das Leben doch manchmal fähig ist."

Kerstin Weiß grinste ihn an.

„Jetzt kommt der Poet in dir durch, hm? Sehen wir dieses Gespräch auch so: Dichtung und Wahrheit. Du hast irgendetwas läuten hören, ganz von fern – aber aus diesen Mauern ist nichts zu dir gedrungen. Okay?"

„Klar. Ehrensache. Was ist eigentlich mit der vermissten Hülya? Gibt es da etwas, was zu wissen mir nicht schaden würde?"

„Auch darüber wollte ich mir dir reden."

„Mensch, du verwöhnst mich ja heute richtig."

„Wenn du das schon als verwöhnen ansiehst."

„Ach, sagen wir so – meiner Phantasie sind da generell keine Grenzen gesetzt."

„Wir können das bei Gelegenheit ja mal austesten."

Ihm blieb fast der Mund offenstehen. So offensiv war sie noch nie gewesen. Noch nicht einmal annähernd. Und er kannte sie nun bereits über drei Jahre. Was war los?

Doch schon war sie wieder die alte. Ihre grauen Augen verengten sich, ihr Mund wurde schmal, ihre Stimme spröde.

„Wie du ja weißt, suchen wir auf Hochtouren. Bisher ohne jeden Erfolg. Wir haben nichts gefunden, gar nichts. Wir beleuchten auch das Umfeld der Familie. Aber das ist natürlich schwierig. Es ist ein etwas eigenartiger Vermisstenfall. Irgendetwas scheint nicht zu stimmen, aber wir können es nicht greifen."

„Und was ist mit dem Jaguar?"

Kerstin Weiß stellte ihren Kaffeebecher ab und betrachtete eingehend ihre gepflegten Fingernägel. Dann sah sie wieder den Gang entlang.

„Tja, da musst du dich irgendwie getäuscht haben."

„Was soll denn das nun heißen?"

„So sieht es wenigstens unser Chef. Die Kollegen haben das Kennzeichen überprüft, und als der Halter des Fahrzeugs feststand, wussten sie, dass sie den Chef zu informieren hatten. Ja, und der stellte sich dann auf den Standpunkt, dass der Zeuge – also du – sich irgendwie geirrt haben muss."

„Ich bin doch nicht blöd. Ein so auffälliges Auto und eine so auffällige Nummer."

„Ich bin auch nicht blöd, Blacky. Aber der Mann, dem dieses Auto gehört, ist zufällig der beste Freund unseres Chefs. Er spielt außerdem mit dem Landgerichtspräsidenten Golf und mit dem Oberstaatsanwalt Skat. Er duzt alle Oberbürgermeister und ist einer der Oberschlaraffen. Wie ich gehört habe, hat der Chef in seiner Erregung das alles in nicht einmal zehn Sekunden herausgesprudelt. Außerdem hat der Obermacker ein wasserdichtes Alibi."

„Wer ist es?"

„Das darf ich dir nicht sagen, Christian, und das werde ich dir auch nicht sagen. Das musst du schon selbst herausfinden."

„Wieso muss ich das herausfinden?"

„Weil es ja sein könnte, dass deine Neugierde geweckt ist und du deine Nase in etwas hineinstecken willst, was die Polizei links liegen lässt."

Er spürte plötzlich, dass er sie anstarrte, als käme sie aus einer anderen Welt.

„Soll ich dich jetzt so verstehen, dass du mir vorschlägst, Detektiv zu spielen?"

Sie schüttelte unwillig den Kopf, und ihr Gesicht war eine dezent geschminkte Maske.

„Weißt du, was das große Problem zwischen uns beiden ist? Dass du mich immer irgendwie missverstehst. Aber wir können an diesem Problem ja arbeiten."

*

Um halb eins schaltete Okan Demir das kleine Radio ein, das auf seinem Schreibtisch stand. Er wusste, dass er nichts Neues hören würde, was Hülya betraf. Aber selbst zu ihm, der diesen Vormittag vorwiegend allein finster brütend im Büro verbracht hatte, waren die wilden Gerüchte durchgedrungen, die in der Stadt umeinanderschwirrten. Kurz vor elf hatte seine Sekretärin, als sie ihm eine Unterschriftenmappe vorlegte, nicht mehr an sich halten können.

„Wissen Sie, Herr Demir, was die Leute sagen? Bei der Leiche, die auf dem Denkmal gelegen hat, soll es sich um den Oberbürgermeister handeln! Also, wenn das wahr ist …"

Er hatte sich zu einem gequälten Lächeln durchgerungen.

„Wissen Sie, wenn es um Politiker geht, ist bei solchen Ideen meistens der Wunsch der Vater des Gedankens. Wir sollten uns da keine Sorgen machen, denke ich."

Die Lokalnachrichten kamen sofort zur Sache. Christian Schwarz von Main-Radio brachte die Sensation des Tages in drei Sätzen unter.

„Die Kriminalpolizei Schweinfurt hat vor kurzem die Identität des heute Morgen unter bizarren Umständen auf dem Rückert-Denkmal gefundenen toten Mannes bekanntgegeben. Es handelt sich dabei um den sechsundvierzigjährigen Immobilienunternehmer Hubert Rudloff. Über die Todesursache gibt es noch keine näheren Erkenntnisse."

Ein ausführlicher Bericht wurde für zwölf Uhr fünfzig angekündigt. Okan Demir schlug mit der Faust auf den Tisch. Die Teufel, die es auf ihn abgesehen hatten, schienen auch noch andere Rechnungen zu begleichen. Er hörte gar nicht mehr hin, als die Meldung kam, dass die Suche nach dem vermissten türkischen Mädchen weiterhin ergebnislos verlaufen sei.

*

Blacky hatte in aller Eile noch einige kurze Beiträge für das Nachmittagsprogramm geschnitten, die im Wesentlichen das wiederkäuten, was die Pressekonferenz der Polizei ergeben und auch, was sie nicht ergeben hatte. Patricia stellte Informationen über Hubert Rudloff zusammen, und Veronika hatte den Auftrag bekommen, beim ASKV – dem Alten Schweinfurter Karnevalsverein – in Erfahrung zu bringen, welche Reaktionen es dort auf den Tod seines Faschingsprinzen Hubert II. gab. Olaf Röder höchstpersönlich bemühte sich um ein Interview mit der Faschingsprinzessin Iris I., die in diesem Fall nicht die Ehefrau des Prinzen war, sondern eine alleinstehende Schweinfurter Geschäftsfrau aus der Modebranche. Doch der erste Schock schien überall so tief zu sitzen, dass es fraglich schien, die sonst so flinken Schweinfurter Zungen heute noch zum Reden zu bewegen. Sören saß schmollend abseits und quälte sich mit dem Auftrag des Redaktionsleiters herum, eine Hörerkampagne zu starten, die das Ziel haben sollte, Hülya zu finden. Blacky verabschiedete sich gegen zwei Uhr mit einem Satz, den er in der Redaktion stets sparsam verwendete: „Wenn noch was ist, ruft an! Ich bin immer erreichbar."

Seine Rituale warf er heute über den Haufen. Der Konsum würde völlig flachfallen, und den Lunch wollte er mit dem Cappuccino bei *Viva Porcellino* verbinden. Er musste kurz und heftig nachdenken, das konnte er am besten dort, wo Schweinfurts versammelte Kreativität ihre Funken sprühte. Schon jetzt in Gedanken, betrat er das Kaffeemekka, grüßte den tätowierten Barista, der gerade eine Theorie über Faschingsprinzen zum Besten gab, bestellte zum Cappuccino ein Panino mit Schinken und Käse und dachte nach.

Wie hatte Sigmund Freud einst so schön geschrieben? *Die große Frage, die ich trotz meines dreißigjährigen Studiums der weiblichen Seele nicht zu beantworten vermag, lautet: Was will eine Frau?* Seit dem Gespräch mit Kerstin Weiß stellte sich für Blacky diese Frage ganz neu. Es war natürlich aufregend, sich auszumalen, was ihre Andeutung alles bedeuten konnte – aber so, wie er sie bisher kannte, war er da skeptisch. Besonders rätselhaft erschien ihm diese merkwürdige Aufforderung am Schluss, wenn es denn überhaupt eine Aufforderung gewesen war. Kerstin war eine äußerst korrekte und ehrgeizige Beamtin – konnte sie ihm ernsthaft so etwas vorschlagen? Und wenn ja – weshalb? Und warum ihm? Oder war es nur ein Scherz gewesen?

Aber trieb man mit einer solchen Sache Scherze? Blacky sah das kleine Mädchen mit dem auffällig grünen Schulranzen vor sich, wie es allein durch das Industriegebiet stapfte. Den Typ mit dem Jaguar hatte er nur als eine Gestalt wahrgenommen. Ein Anzugsmensch. Ein reicher, wahrscheinlich einflussreicher Anzugsmensch. Vielleicht hatte er Kerstin doch richtig verstanden?

Na gut, dann würde er mal in die Trickkiste und zum Handy greifen. Er ließ sich von der Auskunft mit seiner Autoversicherung verbinden und verlangte die Schadensregulierungsstelle. Zu seiner Erleichterung meldete sich eine Frauenstimme.

„Schönen guten Tag, hier ist Christian Schwarz von Main-Radio", sagte er mit der sonorsten Stimme, die er zur Verfügung hatte.

Zu seiner noch größeren Erleichterung funktionierte es sofort.

„Ja, grüß Gott, Herr Schwarz. Das ist aber eine Überraschung!"

Sie klang wie ein Telefonjoker bei *Wer wird Millionär,* der „Ach, der Herr Jauch" sagte.

„Mir ist was ganz Dummes passiert", sagte er zerknirscht. „Vielleicht können Sie mir helfen."

„Na, schau'n wir mal, Herr Schwarz. Hat's geknallt?"

„Ach, das ist schon zu viel gesagt. Ein kleiner Crash auf dem Parkplatz vom Kaufland. Samstagnachmittag, Sie wissen ja, wie es da zugeht. Einmal nicht richtig geschaut … peng! Aber der andere war schuld. Wir haben die Telefonnummern ausgetauscht, und ich in meiner Schusseligkeit habe den Zettel verloren. Und jetzt meldet er sich natürlich nicht. Da steh ich nun mit meinem Schaden."

„Aber das Kennzeichen wissen Sie?"

„Klar". Er gab ihr die Nummer des metallicblauen Jaguars durch. Sie tippte im Computer herum.

„Ach, wir haben Glück. Der Halter des Fahrzeugs ist auch bei uns versichert. Reichen Sie die Reparaturrechnung ein, und wir regulieren den Schaden."

„Ja, das wäre natürlich das Einfachste. Aber andererseits,

ich habe ihm versprochen, vorher noch einmal mit ihm zu reden. Vielleicht kann man sich ja anders einigen. Sie dürfen mir den Namen wahrscheinlich nicht sagen?“

„Nein, Herr Schwarz, das ist Datenschutz. Da sind wir ziemlich streng.“

„Und seine Telefonnummer? Ich meine, die hatte ich ja schon. Das ist dann eigentlich kein Verbrechen, oder?“

„Du lieber Gott, Sie sind aber hartnäckig, Herr Schwarz.“

„Naja, Sie wissen doch, wie Radioreporter sind.“

„Also gut, weil Sie es sind. Haben Sie einen Stift zur Hand?“

„Ich kann mir jede Telefonnummer merken.“

Sie gab ihm eine Nummer mit Schweinfurter Vorwahl, die er rasch auf seine Serviette schrieb, nachdem er sich überschwenglich bedankt hatte.

*

Der Tag wollte kein Ende nehmen, und es war höchstens erst früher Nachmittag. Seit dem Morgen hatte Melanie Rudloff jedes Zeitgefühl verloren, jede Empfindung und jeden Gedanken. Die einzelnen Situationen, eine absurder als die andere, waren an ihr vorübergeglitten wie verworrene Träume. Erst der Besuch der beiden Kriminalbeamten, die ihr pietätvoll und dennoch brutal nahezubringen versuchten, dass ihr Mann tot sei. Dann die Fahrt zum Marktplatz, wo man sie aus dem Wagen bat und zu einem merkwürdigen Etwas führte, das zugedeckt auf dem nassen Pflaster lag. Die nächsten Augenblicke waren das reine Grauen, als sie dieses wächserne Gesicht ansehen musste. Statt auf die Frage zu antworten, ob das ihr Mann sei, brach sie in hysterisches Gelächter aus. Das, was sie sah, war ja auch zu makaber komisch:

dieser so machtversessene Mann nun einfach erbärmlich tot, mit seiner lächerlichen Narrenkappe auf dem Kopf und einer abgeschnittenen Krawatte, die sinnlos vom Hals baumelte. Mit Mühe gelang es der schmächtigen Kriminalbeamtin, sie ins Auto zurückzuziehen. Sie konnte nicht mehr aufhören, zu lachen.

Zuhause eine Art groteskes Verhör.

„Wann haben Sie Ihren Mann zum letzten Mal gesehen?"

„Ich glaube, gestern Morgen."

„Kam er am Abend nicht nach Hause?"

„Ich weiß es nicht. Ich habe Schlaftabletten genommen."

„Gibt es irgendwelche Anzeichen, dass er da gewesen sein könnte."

„Nein, gibt es nicht. Es interessiert mich auch nicht."

„Wo könnte er gewesen sein?"

„Wo wohl? Bei seinem Scheißfasching."

„Hatte Ihr Mann Feinde?"

„Ein Mann wie Hubert Rudloff hat nur Feinde. Und die, die seine Freunde sind, sind seine ärgsten Feinde."

Sie hatten es schließlich aufgegeben und waren gegangen. Natürlich würden sie wiederkommen, hatten sie gesagt. Dann klingelte das Telefon, stundenlang. Ein paar Mal war sie drangegangen. Jeder in dieser Stadt schien ihr sein Beileid aussprechen zu wollen. Ihr dämmerte allmählich, dass sie nun viel erledigen musste. Und dass sie nicht die geringste Lust hatte, irgendetwas zu tun. Dann fiel ihr Venedig ein. Dort gab es eine wunderbar morbide Friedhofsinsel. Sie würde Lars bitten, mit ihr dorthin zu fahren. Morgen würden sie ja nach Venedig fliegen. Das war gut, denn hier konnte sie es nicht aushalten.

Sie schreckte vom Sofa hoch, als sie den besonderen

Klingelton ihres Handys hörte. Seinen Klingelton. Endlich rief er an.

*

Blacky wählte die Nummer und konzentrierte sich. Jetzt hieß es improvisieren.

Eine müde Frauenstimme meldete sich leise.

„Wenning."

„Ja, hallo, hier ist Christian Schwarz von Main-Radio Schweinfurt. Ich weiß jetzt nicht genau … Ich glaube, ich möchte Ihren Mann sprechen. Herrn Wenning."

„Tut mir leid. Er ist nicht da."

„Ach so? Das überrascht mich ein bisschen. Wir waren für jetzt verabredet, am Telefon. Er hat gesagt, ich kann ihn heute um fünfzehn Uhr anrufen. Unter dieser Nummer."

„Worum geht es denn?"

„Um ein Interview. Für unser Radio."

„Das muss ein Irrtum sein. Mein Mann ist um diese Zeit nie zuhause."

„Merkwürdig. Da muss ich ihn ja völlig missverstanden haben. Wo könnte ich ihn denn jetzt erreichen?"

„Gar nicht. Er ist auf Geschäftsreise in Göteborg. Und seine Handynummer darf ich Ihnen nicht geben, ohne ihn gefragt zu haben."

„Ach du liebe Zeit, da läuft ja gerade alles schief. Das kommt davon, wenn in einer Redaktion jeder vor sich hinrecherchiert. Eigentlich sollte unser Redaktionsleiter das Interview führen, dann hat die Sekretärin das an mich weitergegeben, und irgendwie habe ich wohl die Tage verwechselt. Vielleicht sollte ich schon gestern anrufen?"

„Hören Sie, das ist nicht meine Sache. Aber gestern hätten Sie ihn auch nicht erreicht, er ist schon am Morgen nach Frankfurt zum Flughafen gefahren.“

„Gut, dann muss ich mich für das Chaos entschuldigen, das wir offensichtlich angerichtet haben. Natürlich will ich Sie nicht weiter behelligen. Wir machen mit Ihrem Mann einfach einen neuen Termin. Wann kommt er denn zurück?“

„Nicht vor dem Wochenende.“

„Nicht vor dem Wochenende? Ja gut, das ist halt jetzt so. Kann man nichts machen. Übrigens, eine blöde Frage noch … Es ist nur, weil es in dem Interview auch um Autos gehen soll … Ist Ihr Mann denn mit seinem Jaguar nach Frankfurt gefahren? Ein tolles Auto …“

„Ja. Natürlich. Mein Mann ist immer mit seinem Jaguar unterwegs. Aber ich weiß wirklich nicht …“

„Wie gesagt, nur eine Frage am Rande. Bitte entschuldigen Sie die Störung, Frau Wenning. Auf Wiederhören!“

Blacky ging zur Theke, um zu zahlen. Der Barista grinste ihn an.

„Na, im Stress?“

„Geht so. Sag mal, du kennst doch jeden in Schweinfurt. Sagt dir ein gewisser Wenning was? Arbeitet bei SKF, glaub ich.“

„Lars Wenning? Klaro. Schaut hier immer rein, wenn er nebenan Bücher gekauft hat. Ist ein ziemlich hohes Tier bei den Schweden. Netter Mann.“

Das wird sich noch herausstellen, dachte Blacky.

*

In der Frauengasse sah er heute lauter Fragezeichen. Kaum war er in seiner Wohnung, klingelte das Telefon. Schon bevor Blacky abnahm, wusste er, wer es war. Nur Lothar rief ihn im Festnetz an, unerschütterlich in seiner Abneigung gegen Handys.

„Na, wie ist das Wetter in Irland?“, fragte er, ohne sich zu melden.

„Wie immer“, sagte Lothar. „An jedem Tag alle vier Jahreszeiten. Gerade war eine Stunde Frühling, aber vom Atlantik her kommt gewaltig der Herbst. Wir werden in der Nacht richtig Sturm haben.“

Lediglich die Wetteraussichten für die irische Westküste wechselten bei ihrem lapidaren Begrüßungsritual. Ansonsten lief es immer gleich ab, wie eingeschliffene Eröffnungszüge bei einem Schachspiel. So ging es schon seit Jahren.

„Hört sich ungemütlich an“, sagte Blacky. „Und sonst?“

„Golf. Schreiben. Pub. In dieser Reihenfolge. Manchmal auch gleich Pub. Wenigstens zurzeit.“

„Das wiederum hört sich nicht ungemütlich an.“

„Na ja, wie man's nimmt. Schreibblockaden sind wie Schnupfen, sie kommen und gehen. Und während man sie hat, könnte man aus der Haut fahren. Man spielt schlecht Golf und trinkt zu viel Guinness.“

„Woran hakt's?“

„An deiner blöden Idee mit dem Schweinfurt-Krimi. Mir fällt nichts ein.“

„Dir fällt nichts ein? Das ist ja was ganz Neues.“

„Geschichten fallen mir schon ein. Selbst in Schweinfurt kann ich mir jedes Verbrechen der Welt vorstellen. Aber ich finde keinen Helden. Also keinen Detektiv. Ich kann doch nicht noch einen weiteren pensionierten Kriminalkommissar in die Welt setzen. Und der legendäre ‚Schoppenfetzer‘ ist ja schon in Würzburg zugange. Was soll ich also tun?“

„Probier's mit einer Frau.“

„Das wär vielleicht einen Versuch wert. Miss Marple vom Bergl. Ich denk drüber nach. Apropos Frauen. Was macht die Liebe?“

„Mhm. Eher mau und flau. Obwohl …“

„Lass mich raten. Kerstin Weiß, Schweinfurts flotteste Polizistin, hat dir wieder Mal ein Kusshändchen zugeworfen.“

„Spotte nur. Sie ist im Augenblick übrigens schwer beschäftigt. Hier in Schweinfurt tobt das Verbrechen.“

„Was du nicht sagst.“

Blacky berichtete vom Verschwinden Hülyas und von der Leiche auf dem Rückert-Denkmal. Lothar hörte aufmerksam zu und sagte dann: „Wobei in beiden Fällen ein Verbrechen noch nicht erwiesen ist. Aber das mit dem Rückert-Denkmal finde ich hochinteressant. Halte mich auf dem Laufenden, ja?“

„Na klar. Wann bekommt man dich mal wieder zu sehen?“

„Keine Ahnung. Aber wenn das Sturmtief hier anhält, kann es sein, dass ich die Flucht ergreife. Ich melde mich.“

Blacky schaute nach dem Gespräch mit Lothar einige Minuten aus dem großen Panoramafenster seines Penthouses hinaus auf die Dächer der Stadt. Der Abend kam heute früh, und der Himmel glühte in einem aufwühlenden Rot. Er griff zur Gitarre, aber er fand keinen Ton, mit dem er zufrieden gewesen wäre. Hülya, das kleine Mädchen, ging ihm nicht mehr aus dem Kopf.

*

In dieser Nacht hingen dunkle, schwere Wolken tief über Schweinfurt, aber es regnete nicht. Kein Stern war am Himmel zu sehen, und bis in den frühen Morgen hinein hallte in den Gassen das Gelächter der Betrunkenen, die Altweiberfasching gefeiert hatten. Melanie Rudloff hatte keine Schlaftabletten genommen und saß stundenlang im dunklen Wohnzimmer auf der Couch, dachte an Lars und Venedig und immer wieder daran, dass sie ihren Mann beerdigen musste. Auch Okan Demir fand in dieser Nacht keinen Schlaf. Neben der grauenhaften Angst um Hülya marterte ihn die Frage, ob man ihm auf die Schliche kommen würde. Kerstin Weiß lächelte zufrieden, bevor sie einschlief; und der Oberbürgermeister machte spät am Abend angeheitert im Schlafzimmer immer noch Witze über das Gerücht, er habe als Leiche im Schoße Friedrich Rückerts geruht.

Freitag

Auch dieser Morgen begann mit einer Leiche.

Den ganzen Donnerstag über hatten Suchtrupps der Bereitschaftspolizei das gesamte Industriegebiet Schweinfurt-Hafen und die angrenzenden Naherholungsanlagen rund um den Baggersee durchkämmt. Der Radius der Suche nach Hülya Demir wurde im Lauf des Tages immer weiter ausgedehnt und erstreckte sich bis in die Waldgebiete Richtung Schwebheim. Ohne jeden Erfolg. Die Suchhunde fanden keine Spur des verschwundenen Mädchens, der Einsatz der Hubschrauber wurde nach einigen Stunden abgebrochen. Am Nachmittag war von der Polizeiinspektion Schweinfurt die Sonderkommission „Hülya“ gebildet worden, mit ihrer Leitung hatte man Kriminaloberkommissar Stefan Lutz betraut. Er koordinierte im Wesentlichen die Suchaktion, seine Kollegin Marion Werner versuchte im persönlichen Umfeld von Hülya Demir zu ermitteln und stieß dabei auf eine Mauer des Schweigens.

„Es ist schwierig“, hatte sie in der letzten Soko-Besprechung am Donnerstagabend berichtet. „Okan Demir ist ja bekanntermaßen ein äußerst erfolgreicher Anwalt, aber er scheint privat nirgends dazuzugehören. Er steht offenbar zwischen zwei Welten. In der deutschen Schweinfurter Gesellschaft ist er nicht angekommen, und zur türkischen Gemeinschaft gehört er auch nicht mehr. Er vertritt zwar türkische Bürger in Prozessen, hält sich sonst aber völlig fern. Niemand will über ihn reden. Ich habe lediglich in Erfahrung bringen können, dass er sich seit dem tragischen Tod seiner Frau sehr verändert haben soll und Hülya abgöttisch liebt. Sein Bruder Murat ist der Einzige, zu dem er halbwegs Kontakt hält. Und der wiederum ist in der türkischen Gemeinschaft durchaus verankert."

„Diesem Murat müssen wir nochmals auf den Zahn fühlen", meinte Stefan Lutz. „Er hat vor etwas Angst."

Dann hatte der Soko-Leiter die Ergebnisse des Tages zusammengefasst, die eigentlich nur aus vagen Überlegungen bestanden. Man war sich einig, dass letztlich vom Schlimmsten auszugehen sei. Die Hoffnung, Hülya sei nur weggelaufen und werde wieder auftauchen, hatte nach mehr als dreißig Stunden seit ihrem Verschwinden keine Grundlage mehr.

„Das, was ich für das Wahrscheinlichste gehalten habe, ist bisher nicht eingetreten", sagte Oberkommissar Lutz. „Dass sich ein Entführer meldet, der Lösegeld von Hülyas Großvater erpressen will. Beim sagenhaften Reichtum dieses Mannes ein naheliegender Gedanke. Ich bin zwar nach wie vor eher davon überzeugt, dass die Lösung im familiären Umfeld des Mädchens zu suchen ist, aber ein Sexual- oder Tötungsdelikt ist leider nicht auszuschließen. Wir beginnen noch heute Abend mit einer Überprüfung aller einschlägig vorbestraften und auffällig gewordenen Personen in der Stadt und im Landkreis. Die Suchaktion führen wir bis morgen Mittag fort, dann sehen wir weiter. Zusätzlich setzen wir gleich morgen früh noch Taucher ein, die den großen Badesee und die umliegenden kleineren Seen inspizieren. Das ist zwar wenig erfolgversprechend, aber wir wollen nichts unversucht lassen."

Trotz dieser Skepsis entdeckte ein Polizeitaucher am Freitagmorgen ein mit Plastikfolie verschnürtes Bündel, an dem zwei Betonteile befestigt waren, die wahrscheinlich früher als Sonnenschirmhalterungen gedient hatten. Er fand es auf dem Grund des Sees mit dem grünen Wasser jenseits der A 70, der Alexander Eisentraut so sehr an seine sibirische Heimat erinnerte. Schon bei der Bergung des Bündels war den beteiligten Polizeibeamten klar, dass sie es mit einer Leiche zu tun hatten.

*

Blacky hatte gerade die letzte Stunde seiner Morning Show auf Main-Radio begonnen und David Bowie mit *China Girl* gestartet, als das Display seines Handys zu blinken begann. Zu seiner Überraschung war es erneut Lothar, der anrief.

„Na, wie ist das Wetter in Irland?", meldete er sich.

„Beschissen. Sturm. Man kann nicht aus dem Haus. Pass auf, ich habe nachgedacht. Die Leiche auf dem Rückert-Denkmal. Natürlich werden die Ignoranten von der Kripo jetzt die falsche Spur verfolgen. Sie werden, weil es sich um einen Immobilienheini handelt, der Dreck am Stecken hatte, in diese Richtung ermitteln. Wirtschaftsverbrechen, Verschleierung, Rache, Mafia, so 'n Zeug. Aber das ist alles Quatsch. Friedrich Rückert ist der Schlüssel – wenn du verstehst, was ich meine."

„Nein, um ehrlich zu sein. Du, ich bin mitten in der Sendung. Vielleicht können wir später noch einmal telefonieren?"

„Können wir nicht. Ich muss schreiben. Ich habe eine Inspiration für mein Buch. Aber zurück zur Sache. Es ist doch ganz einfach. Wenn jemand in Schweinfurt eine Leiche Friedrich Rückert in den Schoß legt, will er damit etwas sagen. Sonst würde er sich die Mühe nicht machen. Dieser Immobilienfritze wurde aufgebahrt, verstehst du? Literarisch aufgebahrt. Zur Schau gestellt. Das ist ein Symbol. Zusammen mit der Narrenkappe und der abgeschnittenen Krawatte ist das eine Travestie, eine Verspottung. Hier liegt die Lösung des Rätsels."

„Hör mal, du sitzt in Irland. Woher willst du denn das alles wissen?"

„Also bitte!" Lothar klang entrüstet. „Intuition. Ich bin Kriminalschriftsteller. Das ist meine Welt. Ich sage dir, du musst Friedrich Rückert auf der Spur bleiben, da liegen die eigentlichen Hintergründe. Sprich mit meinem Freund Luc, dem Antiquar. Er weiß alles über Rückert."

„Wieso ich? Soll ich etwa Detektiv spielen?" Diese Frage kam Blacky bekannt vor.

„Warum nicht? Du bist Reporter. Journalist. Du hast die Verpflichtung, die Wahrheit aufzudecken. Ich bin Schriftsteller, ich erfinde die Wahrheit. Du aber musst die Wahrheit finden, sagen, schreiben und verbreiten. Das ist deine Pflicht. Die Polizei wird in diesem Fall nicht weiterkommen. Die wissen ja nicht einmal, wer Friedrich Rückert war."

„Aber es ist doch noch nicht einmal erwiesen, ob es überhaupt Mord gewesen ist."

„Firlefanz! Natürlich war es Mord. Halte mich auf dem Laufenden, ja? Aber störe mich nicht beim Schreiben."

Lothar legte auf. Blacky verdrehte die Augen Richtung Studiodecke. So war er, und so würde er immer sein. Freundschaft bestand darin, es auszuhalten und trotzdem Vergnügen daran zu finden. Der Sendeplan im Computermonitor vor ihm zeigte den nächsten Titel an: Falco, *Der Kommissar.*

*

Er hatte gesagt, er würde am Nachmittag da sein. Sie fieberte dem Nachmittag entgegen und hatte gleichzeitig Angst davor. Alles würde nun anders sein. Nein, das stimmte nicht. Nur von ihrer Seite aus würde es anders sein. Bei ihm blieb alles gleich. Also würde es so sein wie immer.

Der Seniorchef des Bestattungsunternehmens *Medich* war schon am frühen Morgen bei ihr gewesen, um zu kondolieren und zu versichern, dass von seiner Seite aus für Hubert alles getan werde. „Damals, als wir Hubert als Bruder in unsere Loge aufgenommen haben, hast auch du als seine Ehefrau von uns ein Paar weiße Freimaurerhandschuhe bekommen, als Zeichen unserer Verbundenheit. Jetzt, wo unser lieber Bruder Hubert in den ewigen Osten eingegangen ist, sollst du wissen, dass wir es mit dieser Verbundenheit ernst meinen und für dich da sein werden. Ich rechne nicht mit einer Beisetzung vor Ende nächster Woche. Du brauchst dich um nichts zu kümmern, ich erledige alles Nötige. Gib dich ganz deiner Trauer hin."

Melanie Rudloff konnte sich keiner Trauer hingeben, weil sie keine empfand. Sie empfand auch keine Freude, höchstens eine Art Erleichterung. Dieses Gefühl der Erleichterung hatte aber weniger mit dem Tod ihres Mannes zu tun als damit, dass Lars endlich angerufen hatte. Alle ihre Befürchtungen waren wieder einmal grundlos gewesen.

Er hatte völlig normal geklungen, als sie gestern Nachmittag mit zittrigen Fingern endlich die Rufannahmetaste gedrückt hatte.

„Hallo, Goldstück, ich dachte schon, du gehst nicht ran."

„Lars, um Gottes willen, endlich! Wo bist du? Warum hast du dich nicht gemeldet? Ich bin fast vergangen vor lauter Sorge."

„Ach, tut mir leid. Ich bin noch in Göteborg. Ich habe unendlich viel zu tun. Von einem Meeting in das andere. Du weißt ja, wie das ist."

„Dein Handy war aus. Die ganze Zeit. Ich habe dich x-mal angerufen."

„Stimmt, ja. Der Akku war leer. Ich hatte das Ladegerät irgendwie verlegt. Wie gesagt, hier ist mal wieder der Teufel los. Na ja, bis morgen noch, und dann ab nach Venedig. Mit dir."

Sie hatte lange geschwiegen. Während dieses Schweigens kam sie in der Realität an.

„Lars! Mein Mann ist tot!"

„Wie bitte? Was sagst du da?"

Sie berichtete ihm stockend, was geschehen war. Er unterbrach sie kein einziges Mal.

„Okay", sagte er schließlich in seiner nüchtern kühlen Art. „Ich sehe zu, dass ich hier fertig werde. Heute schaffe ich es nicht mehr. Aber ich bin morgen auf die erste Maschine gebucht. Ich habe noch ein kurzes Meeting in Frankfurt, dann fahre ich los. Am Nachmittag bin ich bei dir. Versprochen!"

„Ja", hatte sie gesagt. „Das ist gut. Wenn du bei mir bist."

Von Venedig hatten sie nicht mehr gesprochen.

*

Olaf Röder leitete auch an diesem Tag die Redaktionskonferenz. Patricia quittierte es mit einem säuerlichen Lächeln. Blacky, seine Tasse Darjeeling balancierend, kam herein und konnte sich einen kleinen Seitenhieb nicht verkneifen.

„Mensch, Olaf, du wirst ja noch richtig zum Dauergast in der Konferenz."

Der Redaktionsleiter würdigte ihn keines Blickes. Hochkonzentriert las er von einem Blatt Papier ab, was er sich aufgeschrieben hatte.

„Folgende Fragen sind es, auf die wir heute unseren Hörern Antworten zu geben haben. Erstens: Wie kam Hubert Rudloff zu Tode? Zweitens: Was entscheidet das Präsidium des ASKV in Bezug auf den weiteren Fortgang des Schweinfurter Faschings und des Faschingszugs am Dienstag? Drittens: Was tut die Schweinfurter Polizei, um das kleine Türkenmädchen zu finden? Wir haben eine Menge zu tun."

Blacky meldete sich zu Wort.

„Und was ist mit den Verstrickungen des Herrn Rudloff in diese Riesenbetrugssache? Gestern hast du da noch ein Staatsgeheimnis daraus gemacht. Aber jetzt würde man schon gern etwas mehr wissen, finde ich."

Olaf Röder bedachte ihn mit einem geringschätzigen Blick.

„Blacky, bitte! Das ist doch gar nicht mehr relevant. Hubert Rudloff ist tot. Es wird keine Ermittlungen mehr gegen ihn geben. Er möge in Frieden ruhen, wie man so schön sagt."

„Ja, aber die Geschichte selber ist nicht vom Tisch. Vielleicht stecken noch weitere Schweinfurter Lokalgrößen mit drin. Wir sollten uns da nicht wieder von anderen Medien die Butter vom Brot nehmen lassen."

„Christian, nimm bitte zur Kenntnis, dass es nicht unsere Aufgabe ist, investigativen Journalismus zu betreiben", sagte der Redaktionsleiter scharf. So vehement hatte man ihn noch selten erlebt. „Wir sind ein stinknormales Lokalradio, das seinen Hörern Unterhaltung und einen aktuellen Informationsservice bieten will. Mehr nicht. Außerdem leben wir von der Schweinfurter Geschäftswelt. Sie schaltet bei uns

Werbung und bezahlt uns dafür. Wir werden den Teufel tun, sie zu vergrätzen. Aber das muss ich dir altem Hasen ja wohl nicht erklären."

„Alles klar, Chef", sagte Blacky und salutierte zackig. „Wes' Brot ich ess, des' Lied ich sing. Nur dass wir die Lieder hier spielen und nicht selber singen."

„Ganz genau", sagte Olaf Röder. „Ganz genau. Du bringst es wunderbar auf den Punkt. Das sollten sich unsere Praktikanten in ihr Poesiealbum schreiben."

„Kann mir nicht trotzdem mal einer kurz erklären, wer dieser Rudloff eigentlich war?", fragte Sören. „Ich bin schließlich nicht von hier."

„Nun ja", dozierte der Redaktionsleiter, „Hubert Rudloff war ein verdienter Sohn dieser Stadt. Ein echter Schweinfurter, das Herz auf dem rechten Fleck. Ein Geschäftsmann durch und durch, der schon als junger Mann die Baufirma seines Vaters übernommen und zu einem veritablen Immobilienunternehmen entwickelt hat. Wir verdanken ihm einige der ambitioniertesten baulichen Großprojekte, mit denen er auch das Stadtbild ungemein bereichert hat. Er war Mitglied in fast allen Vereinen, ein großzügiger Gönner und Mäzen, der Schweinfurt in jeder Hinsicht bereichert hat. Trotz seiner vielfältigen Aufgaben und immensen Belastungen hat er dieses Jahr auch noch das Amt des Faschingsprinzen übernommen, weil ihm das soziale und gesellige Leben seiner Heimatstadt immer am Herzen lag. Umso tragischer, dass dieses ausgefüllte Leben nun ein so jähes Ende nahm."

„Ach du liebe Güte", sagte Blacky. „War das schon die Grabrede?"

„Nein", erwiderte Olaf Röder stolz, „aber der Nachruf, den ich für unser Programm vorbereitet habe. Ich werde ihn jetzt gleich einsprechen. Wir senden ihn um kurz nach zwölf."

„O Gott!", sagte Patricia, die sonst Olaf Röders Beschlüsse nie in Frage stellte, um sie danach desto resoluter über den Haufen zu werfen.

„Also gut", murmelte Blacky resigniert. „Es gibt auch Menschen hier, die das völlig anders sehen. Und es gibt viele, die meinen, dass Hubert Rudloff mit seinen Großprojekten das Stadtbild ungemein verschandelt hat. Aber okay, Friede seiner Asche!"

„Solche Typen gibt es in Wihelmshaven auch", merkte Sören noch an. „Aber die werden bei uns nicht Faschingsprinz, sondern Grünkohlkönig."

Die Sekretärin kam herein und reichte Patricia als Chefin vom Dienst ein Blatt Papier. Sie überflog es und sah betroffen in die Runde.

„Jetzt wird es ernst", sagte sie. „Eine Pressemitteilung der Polizei. Man hat vorhin in der Nähe des Industriegebietes in einem See die Leiche eines Kindes gefunden."

*

Murat Demir hatte seinen Bruder abgepasst, als er aus dem Justizgebäude in der Rüfferstraße kam und an der Ampel Richtung Jägersbrunnen stehenblieb. Er stellte sich neben ihn und sagte: „Ich muss mit dir reden."

„Ich habe keine Zeit", sagte Okan Demir. „Außerdem weiß ich nicht, ob ich mit dir reden will."

„Das solltest du aber. Wir müssen die Dinge endlich besprechen. Du kannst nicht einfach abtauchen und so tun, als ob es keine Probleme geben würde. Es gibt ganz viele Probleme, weißt du?"

„Ja, natürlich weiß ich das. Aber glaubst du, ich bin im

Augenblick in der Lage, mich um diese ganze Scheiße zu kümmern?"

„Vielleicht nicht. Aber dann lass mich dir helfen. Ich bin dein Bruder. Wir haben uns immer geholfen. Immer. Und wir haben unserer Mutter versprochen, dass wir unser ganzes Leben lang Brüder sein werden. Brüder! Verstehst du noch, was das heißt?"

„Ja, ich verstehe es noch. Aber wie willst du mir denn helfen?"

„Auch das ist so eine Sache zwischen uns, weißt du? Du hältst dich immer für den Klugen, der alles besser kann. Natürlich, du bist Anwalt und sehr gescheit. Ich bin nur ein kleiner Fotograf. Aber ich bin auch nicht dumm."

„Okay, lass uns in das Café da drüben gehen. Aber ich habe wirklich nicht viel Zeit. In der Kanzlei warten Mandanten."

Sie überquerten die Straße und gingen zu dem Stehcafé kurz vor der Hadergasse.

„Ich möchte dich zuerst etwas fragen", sagte Okan Demir nach dem ersten Schluck Kaffee. „Hast du irgendjemandem von unserem Plan erzählt? Eine Andeutung gemacht? Dich verplappert?"

„Das habe ich dir doch schon alles gesagt. Nein! Ich habe mit niemandem darüber gesprochen. Ich habe mit Hülyas Verschwinden nichts zu tun. Und ich weiß auch nicht, wo sie ist."

„Ich kann das einfach nicht glauben, Murat! Wir hecken einen ziemlich raffinierten Plan aus, und genau an dem Tag, als du Hülya entführen sollst, verschwindet sie spurlos. So einen Zufall kann es doch nicht geben. Entweder du steckst da mit drin, oder du hast irgendwie gequatscht, und jetzt versucht einer, diese Idee für seine Zwecke auszunutzen."

„Ich habe gesagt, was ich zu sagen habe. Und ich habe dir geschworen, dass nichts Wahres an dem ist, was du denkst. Vielleicht ist es wirklich ein Zufall. Vielleicht hat so ein Perverser Hülya entführt."

„Nein. Sie ist aus der Schule weggegangen. Warum hat sie das getan? Jemand muss ihr gesagt haben, dass sie das tun soll. Jemand, den sie kennt. Hülya läuft doch nicht ohne Grund durch ganz Schweinfurt bis hinüber in den Hafen. Ein Fremder hätte sie niemals dorthin locken können. Es muss etwas ganz anderes dahinterstecken."

„Du weißt, was am Ende dieser Straße ist, in der Hülya zum letzten Mal gesehen wurde."

„Ach, das ist doch absurd, Murat, und das weißt du selber. Natürlich, die Kripo hat das auch herausgefunden und scheint zu glauben, Bülent Bey habe Hülya entführen lassen. Oder noch besser, diese Beamten halten es sogar für möglich, dass ich Hülya an ihren Großvater verkauft habe. Sie haben Andeutungen gemacht über meine Probleme und sein Geld."

„Das heißt, sie wissen, in welchen Schwierigkeiten du steckst?"

„Keine Ahnung, was sie wissen. Doch ich weiß, dass sie nichts von unserer Kultur verstehen. Sie denken mit dem Kopf, aber nicht mit dem Herzen."

Murat Demir sah seinen Bruder lange an.

„Sind deine Probleme mit dem Tod dieses Idioten größer oder kleiner geworden?"

Okan Demir schloß einen Augenblick die Augen.

„Sie sind größer geworden", sagte er dann. „Natürlich sind sie größer geworden."

„Das heißt, du hast ihn also nicht umgebracht?", fragte Murat.

*

Die Einladung zur Pressekonferenz der Kriminalpolizei um elf Uhr dreißig kam erst eine halbe Stunde zuvor. Blacky fügte sich widerwillig der Anordnung Olaf Röders, den Termin wahrzunehmen. Es bedeutete, dass er erneut Überstunden machen musste, jetzt auch noch vor dem Wochenende; außerdem war es nicht die Aufgabe des *Morning Man*, ständig den rasenden Reporter zu spielen. Aber Sören war wegen der Leiche im See unterwegs; begeistert war er abgerauscht und bisher noch nicht wieder aufgetaucht. Veronika auf eine Pressekonferenz mit Kriminalhauptkommissar Wolfram Bayer zu schicken, wäre ein tollkühnes Unterfangen gewesen. Patricia als Chefin vom Dienst war in der Redaktion unabkömmlich, und Olaf Röder ging höchstens dann auf eine Pressekonferenz, wenn diese mit Prominenten gespickt war und es danach Häppchen gab. Also stieg Blacky in seine Barchetta und fuhr hinüber zur Mainberger Straße.

„Wir können es kurz machen", knurrte der Leiter der Mordkommission, offensichtlich völlig übelgelaunt. „Das vorläufige Ergebnis der Obduktion in der Leichensache Rudloff liegt vor. Danach ist Herr Rudloff überfahren worden. Der Tod trat in der Nacht von Mittwoch auf Donnerstag kurz nach Mitternacht ein. Noch Fragen?"

Der Zeigefinger des Vertreters der alteingesessenen Schweinfurter Tageszeitung schoss in die Höhe.

„Was genau heißt überfahren?"

„Es heißt, dass er von einem Fahrzeug getötet wurde."

„Also ein Unfall?"

„Das habe ich nicht gesagt."

„Er ist also von einem Auto angefahren worden?"

„Das habe ich auch nicht gesagt. Er ist überrollt worden. Mehrmals. Sein gesamter Körper mit Ausnahme des Kopfes wies erhebliche Verletzungen auf. Einzelheiten erspare ich Ihnen. Jedenfalls haben sie zum Tod geführt. Um welche Art von Fahrzeug es sich handelt, wissen wir noch nicht endgültig. Es war sicher kein Kleinwagen."

Die Reporterin des Bayerischen Rundfunks wedelte mit ihrem Mikrofon.

„Demnach ist das Rückert-Denkmal als Tatort auszuschließen?"

„Ich denke schon, gnädige Frau", sagte Bayer gnädig. „Da oben herrscht relativ wenig Verkehr."

„Und wieso hat man ihn dann dort oben angebunden? Ich meine … wenn es ein Verkehrsunfall war, dann … Das gibt doch keinen Sinn!"

„Ich stimme Ihnen zu." Der Kriminalhauptkommissar gönnte sich eine bedeutungsvolle Pause. „Im Übrigen war es kein Verkehrsunfall."

„Was war es denn dann?"

„Mord. Es war eindeutig Mord."

*

Okan Demir war so verblüfft, dass er erst nicht wusste, wie er reagieren sollte.

„Sag mal, spinnst du?", brachte er dann mühsam heraus. „Was redest du für einen Unsinn?"

„Ich bin nicht der Einzige, der sich diese Frage stellt."

„Was soll das heißen?"

„In den Kaffeehäusern schwirren viele Gerüchte. Es hat

sich herumgesprochen, dass dieser Mann schuld an deinen Problemen ist. Du hast zwar viele Märchen erzählt, und einige haben dir auch geglaubt. Aber nicht alle sind so dumm gewesen. Sie haben manches in Erfahrung gebracht, und seit gestern reden sie nun auch offen darüber. Du weißt, wie es ist, wenn die Männer schwätzen. Mittlerweile trauen sie dir alles zu."

Okan Demir legte seine Fingerspitzen über die Augen und schwieg lange.

„Gut", sagte er schließlich, „ich muss diesen Knoten lösen. Doch ich brauche Hilfe dazu. Und Ratschläge. Ich weiß nur einen, der alles kennt, aber dennoch über den Dingen steht. Meinst du, er würde mit mir reden?"

Murat nickte bedeutungsvoll.

„Komm heute zum Freitagsgebet. Dann wird er es dir nicht verweigern."

„Ja, ich denke, du hast recht. Das wird der Weg sein. So schwer er mir auch fällt."

Okan Demirs Handy klingelte. Er nahm es aus der Tasche und meldete sich. Murat sah, wie sich sein Gesicht veränderte. Es wurde fahl und grau, und die Augen schlossen sich. Dann fiel das Handy scheppernd zu Boden.

*

Kriminalhauptkommissar Wolfram Bayer machte erneut eine seiner effektvollen Kunstpausen. Blacky rechnete damit, dass er sein Spiel „Das war's! Haben Sie noch Fragen?" fortsetzen würde, aber jetzt schien ihm daran gelegen zu sein, die entscheidende Information von sich aus preiszugeben.

„Schon die äußere Untersuchung der Leiche hat zweifelsfrei ergeben, dass das Opfer nackt gewesen sein muss, als es von einem Fahrzeug mehrfach überrollt wurde. Die Art der Verletzungen und die Spuren auf der gesamten Körperhaut lassen keinen anderen Schluss zu. Außerdem war die Kleidung von Herrn Rudloff äußerlich völlig unversehrt."

„Aber wieso schließen Sie daraus unbedingt auf Mord?", fragte die Rundfunkreporterin mit Zweifel in der Stimme.

„Weil Herr Rudloff wohl kaum mitten in der Nacht splitternackt irgendwo unterwegs gewesen sein dürfte. Er hatte übrigens auch keinerlei Alkohol im Blut. Weil die Art der brutalen Verletzungen nicht von einem Unfallgeschehen herrühren können. Und weil, wenn es denn ein Unfall gewesen wäre, sich kaum jemand die Mühe gemacht haben dürfte, das Opfer sorgfältig wieder anzuziehen. Wobei die Frage dann ja immer noch offenbliebe, wieso es ausgezogen war und wo in der Zwischenzeit die Kleidung gewesen ist. Nein, hier haben wir es mit einer vorsätzlichen Tat zu tun."

„Haben Sie irgendeine Vorstellung vom Ablauf des Geschehens?", fragte Blacky.

„Nur sehr bedingt. Die Rechtsmediziner haben festgestellt, dass die Fußsohlen des Opfers regelrecht zerfetzt waren. Offensichtlich ist Hubert Rudloff auf steinigem Untergrund um sein Leben gelaufen. Es könnte sein, dass er mit einem Fahrzeug gejagt wurde wie ein Stück Wild. Nähere Aufschlüsse über seine letzten Lebensminuten werden die feingeweblichen Untersuchungen noch ergeben."

„Und der Tatort? Wohl kaum der Schweinfurter Marktplatz?"

„Mit Sicherheit nicht. Dort gab es diesbezüglich keinerlei Spuren. Wir erhoffen uns Hinweise auf den Ort des Geschehens durch die Auswertung der Stein- und Staubpartikel, die an der Leiche sichergestellt werden konnten."

„Haben Sie denn schon irgendwelche Vermutungen, wer für diese abscheuliche Tat verantwortlich sein könnte?", fragte der Vertreter der Tageszeitung gespreizt.

„Nein. Und selbst wenn, würde ich darüber wohl nicht vor Ihnen spekulieren", brummte Bayer ungehalten. „Fest steht nur, dass diese Tat nicht von einem Einzelnen begangen worden sein kann. So, und mehr habe ich Ihnen auch nicht zu sagen."

Er stand auf und verließ grußlos den Raum.

„Weißt du eigentlich, wo Rudloff an dem Abend war, bevor er unter die Räder gekommen ist?", fragte Blacky den Zeitungsreporter, der eine wandelnde Chronik der gesamten Stadt Schweinfurt war.

„Ja, natürlich. Längst recherchiert. Er besuchte mit Iris I. den Ball der Schweinfurter Tratschweiber in der Stadthalle. Er hat sich früh verabschiedet, weil er noch einmal in die Firma wollte. Danach hat ihn niemand mehr gesehen. Ganz schön heftiger Tobak, diese Geschichte. Und das bei uns in Schweinfurt. Ein richtiger Krimi."

„Tja", erwiderte Blacky gespielt melancholisch. „Auch wir leben nicht auf einer Insel der Unschuld. Was steckt denn deiner Meinung nach hinter dieser Sache?"

„Na ja, das ist ja wohl sonnenklar. Geld. Das große Geld. Rudloff hat doch alle übers Ohr gehauen. Wahrscheinlich soll etwas verschleiert werden. Oder Rache. Diese Brutalität. Eine Hinrichtung. Das deutet auf die Mafia hin. Russische Mafia natürlich."

„Kann schon sein", sagte Blacky zerstreut. Er fragte sich die ganze Zeit schon, wo Kerstin Weiß eigentlich war.

Gegen 13 Uhr rief sie ihn an. Er saß noch in der Redaktion und fasste die Neuigkeiten, die Kriminalhauptkommissar Bayer verkündet hatte, zusammen. Blacky hörte es ihrer Stimme an, dass sie nervös war. Ihr fehlte der formell dienstliche Ton, den sie sonst anschlug, wenn sie in der Redaktion anrief.

„Das ist jetzt vielleicht ein etwas ungewöhnliches Anliegen“, sagte sie. „Aber uns wäre sehr daran gelegen, wenn ihr so schnell wie möglich verbreiten könntet, dass es sich bei der heute Morgen in einem See gefundenen Leiche dem Vernehmen nach mit allerhöchster Wahrscheinlichkeit nicht um die vermisste Hülya handelt. Aber nennt bitte nicht explizit die Polizei als Quelle dieser Information.“

„Okay“, erwiderte Blacky verblüfft. „Aber wieso macht ihr das nicht mit einer ganz normalen Pressemitteilung?“

„Weil schlicht und einfach noch zu viele Fragen offen sind. Den Kollegen wäre am liebsten, sie könnten noch mehr abklären, bevor sie mit dieser Sache an die Öffentlichkeit gehen. Aber andererseits möchten wir die Luft rausnehmen, was Hülya anbelangt. Es schwirren schon genug Gerüchte in der Stadt herum.“

„Was für Gerüchte?“

„Ach, das ist kompliziert. Sag mal, hast du morgen Nachmittag Lust auf einen Kaffee? Ich habe frei, muss aber erst mal ausschlafen. Danach bin ich bereit zu jeder Schandtat. Na ja, zu fast jeder.“

Typisch Kerstin, dachte Blacky. Im unerwarteten Moment immer wieder einen Schritt nach vorn, um sofort wieder einen Rückzieher zu machen. Doch immerhin, seit gestern steigerte sich die Frequenz ihrer interpretationsfähigen Sprüche.

„Klar“, sagte er. „Treffen wir uns auf einen Kaffee. Ich habe auch frei, und das mit dem Ausschlafen ist eine weitere Gemeinsamkeit.“

„Wunderbar.“ Ihre Stimme verriet ihm nicht, ob sie es wirklich wunderbar fand oder nur eine Floskel gebrauchte. „Dann lass uns telefonieren, wenn wir wach sind. Ciao.“

Blacky kämpfte weiter mit seinem Text. Eine schwierige Gratwanderung zwischen dem Anspruch, sachlich und objektiv über die Ereignisse zu berichten, und der Anweisung Olaf Röders, die schaurigen Details möglichst effektvoll darzustellen.

„Dieser Mord besitzt ja schon schwedische Dimensionen“, hatte er ausgerufen, nachdem Blacky die Ergebnisse der Pressekonferenz kurz referiert hatte.

„Wieso schwedisch?“

„Weil gerade in Schweden die bizarrsten Morde verübt werden“, hatte sich Sören ungefragt eingemischt. „Vor allem im idyllischen Ystad und Umgebung.“

Olaf Röder nickte ihm anerkennend zu, und Sören ergänzte selbstbewusst: „Natürlich nur im Kriminalroman. Aber unter Fachleuten spricht man in solchen Fällen von schwedischen Dimensionen. Man muss sich das vorstellen. Ein Mann wird splitterfasernackt von einem Fahrzeug zu Tode gejagt und dann brutalstmöglich überfahren. Danach drapiert man ihn auf einem Denkmal mitten in der Stadt. Mankell hätte sich das auch nicht perfider ausdenken können.“

„Henning Mankell ist ein schwedischer Krimiautor“, hatte Olaf Röder hinzugefügt.

„Ja“, hatte Blacky geseufzt. „Das weiß ich auch. Ich bin ja nicht blöd.“

Dann hatten die beiden enthusiastisch Ideen diskutiert,

wie Main-Radio über dieses Verbrechen so berichten konnte, dass die Hörer das Gefühl hatten, hautnah an der Aufklärung beteiligt zu sein. Blacky rechnete sogar einige Augenblicke ernsthaft damit, dass der Redaktionsleiter ein Konzept vorschlagen würde, um Werbekunden ins Boot zu holen – etwa mit dem Slogan *Möbel Neuhardt präsentiert Ihnen die neuesten Ergebnisse im Fall der Rückert-Leiche.* Doch auf diesen Einfall kam nicht einmal Olaf Röder.

Endlich war er fertig und sah auf die Uhr. Er war schon wieder viel zu lange hier. Als Sören an seinem Schreibtisch vorbeischlenderte, nutzte er die Gelegenheit.

„Du hast nichts Wichtiges zu tun, oder?"

„Doch, eigentlich schon."

„Egal. Es gibt noch Wichtigeres."

Blacky setzte ihm die Sache mit der Leiche im See und das Anliegen der Polizeisprecherin auseinander, gab ihm den Auftrag, einen entsprechenden Nachrichtentext zu verfassen, und verabschiedete sich dezent ins Wochenende.

*

„Am Nachmittag bin ich bei dir", hatte er gesagt. Als es Nachmittag wurde, fiel ihr ein, dass er noch nie bei ihr gewesen war. Sie wurde nervös. Wie sollte das ablaufen? Wollte er seinen auffälligen Wagen direkt vor dem Haus parken und an der Tür klingeln? Dort, wo der Stadtteil Deutschhof an den Stadtwald grenzte, führte nur eine kleine Stichstraße zu dem protzigen Anwesen, das Hubert da hingeklotzt hatte. Die Nachbarn lagen auf der Lauer, sie registrierten seit gestern alles, was vor sich ging.

Sie griff zum Handy und rief ihn an. Er nahm nicht ab. Sie ignorierte die Mobilbox und trennte die Verbindung.

Eine halbe Minute später rief er zurück.

„Entschuldige, ich war mit dem Fahren beschäftigt."

„Wo bist du?"

„Gleich in Würzburg."

„Willst du hierherkommen?"

„Ja. Warum nicht?"

„Ich weiß nicht … Die Leute …"

„Welche Leute?" Er klang leicht genervt. „Sind jetzt irgendwelche Leute wichtig?"

„Nein, aber ich will kein Gerede."

„Was für ein Gerede denn? Ich komme, um zu kondolieren. Wen geht das etwas an?"

Er war analytisch und klar wie immer. Sie konnte ihm nicht sagen, was es war. Sie wusste es selbst nicht. Das schlechte Gewissen erschien ihr als zu banale Erklärung. Vielleicht war es Angst. Die Angst, dass er sie da sehen könnte, wo er sie nie zuvor gesehen hatte. Im Haus von Hubert Rudloff.

„Es wäre mir lieber, wir würden uns draußen treffen. Wie immer."

„Wenn du meinst. Ich bin in einer knappen halben Stunde da."

„Du, ich liebe dich."

Melanie Rudloff hörte ihn schweigen, dann legte er auf.

*

Dieser Tag hatte Okan Demir viel abverlangt. Erst der Anruf seiner Sekretärin: „Herr Demir, ich möchte Sie nicht beunruhigen. Aber ich habe eben im Radio gehört, dass in einem See in Schweinfurt eine Leiche gefunden worden ist. Es gibt allerdings noch keinerlei Hinweise auf die Identität."

Er hatte die Beherrschung verloren, das Handy war zu Boden gefallen, er hatte es wieder aufgeklaubt, hatte Murat im Café einfach sitzenlassen, war auf die Straße gerannt. Er war eine halbe Stunde durch die Stadt geirrt, hatte ständig nur Hülya vor sich gesehen, bis er den Mut gefunden hatte, den Leiter der Sonderkommission, Kriminaloberkommissar Lutz, anzurufen.

„Sie ist es, nicht wahr?"

„Nein, Herr Demir, ich kann Sie beruhigen. Es ist nicht Hülya."

„Warum sagen Sie das jetzt? Ist das ein Trick oder so etwas?"

Er hätte sich auf die Zunge beißen können deswegen. Eine solche Bemerkung zeigte nur, dass er mit allem rechnete, weil er ein schlechtes Gewissen hatte.

„Das ist doch Unsinn. Ich kann Ihnen mit absoluter Sicherheit sagen, dass es sich nicht um Hülya handelt."

„Und wieso rufen Sie mich nicht an? Wieso lassen Sie mich zappeln? Wieso erfahre ich nichts?"

„Herr Demir, wir tun hier unsere Arbeit. Es waren einige Untersuchungen nötig, bis wir zumindest sicher sein konnten, dass es nicht Ihre Tochter ist. Wir hätten Sie natürlich in absehbarer Zeit verständigt."

„In absehbarer Zeit! Hülya ist seit achtundvierzig Stunden verschwunden. Und Sie haben seitdem nichts erreicht!"

„Sie sind aufgewühlt, was ich verstehe, aber Sie dürfen die Dinge bitte nicht durcheinanderbringen. Was Ihren Vorwurf anbelangt …"

Okan Demir hatte einfach aufgelegt. Dann wurde er wütend auf sich selber. Er war nicht souverän gewesen, und doch kam es jetzt darauf an, die Nerven zu behalten. Aber wie konnte ihm das gelingen, wenn ihm gleichzeitig die Angst um sein Kind den Boden unter den Füßen wegzog?

Mit Mühe brachte er die Mandantengespräche am Nachmittag hinter sich. Dann machte er sich auf einen für ihn äußerst schwierigen Weg.

*

Das Antiquariat in der Judengasse hatte Blacky noch nie betreten, obwohl er auf dem Weg zu *Viva Porcellino* fast jeden Tag daran vorbeikam. Zu Büchern hatte er kein Verhältnis, anders als Lothar, der sie sammelte, hortete und verschlang. Er hatte noch nicht einmal die Kriminalromane seines Freundes gelesen, was dieser scheinbar gleichmütig hinnahm, um es dann doch ab und zu spitzzüngig zu kommentieren. Auch den Antiquar Luc kannte er nur flüchtig vom Sehen, obwohl Lothar bei seinen seltenen Besuchen in Schweinfurt viele Stunden in dessen Bücherhöhle verbrachte. Als er an diesem Freitagnachmittag die Tür öffnete, hatte er das Gefühl, sich in eine ihm unvertraute Welt zu begeben. Und das auch noch wegen einer äußerst abwegigen Idee, die aus dem fernen Irland herübergeweht war.

Luc saß auf einem Drehhocker und spielte Blockflöte. Allerdings nicht wie ein unbegabtes Kind, sondern mit der Virtuosität eines Meisters. Girlanden von glasklaren Tönen, die nach Vergangenheit klangen. Blacky blieb vor ihm stehen und sah sich um. Eine ungeheure Masse von Büchern in Regalen und Stapeln auf dem Boden, die nach Vergangenheit rochen. Er spürte Unbehagen, weil ihn Vergangenheit nicht interessierte.

Der Antiquar beendete sein Spiel und setzte die Flöte ab.

„Telemann", sagte er. „Besser als Bach. Bach wird überschätzt. Kann ich Ihnen helfen?"

„Ich denke schon", erwiderte Blacky. „Zumindest hat unser gemeinsamer Freund Lothar mich an Sie verwiesen. Es geht um Friedrich Rückert."

„Ach, was macht der alte Ire denn? Hat sich hier schon ewig nicht mehr blicken lassen."

„Hauptsächlich spielt er Golf, nehme ich an. Manchmal schreibt er vielleicht auch."

„Ja, seine doofen Krimis. Dabei wäre er zu Höherem berufen. Na, egal. Und was ist mit Rückert?"

„Also, ich arbeite für Main-Radio, und wir möchten demnächst etwas über den Dichter Friedrich Rückert machen. Friedrich Rückert und Schweinfurt, so in der Art. Weil er doch hier geboren wurde."

„Wegen der Leiche auf dem Denkmal, oder was?"

„Nein, damit hat das gar nichts zu tun. Es geht schon um Literatur."

„Dudelfunk und Literatur. Wie passt das denn zusammen? Aber von mir aus. Was willst du denn wissen?"

In Schweinfurt genügt ein gemeinsamer Freund fürs Du. Blacky griff zur nächstbesten Idee.

„Also, wir möchten natürlich Interviews machen. Vielleicht mit Nachkommen Rückerts, die in Schweinfurt leben."

„Gibt es nicht. Hier interessiert sich sowieso keine Sau mehr für ihn. Außer ein paar Spinnern."

„Und wer sind die, wenn ich fragen darf?"

„Na ja, zunächst mal ich selber. Sozusagen der Oberspinner. Dann der Vorsitzende der Rückert-Gesellschaft, quasi qua Amt. Außerdem natürlich unser guter alter Professor

Pfahl, der sich selbst übrigens mittlerweile für eine Wiedergeburt Friedrich Rückerts hält. Und schließlich noch ein besonderer Kunde von mir, der Herr Wenning, ein manischer Büchersammler."

„Wenning?", fragte Blacky. „Lars Wenning?"

„Genau der. Kennst du ihn? Ein interessanter Mann."

„Er ist mir irgendwann mal über den Weg gelaufen. Ich wusste aber nicht, dass er ein Faible für Bücher hat."

„Und wie! Wobei er letzten Endes nur ein einziges Thema im Kopf hat. Friedrich Rückert und seine ‚Kindertotenlieder'."

„‚Kindertotenlieder'? Das klingt ja grausig. Was ist das denn?"

„Allzu tief hast du bei Rückert aber anscheinend noch nicht gebohrt, Radioman."

„Ich bin noch am Anfang", sagte Blacky kleinlaut.

„Na, dann will ich dich mal erleuchten. Damit ihr im Radio nicht wieder nur Mist erzählt. Also, Friedrich Rückert und seine Frau haben innerhalb weniger Tage zwei ihrer Kinder verloren. Die dreijährige Luise und den fünfjährigen Ernst. Sie hatten Scharlach, bekamen Fieber, es war mitten im Winter, damals sind häufig Kinder an so etwas gestorben. Aber Rückert hat den Tod der beiden nie verwunden, seine Trauer war grenzenlos, und er hat dann in den folgenden Monaten Gedichte dazu geschrieben, eine unglaubliche Anzahl, über vierhundert sind es am Ende geworden. Eine Art Totenklage, geboren aus maßlosem Schmerz. Er selber hat sie nie veröffentlicht, erst nach seinem Tod wurden sie unter dem Titel ‚Kindertotenlieder' gedruckt."

„Und Lars Wenning sammelt die?", fragte Blacky nachdenklich.

„Wie ein Besessener. Alles, was damit zusammenhängt. Erstausgaben, spätere Ausgaben, Bilder von Rückerts Kindern, die Vertonungen der Lieder von Gustav Mahler."

„Und warum tut er das?"

„Keine Ahnung. Viele meiner Kunden sind leidenschaftliche Büchersammler. Ich frage sie nie, warum sie das tun. Es sind scheue Menschen mit eigenartigen Verhaltensweisen. Man darf sie nicht vergraulen."

„Das ist interessant", sagte Blacky. „Hochinteressant."

*

Melanie Rudloff wartete auf ihn, da, wo sie schon oft gewartet hatte. Schließlich kam er, hochgewachsen, schlank, wie immer leicht gebräunt im Gesicht. Sein eleganter Mantel, den er offen trug, flatterte im leichten Wind. Ihr Traummann. Seit jenem fürchterlichen Tag, an dem sie ihn zum ersten Mal gesehen hatte, war er ihr Traummann. Viel war seither geschehen, und doch auch so wenig. Was hoffnungslos schien, wurde zur Hoffnung ihres Lebens, um im Lauf der Zeit immer hoffnungsloser zu werden. Alle Fragen blieben offen, auch die bedrängendste: War sie seine Traumfrau?

Er nahm sie in den Arm, vermied einen Kuss. Das war nichts Ungewöhnliches, das tat er oft. Heute deutete sie es als ein Zeichen von Pietät, aber sie deutete häufig etwas zu seinen Gunsten. Und immer blieben Fragen nach den wahren Gründen für seine manchmal so irritierende Kühle. Aber dann gab es auch immer wieder den ganz anderen Lars, den großen Lausbub, mit dem man Pferde stehlen konnte. Den charmanten, liebevollen, zärtlichen Mann. Einen Mann, wie sie nie zuvor einen anderen gekannt hatte.

„Lars“, sagte sie und klammerte sich an ihn. „Ich bin so froh, dass du da bist.“

„Goldstück“, sagte er. „Ich liebe dich.“

Er nahm sie an die Hand. Der Weg rund um den großen Schweinfurter Badesee war nach dem Winter matschig und voller Wasserpfützen. Ihr kam er jetzt vor, als sei er mit Blumen gesäumt, und sie malte sich aus, wie es sein würde, wenn sie im Frühling und Sommer diesen Weg gehen würden. Unzählige Male hatten sie zu allen Jahreszeiten diesen See schon umrundet; es waren oft die wenigen kostbaren Minuten gewesen, die sie zusammen verbringen konnten. Würde es jetzt anders werden?

„Was ist passiert?“, fragte er.

„Ich weiß es nicht. Hubert war wohl in der Nacht nicht zu Hause. Am Morgen stand die Polizei vor der Tür. Ich musste ihn identifizieren. Er sah einfach nur lächerlich aus.“

„Hast du irgendeine Idee, wer es getan haben könnte?“

„Alle können das getan haben. Alle, die er gelinkt, beschissen und betrogen hat. Die Polizei sagt, es müssen mehrere gewesen sein. Das war sorgfältig geplant. Was glaubst du?“

Er zuckte mit den Schultern und schwieg. Sie fragte sich, was er wohl denken mochte.

„Warum bist du nur bei ihm geblieben?“, fragte er endlich. „In all diesen Jahren?“

„Warum bleibst du bei deiner Frau?“

„Das ist etwas völlig anderes. Hubert war ein Lump, sie würde es nicht überleben.“

„Dafür ist er jetzt tot“, sagte sie und lachte schrill auf.

Sie sprachen über die Beerdigung und banale Dinge. Als sie zu der Stelle zurückgekehrt waren, an der sich der Kreis schloss, blieben sie stehen.

„Und was wird nun sein?“, fragte sie.

„Ich weiß es noch nicht“, antwortete er. „Ich muss viel nachdenken.“

„Fährst du jetzt zu deiner Frau?“

„Nein, sie weiß gar nicht, dass ich schon in Schweinfurt bin. Ich bleibe bis morgen im Steigerwald.“

„Oh ...“ Sie zögerte. „Kann ich denn nicht mitkommen?“

„Nein“, erwiderte er rasch. „Das wäre nicht gut. Ich muss alleine sein. Bitte versteh das.“

Sie nickte. Vielleicht war es ein gutes Zeichen, dass er nachdenken wollte. Ja, das war ein gutes Zeichen.

Sein Abschiedskuss war sehr zärtlich. Dann gingen sie aus alter Gewohnheit getrennt zu ihren Autos zurück.

*

Blacky ging die wenigen Schritte zu *Viva Porcellino* hinüber, bestellte seinen Cappuccino und dachte nach. Schließlich rief er Kerstin Weiß an.

„Oh“, sagte sie. „Du noch mal.“

„Und rein dienstlich. Ich weiß nicht, ob du mir weiterhelfen willst oder darfst. Aber du hast doch gesagt, ihr hättet das Alibi von dem Typen mit dem Jaguar überprüft?“

„Ja. Völlig wasserdicht, soweit ich weiß.“

„Was ich bezweifle. Darfst du mir sagen, worin dieses Alibi besteht?“

„Nein, darf ich nicht. Aber viele Männer haben eine Ehefrau und eine Sekretärin.“

„Okay. Und die haben beide ausgesagt, dass Lars Wenning in Göteborg ist.“

„Oho.“ Er sah förmlich die Überraschung in ihrem Gesicht und deutete ihren Ausruf als Anerkennung für seinen detektivischen Spürsinn.

„Kein Kommentar“, kam aus dem Hörer.

„Verstehe. Habt ihr denn nachgeprüft, ob Wenning auch wirklich geflogen ist und sich tatsächlich in Göteborg aufgehalten hat?“

Stille in der Leitung.

„Weiß ich nicht“, sagte Kerstin Weiß dann. „Muss ich nachfragen. Ich kann dir nicht versprechen, dass ich mich noch einmal melde.“

„Du meinst, Schweigen bedeutet Zustimmung?“

„Unbedingt“, sagte sie und legte auf.

Joe, der tätowierte Barista, brachte ihm den Cappuccino.

„Was gibt's Neues?“, fragte er.

„Du weißt doch mehr als ich“, sagte Blacky. „Eigentlich müssten wir von hier aus senden. Hier laufen schließlich alle Drähte der Stadt zusammen.“

„Schmeichel, schmeichel. Was ich grad erfahren hab ... Der Faschingszug wird net abgeblasen.“

„Echt? Das ist aber eine gewagte Entscheidung.“

„Find ich auch. Aber die vom ASKV sind der Meinung, das is im Sinn von Hubert Rudloff. Die ham sich sogar zu der Aussage verstiegen, der verblichene Faschingsprinz hätte das auf jeden Fall so gewollt. Woher sie's nur wissen? Jetzt frag ich mich, ob sie vielleicht neben die Iris I. 'ne Puppe setzen wollen oder wie sie sich das vorstellen. Na ja, für mich is es gut fürs Gschäft. Aber die Welt is scho' verkommen heut.“

Sie sahen beide eine Weile melancholisch aus dem Fenster. Dann klatschte der Barista in die Hände und meinte: „Immerhin bin ich froh, dass die Leiche aus dem See net die kleine Hülya is. Ich habs vorhin bei euch im Radio g'hört. Das hätte mir ja sonst echt 'nen Schock versetzt. Ich möcht bloß wissen, wo die Kleine steckt."

Das finde ich schon noch heraus, dachte Blacky. Und er wunderte sich darüber, wie selbstverständlich ihm dieser Gedanke inzwischen geworden war.

*

Okan Demir betrat zum ersten Mal die neue Moschee in der Wirsingstraße. In seiner Kindheit hatte es in Schweinfurt nur enge Gebetsräume in schäbigen Hinterhöfen gegeben. Seit er denken konnte, hatte ihn sein Vater dorthin mitgenommen, und diese verborgene Welt abseits der Stadt war seine eigentliche Heimat gewesen. Aber schon als Jugendlicher begann er sich den regelmäßigen Pflichten zu entziehen, die für seinen Vater heilig und unverrückbarer Mittelpunkt des Lebens waren. Als er nach dem Abitur zum Studium nach Würzburg gezogen war, suchte er keinen Anschluss mehr an die alte Welt seiner Kindheit. Dort ging ihm dann verloren, was ihn lange innerlich geformt und geprägt hatte. Er bezeichnete sich weiterhin als Muslim, aber er dachte nicht mehr darüber nach, ob das für sein Leben etwas bedeutete. Einige Jahre hielt er noch aus tiefverwurzelter Gewohnheit den Fastenmonat Ramadan, dann gab er auch das auf. Schließlich lernte er im Urlaub eine junge, äußerst selbstbewusste Journalistin aus Istanbul kennen, die mit ihren kessen Sprüchen jedem zeigte, dass sie vor nichts und niemandem Respekt hatte. Sie erschien ihm als der Inbegriff eines modernen türkischen Lebens, das nichts mehr zu tun hatte mit der kleinen, unauffälligen Existenz seiner Eltern in der Schweinfurter Theresienstraße. Gemeinsam zogen sie nach Berlin, heirateten, führten ein manchmal turbulentes Großstadtleben und gingen bald ganz darin auf, ihre kleine Hülya zu vergöttern. Dann geschah das Schreckliche, und Okan Demir kehrte mit seiner Tochter nach Schweinfurt zurück. Er hatte das Gefühl, nahe bei den alten Wurzeln eher die Kraft für ein neues Leben finden zu können.

Er zog die Schuhe aus und verrichtete wie selbstverständlich die rituelle Waschung, als ob er es erst gestern das letzte Mal getan hätte. Niemand schien Notiz von ihm zu nehmen, als er in die große Halle ging und sich auf dem Teppich niederließ. Das Freitagsgebet begann mit der gleichen Beiläufigkeit wie alle anderen Gebete auch, und Okan Demir schloss die Augen und wurde wieder zu dem kleinen Jungen von damals, der neben dem Vater kniete, die so vertrauten und meist unverständlichen Worte in Arabisch sprach, die vielen komplizierten Niederwerfungen vollzog, sich bei der in türkischer Sprache gehaltenen Predigt des Hodscha etwas langweilte und dabei auf eine eigenartige Weise geborgen und getragen fühlte.

Nach dem Ende des Gebetes kam Murat auf ihn zu.

„Ich habe ihn gefragt", sagte er. „Er wird mit dir sprechen."

*

Der Abend wurde unerwartet mild und ließ einen Hauch von Frühling erahnen. Die Dunkelheit schien später zu kommen als sonst. Mit dem Sonnenuntergang wurde die Suche nach der vermissten Hülya eingestellt.

Blacky hatte noch lange Gitarre gespielt und seine Songs geübt. Kerstin Weiß hatte nicht mehr angerufen. Also hatte er recht gehabt, und Lars Wenning war am Mittwoch nicht in Göteborg gewesen. Ein Gefühl bemächtigte sich seiner, das er so nicht kannte. Etwas Triumph war dabei und eine Art Jagdtrieb. Er hatte bisher nicht gewusst, dass Derartiges in ihm schlummerte. Doch er spürte deutlich, wie neben einer heftig werdenden Wut das Verlangen wuchs, diesen Mann zur Strecke zu bringen.

Faschingssamstag

In der Lagebesprechung der Sonderkommission „Hülya“ am Samstagmorgen um acht Uhr begann Kriminaloberkommissar Stefan Lutz damit, den Stand der Ermittlungen zusammenzufassen.

„Das vermisste neunjährige Mädchen ist mittlerweile seit fast zweiundsiebzig Stunden, also seit drei Tagen, abgängig. Ein Entführer mit einer Lösegeldforderung hat sich nicht gemeldet. Nach dem plötzlichen Verschwinden aus der Friedrich-Rückert-Schule, das niemand bemerkt hat, ist uns nur eine einzige Spur bekannt. Etwa zwei Stunden später wurde Hülya mit hoher Wahrscheinlichkeit von einem unverdächtigen Zeugen noch einmal in der Friedrich-Rätzer-Straße gesehen. Danach scheint sie wie vom Erdboden verschluckt.“

„Haben wir den Hinweis des Zeugen auf ein verdächtiges Fahrzeug ausreichend überprüft?“, fragte seine Kollegin Marion Werner mit betont ausdrucksloser Miene.

„Ich denke, ja“, antwortete Lutz wie nebenbei. „Der Halter des Fahrzeugs ist Lars Wenning, Mitglied der Geschäftsleitung bei SKF. Unser Chef selbst, der mit ihm befreundet ist, hat sich von Frau Wenning bestätigen lassen, dass ihr Mann auf Geschäftsreise in Göteborg ist. Auch seine Sekretärin hat sich offenbar dahingehend geäußert. Entsprechende Aktenvermerke liegen vor. Es scheint so gut wie ausgeschlossen zu sein, dass Herr Wenning sein Auto verliehen haben könnte. Wir müssen also höchstwahrscheinlich von einem Irrtum des Zeugen ausgehen."

„Wie viele Jaguars dieser Klasse gibt es noch in Schweinfurt und Umgebung?", fragte Marion Werner spitz.

„Meines Wissens nur den von Herrn Wenning."

„Interessant", fuhr die Kriminalbeamtin fort. „Und genau den sieht der Zeuge Christian Schwarz und liefert bei seiner Beschreibung auch noch das richtige Kennzeichen mit, das ihm vorher nicht bekannt war. Worin genau soll also der Irrtum des Zeugen bestehen?"

Bei Oberkommissar Lutz erschienen rötliche Flecken im Gesicht und feine Schweißperlen auf der Stirn.

„Es mag sein, dass es da tatsächlich noch Klärungsbedarf gibt", sagte er hastig. „Ich …"

„Zumindest hat sich eines schon geklärt", unterbrach ihn seine Kollegin kühl. „Nach Auskunft der Lufthansa war Lars Wenning zwar am Mittwoch auf einen Flug von Frankfurt nach Göteborg gebucht, hat den Flug aber nicht angetreten. Ein sogenannter No-Show also. Kommt bei Geschäftsreisenden häufig vor."

Kriminaloberkommissar Stefan Lutz ordnete pikiert eine Besprechungspause an und bat seine Kollegin energisch, mit ihm nach draußen zu kommen.

*

Sören hatte sich freiwillig gemeldet, den Wochenenddienst in der Redaktion von Main-Radio zu übernehmen.

„Kein Problem für mich", hatte er erklärt. „In dem öden Nest hier ist sowieso nichts los. Außerdem haben wir Ostfriesen mit Karneval überhaupt gar nichts am Hut."

Kurz vor neun kam die Pressemeldung der Polizeiinspektion Schweinfurt herein, nach der die Identität der am Vortag in einem See gefundenen Leiche inzwischen festgestellt worden war. Es handelte sich um die seit über zwei Jahren vermisste zehnjährige Laura Gabrieli. Sie war die Tochter einer italienischen Familie aus Gerolzhofen, die dort eine Pizzeria betrieb. Laura war an einem Winterabend unter nie geklärten Umständen auf dem Nachhauseweg vom Volleyballtraining spurlos verschwunden.

Weitere Informationen über Todesursache, den Zustand der Leiche und nähere Details enthielt die Pressemeldung nicht. Sie endete mit der Floskel: „Die Ermittlungen dauern an."

Sören studierte die große Karte des Landkreises Schweinfurt, die neben dem Konferenzraum an der Wand hing. Er war noch keine Woche hier, und es dauerte eine Weile, bis er sich zurechtfand. Dann nickte er grimmig. Der See, in dem die Leiche gefunden worden war, lag unmittelbar neben der Schnellstraße B286, die nach Gerolzhofen führte. Und Hülya, das türkische Mädchen, war ebenfalls dort in der Nähe zum letzten Mal gesehen worden.

„Ein Serienkiller", murmelte er vor sich hin. „Vielleicht ist in Schweinfurt ja doch mehr los, als ich dachte."

Kurz entschlossen machte er sich ans Werk.

*

Einen Augenblick hatte Okan Demir, als er in der Frühdämmerung kurz aufgewacht war, ernsthaft überlegt, ob er aufstehen und das Morgengebet verrichten sollte. Seinen Gebetsteppich von früher hatte er schon am Abend zuvor aus dem Schrank hervorgesucht und zum ersten Mal seit sehr langer Zeit wieder entrollt. Doch wie am Abend auch verwarf er diese Idee und versuchte, noch etwas zu schlafen. Dann stand er auf, kochte sich einen Kaffee und entschied, joggen zu gehen.

Von der Luitpoldstraße war er rasch an der Gutermann-Promenade und lief mainabwärts. Er machte Tempo, um seinen Gedanken zu entkommen. Es gelang ihm nicht. Heute war bereits der vierte Tag, seit Hülya verschwunden war. Und inzwischen traute er seinem eigenen Kalkül nicht mehr. Alle, die ihn in den vergangenen Tagen erlebt hatten, mochten sich darüber gewundert haben, wie beherrscht und nahezu gelassen er auf das reagiert hatte, was für einen Vater doch der schrecklichste Albtraum überhaupt sein musste. Er war sich bewusst, dass er damit Befremden und das Misstrauen der Polizei erregt hatte. Aber es gab einen Grund. Von der ersten Sekunde an war Okan Demir davon überzeugt gewesen, Hülya sei nicht in Gefahr, weil es nicht um sie, sondern ganz allein um ihn ging.

Doch seit dem Gespräch gestern Nachmittag war alles anders. Und seitdem hatte Okan Demir Angst. Nicht mehr Angst um sich, sondern nur noch Angst um Hülya.

*

Melanie Rudloff saß noch im Morgenmantel bei einer Tasse Kaffee und versuchte, sich auf die Tageszeitung zu konzentrieren. Doch ihre Gedanken schweiften unruhig ab. Eigentlich hätten sie jetzt in Venedig sein sollen. Und wie einfach wäre es diesmal gewesen, mit in den Steigerwald zu kommen. Aber dass Lars nachdenken wollte, konnte ja bedeuten, dass er seine starre Haltung nun vielleicht doch ändern würde. Bisher hatte er es immer abgelehnt, über eine Trennung von seiner Frau ernsthaft auch nur zu reden. Sie hätte Hubert sofort verlassen, zu jeder Zeit und ohne Bedenken, aber seine Skrupel waren unüberwindbar.

„Es würde sie töten", sagte er.

„Und was ist mit mir?", fragte sie.

„Du bist eine starke Frau. Nicht einmal Hubert Rudloff hat dich gebrochen."

„Und wohin soll es führen?", hatte sie immer wieder gefragt.

„Die Zeit wird es zeigen", war seine Antwort stets gewesen.

Anfangs hatte sie daran gedacht, den ersten Schritt zu tun. Ihren Mann ohne Wenn und Aber zu verlassen, um Lars zu zeigen, wie ernst es ihr war. Aber sie hatte es verworfen. Es hätte nichts genutzt, es hätte sie der Existenz beraubt und zur bloßen Geliebten degradiert. Nun hatte die Zeit einen Sprung gemacht, und es würde sich zeigen, was das bedeutete.

Sie las den Artikel in der Zeitung zu Ende. Er war nichtssagend und wiederholte das, was ganz Schweinfurt längst wusste: Die Polizei war in den Ermittlungen im Mordfall Hubert Rudloff noch keinen Millimeter vorangekommen. Melanie Rudloff empfand das eher befriedigend als beunruhigend.

Es klingelte an der Haustür. Einen kleinen Moment lang war sie voller Hoffnung, aber als sie öffnete, sah sie nur den großen Kriminalbeamten in seiner abgewetzten Lederjacke.

*

Der schönste Morgen für den *Morning Man* war der, an dem er nicht König des Radios sein musste. Und der allerschönste war der Samstagmorgen, wenn er endlich seinem natürlichen Lebensrhythmus wieder freien Lauf lassen konnte. Blacky zelebrierte schon den Freitagabend entsprechend, losgelöst vom dumpf pochenden Bewusstsein, mitten in der Nacht aufstehen zu müssen. Oft ging er aus, diesmal hatte er den Abend zuhause verbracht, mit seinen Songs und später drei Episoden von *Twin Peaks* am Stück.

Das fiepende Handy weckte ihn zu einer Zeit, die er für den frühesten Morgen hielt. Doch die Uhr zeigte bereits kurz vor elf, und auf dem Display leuchtete Kerstins Nummer.

„Wollten wir nicht telefonieren, wenn wir ausgeschlafen haben?", murmelte er, nicht einmal halbwach.

„Wir wollten telefonieren, wenn wir wach sind", hörte er Kerstins erstaunlich energische Stimme. „Und ich bin wach. Sehr wach sogar. Sag mal, habt ihr sie noch alle?"

Er richtete sich im Bett auf.

„Wovon sprichst du?"

„Hast du schon Radio gehört?"

„Ich höre eigentlich nie Radio. Ich mache Radio."

„Lass die Witze! Was da eben gelaufen ist, und zwar auf deinem Sender, das war unter aller Sau! So was könnt ihr nicht bringen, hörst du?"

„Mal abgesehen davon, dass ich überhaupt keinen Schimmer habe, wovon du redest – es gibt eine Redaktion, eine Chefin vom Dienst und einen Redaktionsleiter. Beschwer dich bei denen. Wieso rufst du mich an?"

„Weil du nun mal meine Kontaktperson zum Sender bist. Und auch immer viel Wert darauf legst, sie zu sein. Und weil ich dich sowieso anrufen wollte."

„Okay, und worum geht es eigentlich?"

„Um den angeblichen Mädchenkiller von Schweinfurt.

Es ist verantwortungslos, so etwas in die Welt zu setzen. Völlig aus der Luft gegriffen."

O Gott, dachte Blacky, Sören hat zugeschlagen.

„Ich kümmere mich drum", sagte er rasch. „Sehen wir uns später?"

„Weiß ich noch nicht. Äh ... ja, ich denke schon. Klar. Ich melde mich noch mal."

Blacky wählte die Nummer der Redaktion.

„Main-Radio Schweinfurt. Sören Eckenstade."

„Guten Morgen, Sören", sagte Blacky überfreundlich. „Hier ist Christian. Sag mal, hast du schon irgendwelche aktuellen Meldungen rausgegeben? Ich hab vorhin bei den Nachrichten leider zu spät eingeschaltet."

„Hab ich", sagte Sören stolz. „Der Hammer! Wir haben einen Serienkiller. Hier in Schweinfurt. Sensationell!"

„Könntest du mir die Meldung grade mal vorlesen?"

„Klaro. Moment, ich suche sie ... Okay, es geht los: Nach dem Fund einer Mädchenleiche in einem See bei Schweinfurt eröffnen sich brisante Zusammenhänge. Wie die Polizei jetzt bestätigte, handelt es sich bei der gestern Morgen entdeckten Leiche um die seit mehr als zwei Jahren vermisste Laura Gabrieli aus Gerolzhofen. Nähere Angaben über die Umstände ihres Todes wurden noch nicht gemacht, aber es steht zu vermuten, dass sie einem grausamen Verbrechen zum Opfer gefallen ist. Das wirft ein neues Licht auf das Verschwinden der neunjährigen Hülya, nach der seit Tagen fieberhaft gesucht wird. Auffällig ist, dass beide Mädchen etwa gleichaltrig sind und Hülya zum letzten Mal nicht weit von jenem See entfernt gesehen wurde, in dem die Leiche von Laura lag. Es steht also zu befürchten, dass ein Serienkiller in unserer Stadt sein Unwesen treibt, der es auf kleine Mädchen abgesehen hat. Wir alle müssen uns die bange Frage stellen: Wann wird der Mädchenkiller von Schweinfurt wieder zuschlagen? Sören Eckenstade für Main-Radio Schweinfurt. – Hallo? Blacky? Bist du noch dran?“

„Ja“, sagte Blacky mit so leiser Stimme, dass er genügend Anlauf hatte für die bevorstehende Explosion. „Ich bin noch dran. Ich bin nur grade etwas sprachlos. Ich überwinde meine Sprachlosigkeit aber jetzt. Und ich werde sogar sehr deutlich und sehr laut. Sören, du bist ein solches Arschloch, wie ich noch keines gesehen habe. Weißt du eigentlich, was du da fabriziert hast?“

„Ich habe nur recherchiert und ein wenig kombiniert und investigativen Journalismus betrieben. Die Polizei hält Informationen zurück. Gut, verstehe ich, sie will die Bevölkerung nicht verängstigen. Aber die Menschen, unsere Hörer, müssen gewarnt sein. Wenn der Mädchenkiller wieder …“

„Halt den Mund, Sören!“, unterbrach ihn Blacky grob. „Für nichts, was du da zusammengesponnen hast, gibt es auch nur einen Anhaltspunkt. Weder ist klar, dass diese Laura ermordet wurde, noch, dass Hülya tot ist. Was setzt du für einen Unsinn in die Welt? Mädchenkiller! Ich fasse es nicht!“

„Aber …“

„Nichts aber! Pass auf, du hältst jetzt die Klappe, bis der Chef sich bei dir meldet. Ich rufe Olaf Röder an, damit er dich aus dem Verkehr zieht. Und komm nicht auf die Idee, auch nur in die Nähe eines Mikrofons zu gehen. Verstanden?“

Er wartete die Antwort gar nicht ab, trennte die Verbindung und rief wutschnaubend Olaf Röder an.

*

Kriminalhauptkommissar Wolfram Bayer lehnte nie ab, wenn ihm Kaffee angeboten wurde. Denn meistens hatte er, während der Kaffee gekocht wurde, ein paar Minuten Gelegenheit, sich unauffällig umzusehen. Bei Melanie Rudloff wusste er, dass ihm dazu sogar recht viel Zeit blieb. Weil sie nicht nur mit dem Kaffee beschäftigt war, sondern sich auch noch anziehen würde. Er hielt es für ausgeschlossen, dass sie ihm erneut im Morgenmantel gegenübertrat.

Das Haus der Rudloffs fand er, gemessen am Reichtum, den man Hubert Rudloff nachgesagt hatte, nicht spektakulär. Es war zwar groß, aber bieder und spießig eingerichtet. Schon bei seinem ersten Besuch vor zwei Tagen hatte er sich gefragt, was eine so attraktive und kultivierte Frau wie Melanie Rudloff in diesem Haus und an der Seite dieses Mannes verloren gehabt hatte. Selbst im Tod und auf dem Seziertisch hatte Hubert Rudloff noch verströmt, was er im Leben gewesen war: Ein vulgärer und protziger Gernegroß, der letztlich keine Moral kannte, dies aber immer virtuos mit der Maske des Biedermanns zu kaschieren wusste. Doch seine Durchtriebenheit und Skrupellosigkeit hatten nicht ausgereicht, diese Rolle ein ganzes Leben lang unbehelligt zu spielen. Das Ende der Ära des Hubert Rudloff hatte unmittelbar bevorgestanden, aber ein unbekannter Richter war schneller gewesen und hatte ihn vorzeitig zur Strecke gebracht. Es wurmte Wolfram Bayer gewaltig, dass er auch jetzt noch nicht den geringsten Anhaltspunkt hatte, wer dieser Richter gewesen sein könnte.

Melanie Rudloff servierte den Kaffee, nun schwarz gekleidet mit einer Hose und einem Rollkragenpullover. Bayer bemerkte, dass sie Lippenstift und Rouge aufgetragen hatte.

„Ich halte es für meine Pflicht“, begann er das Gespräch,

„Ihnen ehrlich zu sagen, dass wir in unseren Ermittlungen kaum vorangekommen sind. Deshalb habe ich mir jetzt die Freiheit genommen, Sie noch einmal aufzusuchen. Wir sind auf die kleinsten Hinweise angewiesen. Hat Ihr Mann in letzter Zeit irgendwelche Namen erwähnt, vielleicht im Zusammenhang mit geschäftlichen Schwierigkeiten?"

„Ich habe nicht die geringste Ahnung von den Geschäften meines Mannes. Es hat mich nie interessiert."

„Aber er hat doch sicher ab und zu davon gesprochen?"

„Hubert hat sehr viel gesprochen. Ich habe ihm selten zugehört."

„Und seine gesellschaftlichen Kontakte hier in Schweinfurt? Gab es da Differenzen, Auseinandersetzungen, Probleme?"

„Woher soll ich das wissen? Mein Mann hat auf so vielen Hochzeiten getanzt."

„Nur getanzt?"

Sie sah ihm zum ersten Mal direkt ins Gesicht. Und sie schien äußerst amüsiert.

„Vergessen Sie's! Hubert war zu jeder Schandtat fähig, aber leider nicht zu dieser."

„Wollen Sie damit sagen, dass ..."

„Nein, das nicht gerade. Aber er konnte bei Frauen nicht landen. Keine nahm in ernst, alle hielten ihn auf Abstand. Es war schon komisch. In seiner Männerwelt, da war er überall der große Macker. Aber die Frauen gingen ihm aus dem Weg. Immer. Das war die Schmach, an der er gewaltig knabberte."

„Glauben Sie das nur, oder wissen Sie das?"

„So etwas weiß eine Frau. Da können Sie sicher sein."

„Wenn Sie es sagen. Er hatte also keine Affären?"

„Nie im Leben."

Wolfram Bayer zögerte einen Augenblick und schluckte die naheliegende Frage vorerst hinunter.

„Wie würden Sie Ihre Ehe denn so beschreiben?", fragte er stattdessen.

„Das können Sie sich doch denken, oder?"

„Ich fürchte, ja. Aber wie ist es dazu gekommen? Schließlich haben Sie Hubert Rudloff ja einmal geheiratet."

„Du lieber Gott, das ist der Lauf der Dinge. Sind Sie glücklich verheiratet?"

„Das steht hier nicht zur Debatte. Aber immerhin, Sie scheinen Ihren Mann regelrecht gehasst zu haben. Und nun erben Sie sein Vermögen?"

Melanie Rudloff brach in ein schrilles Lachen aus, das ihn abstieß. Er hatte es schon einmal gehört, und es war der einzige unsympathische Zug an ihr.

„Ja, aber ich habe ihn nicht da oben auf dem Denkmal deponiert."

„Davon gehe ich auch nicht aus", sagte der Kriminalbeamte ruhig. „Dass Sie das waren. Zwei Fragen habe ich noch. Die erste ist eher nebensächlich. Warum waren Sie eigentlich nicht die Faschingsprinzessin an der Seite Ihres Mannes?"

Sie sah ihn fast mitleidig an.

„Diese Frage erübrigt sich nach diesem Gespräch doch wohl. Oder?"

„Wahrscheinlich schon", antwortete er. „Die zweite Frage finde ich interessanter. Hatten Sie während Ihrer Ehe je eine Affäre? Sie müssen mir diese Frage natürlich nicht beantworten."

„Nein, hatte ich nicht", sagte Melanie Rudloff und sah ihm wieder direkt ins Gesicht. Irgendwo piepste laut und aufdringlich ein Handy. Kriminalhauptkommissar Bayer machte eine vage Geste, um anzudeuten, dass er die Unterbrechung akzeptierte.

„Nur eine SMS", sagte Melanie Rudloff. „Das hat Zeit."

„Ich werde mich trotzdem verabschieden", meinte er. „Meine Fragen sind so weit geklärt, und ich habe noch viel zu tun."

Sie brachte ihn zur Tür, und er bewunderte dabei insgeheim ihre schlanke und anziehende Gestalt. Er mochte diesen Frauentyp, auch wenn sich dahinter, wie bei Melanie Rudloff, eine Lügnerin verbarg.

*

Wieder meldete sich diese leise, müde Frauenstimme.

„Guten Morgen, Frau Wenning", sagte Blacky. „Hier ist noch einmal Christian Schwarz von Main-Radio Schweinfurt. Entschuldigen Sie bitte die Störung, aber ist Ihr Mann heute zu sprechen?"

„Tut mir leid, er ist noch nicht aus Göteborg zurück."

„Oh, wann wird er denn zurück sein? Es ist nicht so dringend, aber …"

„Vielleicht noch heute, vielleicht auch erst morgen. Ich weiß es nicht."

Ihre Stimme klang hoffnungslos. Blacky bedankte sich und legte auf. Lars Wenning und seine Frau führten offensichtlich eine Ehe mit recht niedrigem Kommunikationsniveau. Auch das war interessant, aber die eigentliche Frage beschäftigte ihn mehr: Wo war Lars Wenning die ganze Zeit, und was tat er dort?

*

Am späten Vormittag wurde Kriminaloberkommissar Stefan Lutz von der Leitung der Sonderkommission „Hülya“ entbunden. Die Order kam vom Polizeipräsidium in Würzburg, verbunden mit der Anweisung, diesen Vorgang intern zu behandeln. Mit der vorläufigen Führung der Einheit wurde Kriminalkommissarin Marion Werner betraut. Als Erstes ordnete sie die Vernehmung von Lars Wenning an und erfuhr wenige Minuten später, dass der Chef der Polizeiinspektion Schweinfurt ihn höchstpersönlich bereits zu einem vertraulichen Gespräch getroffen hatte. Der Kommissarin wurde ein entsprechendes Protokoll darüber in Aussicht gestellt.

Sie wahrte mit Mühe die Contenance und fuhr in die Bauerngasse, wo sie den Fotografen Murat Demir in seinem Atelier antraf.

„Ich habe Ihren Kollegen bereits alles gesagt, was ich weiß“, meinte er, nachdem sie ihre Dienstmarke vorgezeigt hatte.

„Das mag sein, aber wir müssen allen Hinweisen noch einmal akribisch nachgehen“, antwortete sie barsch, um ihn einzuschüchtern. „Weshalb wollten Sie eigentlich Hülya am Mittwoch von der Schule abholen?“

„Das tue ich öfters.“

„Erstens ist das keine Antwort auf meine Frage, und zweitens tun Sie das nicht öfters. Hülyas Freundinnen haben ausgesagt, das wäre überhaupt noch nie vorgekommen.“

„Mein Bruder hat mich an diesem Tag darum gebeten.“

„Warum? Hatte er Angst um Hülya?“

„Nein. Aber er hatte selbst keine Zeit.“

„Herr Demir, Sie erzählen mir Unsinn. Ihr Bruder hat Hülya auch nur sehr selten von der Schule abgeholt. Er hat sie jeden Morgen dorthin gebracht, aber nach Hause ist sie immer mit ihren Freundinnen gegangen. Sie hat dann in der Familie Celik zu Mittag gegessen, ihre Hausaufgaben gemacht und wurde am Spätnachmittag von ihrem Vater dort abgeholt. Sie kommen in diesem System gar nicht vor."

„Dann fragen Sie doch meinen Bruder, warum er mich darum gebeten hat."

„Das werde ich tun, Herr Demir. Was ist Hülya denn für ein Mädchen? Wie würden Sie sie charakterisieren?"

„Was für ein Mädchen? Was soll ich dazu sagen? Ein ganz normales Mädchen eben. Sehr aufgeweckt. Aber auch noch sehr kindlich."

„Wie ist sie mit dem Verlust ihrer Mutter klargekommen?"

„Sie stellen mir vielleicht Fragen. Ich bin doch kein Psychologe. Sie ist schon irgendwie klargekommen. Kinder vergessen schnell."

„Wie oft hat Hülya ihren Großvater gesehen? Er soll ein sehr reicher Mann sein?"

„Einmal im Jahr. In den Sommerferien. Okan hat sie dann nach Istanbul gebracht. Sie ist immer eine Woche bei ihrem Großvater geblieben."

„Hat Ihr Bruder Schulden?"

„Das weiß ich nicht."

„Herr Demir, bleiben Sie bei der Wahrheit. Ich warne Sie."

„Fragen Sie ihn doch selber, meine Güte! Ja, er hatte Schwierigkeiten. Was hat das mit Hülya zu tun?"

„Wieso hat sein Schwiegervater, Hülyas Großvater, ihm nicht geholfen?"

Murat Demir schaute düster und verunsichert vor sich hin.

„Sie haben Streit. Sie sprechen nicht miteinander."

„Weshalb?"

„Das müssen Sie ihn schon selber fragen."

„Wegen Hülya?"

„Ja."

„Weil Ihr Bruder den Prozess um Hülya gewonnen hat?"

„Sie wissen doch schon alles. Was fragen Sie mich?"

Kriminalkommissarin Werner sah ein, dass sie hier nicht weiterkam. Murat Demir blickte ihr aus dem Fenster hinterher, bis sie außer Sichtweite war. Dann griff er zum Telefon und rief seinen Bruder an.

*

Lars teilte ihr in der SMS lapidar mit, er fahre jetzt nach Hause, und bat sie dringend, ihn nicht mehr anzurufen. Keine Silbe darüber, ob und wann er sich wieder melden würde. Und auch sonst nichts, kein Gruß, kein liebes Wort, nichts. Melanie Rudloff saß in dem großen Haus, das ihr Mann gebaut hatte und das nun ihr allein gehörte. Es war Samstagmittag, die Leiche ihres Ehemannes lag irgendwo in einer Kühlbox; der Mann, den sie liebte, war bei seiner Frau, die ohne ihn angeblich zugrunde gehen würde. Melanie Rudloff schloss die Augen, um ihre Tränen zurückzuhalten. Wie hieß jenes Gedicht von Friedrich Rückert, das Lars so sehr mochte? *Ich bin der Welt abhandengekommen.* Sie konnte sich nur an diese Zeile erinnern. Aber genau so fühlte sie sich jetzt.

*

Blacky probte den Aschermittwoch-Blues, den er für seinen Auftritt zum Faschingskehraus geschrieben hatte, und wartete auf ihren Anruf. Sie ließ sich Zeit damit. Schließlich legte er die Gitarre weg und griff zu den Blättern, die er gestern Abend noch aus dem Internet ausgedruckt hatte. Fünf der „Kindertotenlieder“ von Friedrich Rückert, die der Komponist Gustav Mahler Anfang des 20. Jahrhunderts vertont hatte. Die Musik dazu konnte er sich nicht vorstellen, das war nicht seine Welt. Lothar, das wusste er, hörte wie besessen Mahler, und er würde ihn danach fragen. Aber die Gedichte von Rückert packten ihn, sie waren schlicht und unsagbar traurig, ein schwer gebrochener Mann hatte sie geschrieben; ob er seinen Schmerz damit lindern konnte, wusste er nicht.

Oft denk ich, sie sind nur ausgegangen!
Bald werden sie wieder nach Hause gelangen!
Der Tag ist schön! O sei nicht bang!
Sie machen nur einen weiten Gang.

Er nahm die Gitarre wieder zur Hand und suchte nach Akkorden. Dann begann er mit leiser Stimme zu singen. Eine Melodie und ein Rhythmus ergaben sich wie von selbst. Verwundert über sich brach er ab. Es war Faschingssamstag, und er wühlte im Schmerz eines anderen, der schon lange tot war. Aber was mochte diesen Lars Wenning dazu bewegen, sich wie besessen mit diesen Traurigkeiten zu beschäftigen? Wer war dieser Mann? Und war es wirklich vorstellbar, was ihm seit gestern gar nicht mehr aus dem Kopf ging? Dass dieser Mann die „Kindertotenlieder“ auf ungeheuerliche Weise vielleicht wörtlich nahm?

Endlich klingelte das Handy und erlöste ihn von seinen Grübeleien.

*

„Ihr Bruder hat Sie natürlich schon informiert", eröffnete Kriminalkommissarin Marion Werner das Gespräch mit Okan Demir in seiner Wohnung in der Luitpoldstraße. Er lebte für einen erfolgreichen Rechtsanwalt relativ bescheiden, aber sie vermutete, dass er die Nachbarschaft zu den türkischen Familien in diesem Viertel gesucht hatte.

„Natürlich", erwiderte er und deutete ein Lächeln an.

„Nun, Herr Demir, ich möchte ganz offen zu Ihnen sein und nicht wie die Katze um den heißen Brei streichen", fuhr sie fort. „Deshalb …"

„Führen Sie die Ermittlungen jetzt allein?", unterbrach er sie.

„Nein, natürlich nicht, aber wir haben die Aufgabenfelder stärker strukturiert, und ich …"

„Sie sollen den Hintergrund der Familie Demir beleuchten", unterbrach er sie erneut. „Okay, also beleuchten Sie."

„Ich bin dabei", sagte sie spitz. „Eine Frage, die sich mir stellt, ist …"

„Weshalb mein Bruder Hülya am Mittwoch von der Schule abholen sollte … Ich halte das für eine ziemlich zweitrangige Frage, aber ich sage es Ihnen. Weil ich Angst hatte. Schlichtweg Angst. Seit der Geschichte mit meiner Frau bekomme ich manchmal Panikattacken. Ich habe nie Angst um mich, aber immer Angst um Hülya. Ich sehe sie dann in größter Gefahr – was natürlich immer aus der Luft gegriffen war. Bis zum vergangenen Mittwoch … Da hatte ich wieder eine dieser Attacken, ich hatte selbst keine Zeit, also habe ich Murat gebeten, auf Hülya zu achten. Und dann das … Es ist so schrecklich!"

Er wandte den Kopf ab und sah aus dem Fenster. Marion Werner ließ einige Sekunden verstreichen.

„Ich glaube nicht, dass es eine unbegründete Panikattacke war, Herr Demir. Ich glaube, dass es eine ganz konkrete Drohung gegeben hat. Sie haben gewusst, Hülya ist in Gefahr, und deshalb haben Sie Ihren Bruder geschickt. Und ich glaube, Herr Demir, Sie wissen recht gut, wer Hülya entführt hat und vielleicht sogar, wo sie sich befindet."

„Reiten Sie schon wieder auf dieser bescheuerten Idee herum?", fuhr er sie an.

„Vielleicht immer noch", sagte sie sanft. „Sie machen nicht den Eindruck eines vor Angst gepeinigten Vaters, der um das Leben seiner Tochter fürchtet. Ich denke, Sie wissen um die Hintergründe des Verschwindens von Hülya und auch, dass ihr Leben nicht unmittelbar in Gefahr ist. Sie sollten uns endlich die Wahrheit sagen, Herr Demir!"

„Die Wahrheit ist", antwortete er und atmete tief durch, „dass ich das bis gestern Abend tatsächlich geglaubt habe. Aber nun weiß ich, dass Hülya etwas Schreckliches zugestoßen sein muss."

*

Blacky verließ seine Wohnung frischgeduscht und mit einer überdezenten Note des exklusivsten Herrenduftes, den er besaß. Sie hatte angerufen, war bester Laune gewesen und hatte als Treffpunkt das *Six* neben der Kunsthalle vorgeschlagen.

„Für den Anfang", hatte sie gesagt. „So ein Faschingssamstag kann ja unter Umständen ganz schön lang werden."

Er hatte sich jede Anspielung auf doppelte Bedeutungen ihres Treffpunktes verkniffen und auch nur sparsam zum Ausdruck gebracht, wie sehr er sich auf den Tag freute. Nun war er in Eile, er musste die ganze Innenstadt durchqueren und war spät dran. Unten in der Frauengasse stieß er beinahe mit Lothar zusammen.

„Wo kommst du denn her?“, fragte Blacky entgeistert.

„Aus Irland.“

„Ach ja, und wie ist das Wetter dort?“

„Grauenhaft. Deshalb bin ich hier. Außerdem wollte ich ein paar Bücher holen. Und mich natürlich mit dir treffen. Du riechst übrigens stark nach Armani. Wo gehen wir hin? Ich würde gerne Faschingskrapfen essen und später Burrito el Presidente im *El Sombrero.* Tisch habe ich schon reserviert.“

„Du“, sagte Blacky vorsichtig. „Ich habe jetzt einen Termin.“

„Am Samstagnachmittag? Sag ihn ab! Jeder Termin ist verschiebbar.“

„Er ist ziemlich wichtig. Warum hast du nicht Bescheid gesagt, dass du kommst?“

„Sage ich je Bescheid?“

„Nein“, gab Blacky zu. „Aber diesmal wäre es schon gut gewesen.“

„Ist es ein Termin oder ein Date?“

„Irgendwas dazwischen.“

„Mit der Polizistin?“

„Ja.“

„Na gut, dann geh jetzt daten, und um sechs Uhr treffen wir uns beim Mexikaner. Zwei Stunden dürften ja wohl reichen.“

Blacky verdrehte gedanklich die Augen zum Himmel.

„Hör mal, können wir uns nicht morgen sehen? Beim Brunch auf der Maininsel?“

„Ich fliege morgen früh zurück. Tut mir leid. Fest gebucht. Ich bin um eins in Dublin zum Golf verabredet. Mein Verleger ist über Fasching in Irland. Rosenmontag spielen wir übrigens in Ballybunion. Wenn dir das was sagt?"

„Nein, tut es nicht", erwiderte Blacky missmutig. „Okay, geh jetzt deine Krapfen essen, ich bin um sechs Uhr im *Sombrero.* Kann ich sie eventuell mitbringen?"

„Aber natürlich", sagte Lothar aufgeräumt. „Ich liebe Polizistinnen. Und ich brauche sowieso noch Anregungen für meinen Schweinfurt-Krimi. Bring sie mit. Wunderbar! Ich wusste doch, dass ich mich auf dich verlassen kann."

*

Okan Demir hatte sich gehütet, die Kriminalbeamtin tiefer in seine Gedanken hineinschauen zu lassen. Wenn er auch nur einen Spalt zu jenen Abgründen öffnete, über die er balancierte, würde sie darin herumstochern. Und das musste er unter allen Umständen vermeiden. Also hatte er auf ihr beharrliches Nachfragen nur sehr allgemeine Andeutungen zu komplizierten Angelegenheiten gemacht, in die er als Rechtsanwalt verwickelt gewesen sei, und behauptet, er habe anfangs geglaubt, man wolle ihn aus diversen Gründen erpressen.

„Aber ich konnte das klären, und ich weiß nun, dass Hülyas Verschwinden nichts mit diesen Dingen zu tun hat. Inzwischen bin ich davon überzeugt, dass etwas anderes passiert sein muss. Etwas, von dem ich mir gar keine Vorstellungen machen darf. Sonst werde ich verrückt."

Kriminalkommissarin Werner war skeptisch geblieben und hatte versucht, mehr aus ihm herauszulocken. Natürlich war er ihr nicht auf den Leim gegangen, und die Fronten im Gespräch hatten sich allmählich wieder verhärtet.

„Herr Demir, ich kann nicht sagen, dass ich Sie für sonderlich kooperativ halte."

„Tut mir leid, ich habe Ihnen alles gesagt, was zu sagen ist. Jetzt ist es Ihre Aufgabe, endlich etwas zu tun!"

„Was soll denn das nun heißen?"

„Sie und Ihre Sonderkommission sind bisher noch keinen Millimeter vorangekommen. Ich will, dass Sie meine Tochter finden!"

„Wir haben alles getan, was wir tun konnten. Eine mehrtägige Suchaktion mit allen Einsatzkräften und Mitteln, die uns zur Verfügung standen. Wir haben alle einschlägig vorbestraften Täter und alle Personen überprüft, die schon einmal mit Sexualstraftaten, Pädophilie und so weiter in Verbindung gebracht worden sind. Alle, die Hülya kennen, sind ausführlich befragt worden. Aber leider muss ich im Augenblick sagen, dass Ihre Tochter wie vom Erdboden verschluckt ist. Und wenn Sie uns nicht endlich sagen, was Sie wissen oder zu wissen glauben, dann sehe ich nicht mehr viel Ermittlungsspielraum."

„Und was ist mit der Mädchenleiche aus dem See? Macht Sie das nicht nervös? Mich schon!"

„O Gott, haben Sie diesen Mist auch gehört? Da gibt es nach dem momentanen Erkenntnisstand überhaupt keine Zusammenhänge. Es ist völliger Quatsch, was sich die im Radio zusammengesponnen haben."

„Wie Sie richtig sagen: Nach dem momentanen Erkenntnisstand. Und der kann sich im nächsten Moment ja ändern, oder?"

Marion Werner hatte das Gespräch schließlich beendet und war mit dem unguten Gefühl gegangen, dass der Rechtsanwalt noch erhebliche Schwierigkeiten machen würde. Und

Okan Demir überlegte den nächsten Schritt. Den Rat, den er gestern von einem weisen Mann erhalten hatte, hatte er vorerst umgesetzt: Wenn du von deinem eigenen Herd ablenken willst, zünde anderswo ein Feuer an.

*

Eine unerwartet starke Nachmittagssonne weckte innerhalb kürzester Zeit Schweinfurts Frühlingsgefühle. Blacky eilte im Laufschritt durch die Innenstadt und sah auf dem Marktplatz und in der Spitalstraße winterbleiche Menschen im Freien sitzen. Cafés, Restaurants und die beliebteste Eisdiele hatten eilig Tische und Stühle nach draußen gestellt, und die Schweinfurter improvisierten an diesem Faschingssamstag südliche Lebenskunst. Blacky ließ auf dem Georg-Wichtermann-Platz, der früher einmal nostalgisch Postplatz geheißen hatte, Staubwolken hinter sich, wich auf dem Roßmarkt den aggressiven Stadtbussen aus, sprintete den Jägersbrunnen entlang, kürzte durch die Hirtengasse ab und erreichte atemlos und verschwitzt den grünen Rasen vor dem Six.

„Hallo, Sportsmann", sagte Kerstin Weiß. Auch sie saß unter freiem Himmel, die Sonne schien ihr durch die hohen Bäume direkt ins Gesicht und ließ die flachsblonden Haare leuchten.

„Entschuldigung", keuchte Blacky. „Bin aufgehalten worden. Ein alter Freund von mir stand plötzlich vor der Tür. Beziehungsweise auf der Straße. Also jedenfalls stand er vor mir."

„Setz dich doch endlich", sagte Kerstin. „Warum hast du ihn nicht mitgebracht?"

Er ließ sich in den Korbstuhl fallen und dachte kurz über die Frage nach. Er fand sie gemein.

„Hätte ich sollen?“, fragte er leicht verstimmt.

Sie lächelte wie eine Sphinx.

„Kommt drauf an“, meinte sie. Ironie blitzte in ihren grauen Augen. „Kommt echt drauf an.“

Jetzt war er deutlich verstimmt.

„Es war Lothar“, sagte er. „Aus Irland.“

„Der Kriminalschriftsteller?“

„Ja. Kennst du ihn eigentlich?“

„Noch nicht“, sagte sie. „Ich habe nur von ihm gehört.“

„Wenn du willst, hast du heute Gelegenheit, ihn kennenzulernen“, sagte er unbedachterweise. „Er hat uns zum Abendessen eingeladen.“

Ihre grauen Augen wurden schmal.

„Ach, du hast ihm natürlich erzählt, mit wem du dich triffst?“

„Ja … Hätte ich nicht sollen?“

„Kein Problem“, sagte sie. „Willst du was trinken?“

„Wir wollten Kaffee trinken“, meinte er und deutete auf ihr Glas. „Aber ich werde mich natürlich beim Aperol anschließen.“

„Ich musste warten. Da wird der Kaffee kalt. Außerdem kommt der Frühling.“

Blacky bestellte einen Aperol Spritz und musterte sie unauffällig. Er sah sie selten ohne Uniform, und so gefiel sie ihm außerordentlich gut. Sie hatte eine sehr sportliche Figur, wieder einmal zog er unwillkürlich den Bauch ein.

„Danke für den Anruf heute morgen“, sagte er. „Wir haben das natürlich sofort gestoppt. Olaf Röder hat sich höchstpersönlich am Samstag in den Sender begeben und diesem Sören die Hölle heißgemacht. Er ist ja eigentlich ein ganz heller Kopf, aber manchmal geht die Phantasie mit ihm durch.“

„Das war schon grenzwertig. Der Mädchenkiller von Schweinfurt. Frag bloß nicht, was ich mir vom Chef alles anhören musste."

„Hattest du nicht frei?"

„Tja, dachte ich auch. Aber bestimmte Vorkommnisse in der Dienststelle erforderten meine Anwesenheit."

Solche Formulierungen von ihr bedeuteten meist, dass sie gefragt werden wollte, aber von sich aus nichts sagen würde.

„Das hört sich nach Stress an."

„Kann man wohl sagen. Und nach Ärger."

„Kannst du drüber reden?"

„Nein, auf keinen Fall."

„Willst du drüber reden?"

„Ich fürchte ja." Sie nahm ihr Glas Aperol und studierte eingehend die schmelzenden Eiswürfel. „O Gott, was tue ich da?"

„Ich bin sozusagen das sprichwörtlich verschwiegene Grab in Person."

Kerstin lachte kurz auf.

„Klar, du bist ja Journalist. Das ist sozusagen dasselbe wie ein verschwiegenes Grab."

„Ich kann das trennen", sagte Blacky ernst. „Außerdem hast du mich ja mit ins Boot geholt. Zumindest, was diesen Lars Wenning betrifft."

„Habe ich das?", fragte sie. „Na ja, wenn du das so sehen willst, dann bist du ja gewissermaßen schon Hilfssheriff. Aber du hältst die Klappe, okay?"

Sie berichtete ihm kurz von der Abberufung des Kriminaloberkommissars Lutz als Leiter der Sonderkommission „Hülya" und dem Wirbel, den das intern verursacht hatte.

„Das ist ein Bauernopfer, oder?“

Ihr Gesicht war wieder einmal Maske, doch die Augen verrieten Wut.

„Diese Formulierung hast du gebraucht. Ich kann nur sagen, dass der genannte Kollege die Überprüfung des Alibis von Herrn Wenning, die durch deine Zeugenaussage nötig wurde, nicht mit dem nötigen Eifer betrieben hat.“

„Auf Druck von oben.“

„Auf eine solche Formulierung würde ich nie zurückgreifen. Jedenfalls habe ich mit der Kollegin Marion Werner ein Gespräch unter Frauen geführt, woraufhin die weiteren Ermittlungen ergeben haben, dass Herr Wenning am Mittwoch nicht nach Göteborg geflogen ist.“

„Okay, so weit bin ich ja schon im Bilde. Und was nun?“

„Nichts.“

„Wie, nichts?“

Kerstin Weiß lehnte sich in ihrem Korbsessel zurück, strich die Haare aus dem Gesicht und lächelte maliziös.

„Ein – wie soll ich es nennen? – nun ja, Gespräch auf hoher Ebene und unter guten Freunden hat ergeben, dass Herr Wenning absolut unverdächtig ist. Du bist mit deiner Zeugenaussage übrigens völlig bestätigt, denn der Jaguarfahrer Wenning hat eingeräumt, ein kleines türkisches Mädchen in der Nähe des Media Marktes angesprochen zu haben. Aber keineswegs in böser Absicht, sondern nur in der allerbesten. Er habe sich Sorgen gemacht, weil sie so alleine unterwegs war.“

„Und das hat ihm euer Chef, der dieses Gespräch ja offensichtlich geführt hat, abgenommen?“

„Selbstverständlich. Er kennt doch seinen besten Freund und würde für ihn jederzeit die Hand ins Feuer legen. Außerdem kann er aus eigenem Wissen bestätigen, dass es zum Wesen von Herrn Wenning gehört, sich um Kinder immer besondere Sorgen zu machen."

Und um Rückerts „Kindertotenlieder", dachte Blacky.

„Wir durften sogar erfahren", fuhr Kerstin Weiß fort, „dass Lars Wenning vor zwei oder drei Jahren einem wildfremden Mädchen, das an Leukämie erkrankt war, das Leben gerettet hat. Er hat damals aus eigener Tasche sämtliche Kosten für die teuren Untersuchungen und eine Spezialbehandlung in den USA bezahlt. Dieser Mann ist ein herzensguter Mensch."

„Ja, vielleicht ist er das wirklich", sagte Blacky. „Und was ist dann also mit Hülya?"

„Sie habe ihm gesagt, dass sie unterwegs zu ihrer Mutter sei und dass alles in Ordnung wäre. Das habe ihn beruhigt, und er sei weitergefahren. Völlig plausibel, meint der Freund auf hoher Ebene."

„Ach so. Und warum fährt er in Schweinfurt herum, wenn er eigentlich in Göteborg sein sollte?"

„Auch dafür gibt es natürlich eine Erklärung. Herr Wenning ist derzufolge zurzeit etwas überlastet, hat Probleme mit seiner depressiven Frau und wollte deshalb einfach ein paar Tage alleine sein, sich aus allem ausklinken. Er hat deshalb eine Geschäftsreise vorgeschoben und sich in sein persönliches Refugium zurückgezogen."

„Ach, er hat ein persönliches Refugium", sagte Blacky. „Interessant."

„Anscheinend eine Art Wochenendhaus. Keine Ahnung."

„Sollte man sich da nicht mal umsehen? Einfach nur so?"

Kerstin Weiß lächelte wieder. Aber diesmal lag Resignation in ihrer Miene.

„Deine Phantasie geht mir dir durch. Wie es sich so fügt, hat das Gespräch unter guten Freunden heute Morgen beim Frühstück in eben diesem Refugium stattgefunden. Und ich weiß leider nicht, wo sich das befindet. Tja, langer Rede kurzer Sinn: Unser Chef hat Entwarnung auf der ganzen Linie gegeben. Wir können da nichts mehr tun, ehrlich."

„Ihr vielleicht nicht", sagte Blacky. „Ihr vielleicht nicht."

Er spürte ihren neugierigen Blick und begann, sich als Held zu fühlen. Siegesgewiss wechselte er das Thema.

„Was hältst du davon, wenn wir mit Lothar mexikanisch essen gehen, uns danach absetzen und gucken, was die Faschingssamstagnacht noch so alles zu bieten hat?"

„Irgendwie so ähnlich war es ja geplant", sagte sie, und wie so oft veränderte sich ihre Stimmung von einem Augenblick zum anderen. „Aber wenn du dich schon mit einem Freund verabredet hast, will ich nicht stören. Macht mal lieber euren Männerabend allein."

„Aber …", wollte er protestieren, doch sie schüttelte energisch den Kopf, und ihre grauen Augen und ihr schmaler Mund verrieten, dass er sie nicht umstimmen würde.

Die ärgerliche Erkenntnis dämmerte ihm, dass er es vergeigt hatte, und eine kalte Wut auf Lothar stieg in ihm hoch.

*

Seine Wut kochte immer noch, als er das *El Sombrero* betrat, wo Lothar bereits bei einem Glas Rotwein saß und vergnügt mit Blackys schwarzgelockter Lieblingskellnerin schwatzte.

Missmutig setzte er sich an den Tisch und wartete, bis sie ihm ihre Aufmerksamkeit schenkte. Er bestellte einen einfachen Rioja, sah ihr düster hinterher und fragte Lothar dann bissig: „Hast du dich gut unterhalten? Im Übrigen bist du viel zu alt für sie."

„Aber sie interessiert sich für Irland. Und sie liest Krimis. Außerdem sind Schriftsteller nie zu alt. Doch egal. Wo ist unsere Polizistin?"

„Sie ist nicht ‚unsere' Polizistin. Und weil sie auch keine Lust hatte, das zu sein, hat sie es vorgezogen, den Abend anderweitig zu gestalten."

„Umso besser. Dann haben wir mehr Zeit für uns. Andererseits bin ich ja noch immer auf der Suche nach einer Detektivin für meinen Krimi. Ich glaube, ich nehme tatsächlich eine Frau dafür. Ich kann mich in die weibliche Psyche nämlich gut reinversetzen."

„In die von Kerstin Weiß wahrscheinlich nicht. Das schafft keiner. Aber nimm doch eine ehemalige Oberbürgermeisterin. Pensioniert, clever, neugierig, agil. Was meinst du, wie das einschlägt."

„Eine bedenkenswerte Idee. GG und die Leiche im Brauhausfass. Oder GG und die Schießhaus-Morde. Ich werde darüber meditieren. Aber sag mal, bist du schlecht gelaunt? Du klingst irgendwie genervt."

„Nein, alles in bester Ordnung. Deine Gegenwart ersetzt mir jede andere."

„Ach komm, jetzt heul deiner Polizistin nicht hinterher. Ich geh früh schlafen, dann rufst du sie an und alles wird gut."

Die schwarzgelockte Kellnerin brachte den Wein und sie bestellten, was sie im *El Sombrero* immer bestellten, zweimal den Klassiker *Burrito el Presidente,* von dem eine Portion so üppig war, dass sie zu zweit davon hätten satt werden können. Aber Lothar meinte wie immer, man solle die Feste so feiern, wie sie fallen. „Außerdem bekomme ich so etwas im irischen Westen nicht. Kulinarisches Ödland. Aber jetzt erzähl mir endlich, wie es mit der Leiche auf dem Rückert-Denkmal weitergegangen ist. Ich bin begierig darauf, die mörderischen Umtriebe in meiner Heimatstadt kennenzulernen. In Ballyluffininish passiert nie irgendwas. Da muss ich mir immer alles aus den Fingern saugen."

Blacky nickte ergeben und erstattete ausführlich Bericht über die Ereignisse der letzten Tage, ließ aber gewissenhaft weg, was ihm Kerstin anvertraut hatte.

Lothar hörte sehr aufmerksam zu, dann schwieg er eine beachtliche Weile.

„Es muss einen Zusammenhang geben", sagte er schließlich. „Was hat dieser Faschingsprinz Hubert Rudloff mit Friedrich Rückert und dessen ‚Kindertotenliedern' zu tun?"

„Gar nichts", sagte Blacky verblüfft. „Du verwechselst da etwas. Lars Wenning ist der mit den ‚Kindertotenliedern'. Und er hat mit dem Verschwinden der kleinen Hülya zu tun. Da bin ich fest davon überzeugt."

„Ich verwechsle gar nichts", erwiderte Lothar stur. „Eine Narrenkappe auf dem Kopf Friedrich Rückerts, eine Leiche auf seinem Denkmal, obskure Umstände, wie dieser Rudloff zu Tode gekommen ist, und ein Mann, der von den ‚Kindertotenliedern' besessen ist. Es muss einen Zusammenhang geben."

„Da geht jetzt deine Phantasie mit dir durch. Ihr Krimiautoren bastelt euch immer etwas zurecht. Es sind zwei verschiedene Dinge, die du unbedingt miteinander verknüpfen willst. Aber das hier ist kein Roman, sondern Realität."

Lothar hörte gar nicht zu.

„Lass mich überlegen", sagte er. „Rückert schrieb diese

weit über vierhundert Gedichte als Reaktion auf den Tod seiner beiden Kinder. Wirklich bekannt wurden nur fünf dieser Gedichte durch den Komponisten Gustav Mahler. Der hat sie Anfang des zwanzigsten Jahrhunderts vertont, zum Entsetzen seiner Frau Alma. Sie soll gesagt haben: ‚Um Gottes willen, du malst den Teufel an die Wand!' Der Teufel ist dann erst drei Jahre später erschienen, als Mahlers älteste Tochter Maria Anna im Alter von fünf Jahren an Diphtherie gestorben ist. Du siehst, mit diesen ‚Kindertotenliedern' hat es eine besondere Bewandtnis."

„Ja, aber das hat doch alles nichts mit dem Mord an Hubert Rudloff zu tun. Der war Immobilienunternehmer und offensichtlich in allerlei dunkle Geschäfte verwickelt. Er hatte keine Kinder, sondern nur eine Frau und sehr viel Geld. Ich kann mir nicht vorstellen, dass er jemals im Leben etwas von ‚Kindertotenliedern' oder Gustav Mahler gehört hat."

Blacky warf der schwarzgelockten Kellnerin, die auf großen Tellern ihre Burritos servierte, ein strahlendes Lächeln zu. Sie nickte kühl und wünschte guten Appetit.

„Vertrau meiner Intuition", sagte Lothar beschwörend. „Es gibt eine Verbindung zwischen diesen beiden Männern. Und der Schlüssel dazu liegt beim Schweinfurter Dichter Friedrich Rückert. Es geht um Kinder. Um Mädchen. Wahrscheinlich um ein Mädchen. Schade, dass ich nach Irland zurück muss. Das ist ein bemerkenswerter Fall. Und nun lass uns essen. Die Burritos sehen wie immer göttlich aus."

*

Der Abend blieb in Schweinfurt bis spät in die Nacht hinein ungewöhnlich warm. In der Stadt wurde ausgelassen Fasching gefeiert, und in den Krankenhäusern starben bis zum

Morgen drei Menschen. Am Bergl nahm sich ein sehr alter Mann in seiner Wohnung das Leben.

Im Leopoldina-Krankenhaus wurden zwischen Mitternacht und sechs Uhr morgens vier Kinder geboren, ein Junge und drei Mädchen. Kriminalhauptkommissar Wolfram Bayer kam erst sehr spät nach Hause, stritt mit seiner Frau und beschloss, bei Tagesanbruch gleich wieder ins Büro zu gehen. Melanie Rudloff saß still in ihrem Wohnzimmer und wartete, dass irgendetwas geschah. Zusammen mit ihrem früheren Freund, den sie zufällig bei ihrem einsamen Bummel durch die Fußgängerzone getroffen hatte, zog Kerstin Weiß ausgelassen um die Häuser und verbrachte mit ihm den Rest der Nacht. Blacky hatte nach den Burritos Kerstin auf ihrem Handy nicht mehr erreicht und schlief sehr unruhig. Lars Wenning hörte noch am späten Abend die fünf „Kindertotenlieder" von Gustav Mahler nach Gedichten von Friedrich Rückert in der Einspielung mit Dietrich Fischer-Dieskau und den Berliner Philharmonikern unter Karl Böhm; ebenso wie Lothar, der allerdings auf die Aufnahme mit Janet Baker und Sir John Barbirolli zurückgegriffen hatte. Eine ehemalige Oberbürgermeisterin war mit einem Kriminalroman von Agatha Christie zu Bett gegangen und hatte später einen seltsamen Traum, in dem Miss Marple, die Schauspielerin Margaret Rutherford, sie selber und eine ziemlich schwungvolle Melodie vorkamen.

Faschingssonntag

Ungewöhnlich war es nicht, dass Kriminalhauptkommissar Wolfram Bayer am Sonntagmorgen im Büro saß. Es war auch nicht ungewöhnlich, dass er dabei schlechte Laune hatte. Seinen Kollegen vom Bereitschaftsdienst fiel jedoch auf, wie deprimiert und kleinlaut dieser klotzige und polternde Mann an diesem Faschingsmorgen durch die Dienststelle schlich. Entweder, so wurde getuschelt, hatte er wieder einmal einen gewaltigen Krach mit seiner Frau gehabt. Oder aber, der Polizeipräsident hatte nicht nur die Sonderkommission „Hülya" aufgemischt, sondern auch bei der Mordkommission auf den Putz gehauen. Beides traf zu, aber der Anpfiff aus Würzburg am Samstagnachmittag war der tatsächliche Grund, dass Wolfram Bayer ungewöhnlich niedergeschlagen früh um sieben Uhr an seinem Schreibtisch brütete. So schleppend, ergebnislos und miserabel war die Polizeiarbeit in Schweinfurt seit langem nicht mehr gelaufen, und er wusste nicht, wie er rasch zu einem Erfolg kommen konnte.

Schon als er die groteske Leiche Hubert Rudloffs auf dem Denkmal gesehen hatte, war ihm klar gewesen, dass er eine harte Nuss zu knacken haben würde. Anders, als es Kriminalromane und Fernsehkrimis suggerierten, waren für Mordermittler wie Hauptkommissar Bayer die meisten Tötungsdelikte ziemlich rasch aufzuklären, weil der Täter häufig im unmittelbaren Umfeld des Opfers zu suchen war. Von langer Hand vorbereitete, ausgeklügelte, abgefeimte Fälle, in denen ein Mörder mit der Polizei Katz und Maus spielte, kamen in der Praxis so gut wie nie vor. Die ungewöhnlichen Umstände aber, unter denen dieser Mann zu Tode gekommen war, und seine zahlreichen Verstrickungen in dubiose Angelegenheiten machten es schwer, die Fäden zu entwirren und Licht in ein sehr rätselhaftes Dunkel zu bringen.

Da war Rudloffs weitgehend erwiesene Beteiligung an jenem unübersichtlichen Fall von Anlagebetrug im Fränkischen Seenland, dessen Ausmaße selbst die Sonderermittler des Landeskriminalamtes noch nicht völlig überschauten. Und da waren die Gerüchte, die den Immobilienunternehmer aus Schweinfurt immer wieder in Verbindung brachten mit Ablegern des internationalen Verbrechens, über die selbst Wolfram Bayer so gut wie nichts wusste. Kollegen raunten mit ernster Miene von der aserbaidschanischen Mafia, deren Methoden angeblich selbst die hartgesottenen Spezialisten des BKA in Angst und Schrecken versetzen würden. Außerdem gab es natürlich noch den Schweinfurter Klüngel mit seinen Intrigen, Mauscheleien und Konkurrenzen, bei dem Hubert Rudloff ebenfalls kräftig mitgemischt hatte.

Die äußerst brutale Art und Weise, mit der er nackt mehrfach von einem schweren Fahrzeug überrollt worden war, und der gesamte Tatablauf glichen einer Hinrichtung. Einer Hinrichtung, die minutiös und professionell geplant und durchgeführt worden war, ohne Zweifel von mehreren Tätern. Das zeigte auch das Ablenkungsmanöver, mit dem die Taxifahrer vom Marktplatz fortgelockt worden waren. Es schien darum gegangen zu sein, die Leiche Hubert Rudloffs öffentlich zur Schau zu stellen. Auf die Frage nach dem Grund dafür hatte Wolfram Bayer noch keine Antwort. Er konnte sich auch keinen schlüssigen Reim darauf machen, weshalb man die Leiche mit so großem Aufwand ausgerechnet auf das Rückert-Denkmal geschafft hatte. Wahrscheinlich nur, damit sie bei anbrechendem Tageslicht gut sichtbar war. Zu tieferen Erkenntnissen bei diesem Problem kam Kriminalhauptkommissar Wolfram Bayer nicht.

*

Okan Demir war noch im Pyjama, als es an der Haustür klingelte. Aus der Sprechanlage kam rauhes Türkisch. Erst wusste er nicht, wer da etwas von ihm wollte, dann verstand er. Er drückte den Türöffner.

Während der Aufzug nach oben fuhr, zog er seinen seidenen Hausmantel an und strich sich mit den Fingern über die Haare. Dann öffnete er die Wohnungstür und hieß seine Gäste willkommen.

Er bat sie, Platz zu nehmen, und ging in die Küche, um Kaffee zu kochen. Währenddessen schwiegen die drei Männer, die in seinem Wohnzimmer saßen. Schweigend tranken sie auch den Kaffee, und Okan Demir saß dabei und wartete.

Schließlich ergriff der älteste von ihnen das Wort. Umständlich sprach er von allem Möglichen, ohne dem Grund des Besuchs auch nur nahezukommen. Die beiden anderen warfen hin und wieder ein paar Sätze ein, alles hatte den Anschein eines gemütlichen, unverbindlichen Plausches. Okan Demir beteiligte sich mit höflichen Floskeln nur am Rande an dem Gespräch, aber seine Anspannung ließ immer mehr nach. Er begriff nun, dass sie nicht gekommen waren, ihn erneut unter Druck zu setzen.

Es waren drei der acht Männer, denen er vor ein paar Tagen unter aufwühlenden Umständen sein Ehrenwort gegeben hatte. Das Ehrenwort, mit dem er versprach, den Schaden, den er ihnen zugefügt hatte, innerhalb der nächsten drei Tage zu ersetzen. Ein Ehrenwort, das er nicht gehalten hatte.

*

Nach einer Nacht, die sie nur mit Schlaftabletten und einer Flasche Weißwein überstanden hatte, hielt es Melanie Rudloff nicht mehr länger aus. Sie unterdrückte am Handy ihre eigene Rufnummer und rief ihn an. Er meldete sich sofort und klang sehr kurz angebunden.

„Ich bin es“, sagte sie zaghaft. „Kannst du reden?“

„Ja“, sagte er überraschend sanft. „Aber du sollst mich doch nicht anrufen.“

„Ich weiß. Lars, ich kann nicht mehr. Ich bin so allein, verstehst du? So völlig allein.“

Sie hörte mit klopfendem Herzen sein Schweigen.

„Wenn ich dir irgendetwas bedeute, dann lass mich jetzt nicht so hängen. Wir wollten heute zusammen in Venedig sein. Warum verschließt du dich so?“

„Es ist alles sehr kompliziert“, sagte er. „Ich weiß, dass ich dir weh tue. Aber ich sehe im Augenblick keinen Weg.“

„Dann lass uns reden.“

Er schien zu zögern, und ihr kam dieser Moment sehr lang vor.

„In Ordnung“, sagte er schließlich. „Um sechzehn Uhr. Wie immer.“

„Willst du nicht zu mir kommen?“

„Am Freitag wolltest du das nicht. Wegen der Leute.“

„Heute ist es mir egal."

„Lass uns spazierengehen. Wie immer. Danach sehen wir weiter."

„Gut. Wie du willst. Ich freue mich auf dich."

Sie legte auf. Die nächsten Stunden würde sie sich nun an dieses „Danach sehen wir weiter" klammern.

*

Nach der fünften Tasse Kaffee an diesem Sonntagmorgen fasste Kriminalhauptkommissar Wolfram Bayer endlich den Entschluss, mit dem er seit gestern gerungen hatte. Er war sich im Klaren, dass seine Entscheidung nur auf einer vagen Möglichkeit beruhte, aber gänzlich außer Acht lassen konnte er sie nicht. Es sprach eigentlich kaum etwas dafür, den Mord an Hubert Rudloff als Beziehungstat sehen zu wollen, weil die Brutalität und Komplexität dieses Verbrechens ein enormes kriminelles Potential voraussetzten. Andererseits war er sich völlig sicher: Melanie Rudloffs Ehe war die reine Hölle gewesen, und eine so begehrenswerte und kluge Frau wie sie hatte nicht einfach still vor sich hin gelitten. Im Hintergrund gab es einen Liebhaber, darauf hätte er ein halbes Monatsgehalt verwettet. Wolfram Bayer musste wissen, wer es war, und er wollte seinen Instinkt überprüfen. Deshalb würde er Melanie Rudloff einige Tage observieren lassen, das Reh würde ihn schon zum Hirsch führen. Er nahm sich den Dienstplan vor und stellte zu seinem Bedauern fest, dass er an diesem Sonntag niemanden mehr dafür abstellen konnte. Aber ab Montag in aller Früh würden sie die Witwe, die ihm ins Gesicht gelogen hatte, nicht mehr aus dem Auge lassen.

*

Erst nachdem das Gespräch fast eine halbe Stunde lang schier endlose Wendungen genommen hatte, sagte der älteste der drei Männer schließlich wie beiläufig: „Es herrscht Friede zwischen uns."

Okan Demir senkte demütig den Kopf. Er verspürte große Erleichterung und murmelte eine Segensformel, die er seit vielen Jahren nicht mehr gebraucht hatte.

„Allah sizden razı olsun – Gott möge es euch vergelten."

Seine Probleme hatten sich nicht gelöst, sie hatten sich nur verlagert. Aber seine Schuld gegenüber diesen ehrlichen, vertrauensseligen Männern, die er belogen und betrogen hatte, war nun beglichen. Dass er sich allerdings mit dem Teufel eingelassen hatte und ihm diese Dummheit weiterhin das Genick brechen konnte, stand auf einem ganz anderen Blatt. Doch zumindest hier, wo er aufgewachsen und sein Vater ein geachteter, unbescholtener Mann gewesen war, konnte er nun wieder erhobenen Hauptes auf die Straße gehen. Die acht Männer und ihre Familien würden nie erfahren, wie niederträchtig er ihren Glauben und ihre Gutgläubigkeit ausgenutzt hatte. Eine drückende Last war von ihm abgefallen.

Was gesagt werden musste, war gesagt, und seine Gäste verabschiedeten sich mit reservierter Höflichkeit. Ein Schatten von dem, was gewesen war, würde bleiben. Aber niemand würde ihn mehr darauf ansprechen. Dafür war gesorgt.

Als sie gegangen waren, stand er eine Weile nachdenklich am Fenster. Draußen begann es zu regnen, über der Luitpoldstraße lag sonntägliche Ruhe. Dann nahm er das Telefon zur Hand. Es hatte ihm gestern nicht wenig Mühe gekostet, die Nummer herauszufinden, die er nun wählte.

*

Etwas nervös hoffte Blacky, dass sie es war, die anrief. Aber die Nummer auf dem Display war ihm unbekannt. Er räusperte sich kurz, um den Schlaf aus der Stimme wegzubekommen.

„Christian Schwarz", meldete er sich. „Einen frühen guten Morgen."

„Hier ist Okan Demir. Rechtsanwalt Okan Demir. Ich weiß nicht, ob Ihnen mein Name etwas sagt?"

„Helfen Sie mir auf die Sprünge … nein, warten Sie … Sie sind der Vater von Hülya?"

Seine journalistische Geistesgegenwart eine halbe Minute nach dem Aufwachen fand Blacky selber bemerkenswert. Dann fragte er sich, ob soeben ein Problem auf ihn zukam.

„Richtig, ja. Ich bin der Vater von Hülya. Und ich habe eine große Bitte an Sie."

Richtig, ein Problem. Blacky setzte sich auf die Bettkante, um die journalistische Geistesgegenwart noch zu steigern.

„Okay. Und wie kann ich Ihnen helfen?"

„Um es frei heraus zu sagen: Ich würde gerne morgen früh zu Ihnen in Ihre Sendung kommen. Um mit Ihnen zusammen die Öffentlichkeit zu mobilisieren, damit meine Tochter endlich gefunden wird. Auf die Polizei allein kann ich mich nicht mehr verlassen."

Blacky stand auf und begann damit, um das Bett herumzulaufen. Blitzschnell ging er die Implikationen dieser Bitte durch. Was er im ersten Moment als Problem gesehen hatte, konnte auch eine Chance sein. Wenn er das morgen früh richtig anfasste, würde er seine Hörer einen halben Vormittag lang so richtig packen können. Ein Vater, der über das mysteriöse Verschwinden seiner Tochter sprach, exklusiv bei ihm in der Sendung. Andererseits war Rosenmontag, und er hatte sich auf Blödeleien eingestellt. Aber Olaf Röder, der emotionale Berichterstattung über das türkische Mädchen wollte, würde begeistert sein. Natürlich musste er noch mit Kerstin Weiß sprechen, um an neueste Informationen zu kommen. Bei der Gesamtabwägung konnte es eigentlich keinen Zweifel geben.

„Wie stellen Sie sich das Ganze konkret vor?“, fragte er dennoch.

„Ich möchte den Menschen von Hülya erzählen. Von ihrer Liebenswürdigkeit. Und davon, was ein Vater durchmacht, der seit Tagen nicht weiß, was mit seiner Tochter geschehen ist, ob sie überhaupt noch am Leben ist. Ich möchte, dass die Menschen berührt werden und mir helfen, Hülya zu finden. Sie kann ja nicht einfach spurlos verschwunden sein. Wenn alle Augen und Ohren aufmachen und sich umschauen und umhören, haben wir gemeinsam eine Chance.“

Diese Hoffnung teilte Blacky zwar nicht, doch die menschlich anrührende Seite der Aktion sah er als Journalist glasklar. In seiner Vorstellung entstanden bereits Details der Sendung.

„Gut, Herr Demir, ich kann mir das vorstellen. Wenn Sie morgen früh um sechs Uhr bei mir im Studio sind, gehen wir das Ganze gemeinsam an.“

„Herr Schwarz, ich weiß gar nicht, wie ich Ihnen danken soll. Allah razı olsun.“

Ein merkwürdiger, kaum wahrnehmbarer Unterton in der Stimme irritierte Blacky einen Augenblick. Aber er vergaß es sofort wieder. Zu seiner Erleichterung hatte er nun einen Grund, Kerstin Weiß anzurufen.

*

Bevor Kriminalhauptkommissar Wolfram Bayer nach Hause fuhr, um sich mit seiner Frau zu versöhnen und mit ihr Mittagessen zu gehen, griff er zu der anderen Akte, die wie eine brennende Anklage auf dem Schreibtisch lag. Sie gehörte zu jenen bitteren Ärgernissen, die ein Mordermittler wie er ständig mit durchs Leben schleppte. Vor zwei Jahren, als die zehnjährige Laura Gabrieli verschwunden war, hatte er mit dem Fall nur am Rande zu tun gehabt. Nun, da ihre Leiche gefunden worden war und die Todesursache feststand, war seine Mordkommission zuständig. Bayer hasste solche Fälle. Er hatte sich längst damit abgefunden, dass kriminelle Handlungen aller Art zum menschlichen Leben gehörten wie Krankheiten, Unfälle oder tragisches Pech. Aber Verbrechen an unschuldigen Kindern trafen ihn ins Mark, machten ihn rasend und vergällten ihm jede Lebensfreude, solange er damit befasst war. Und wenn dann noch zu befürchten stand, den Täter nicht ermitteln zu können, konnte er dermaßen aus dem Gleichgewicht geraten, dass ihm jeder für Tage und Wochen aus dem Weg ging. Er hegte die dumpfe Befürchtung, der Fall Laura Gabrieli könnte sich zu einer solchen Angelegenheit auswachsen.

Am Vortag war er mit einer Polizeipsychologin in Gerolzhofen gewesen, um den Eltern die Hiobsbotschaft zu überbringen. Es waren schreckliche Augenblicke, die er nicht lange aushielt. Rasch hatte er sich wieder davongemacht und der Kollegin das ganze Dilemma überlassen. Seine Aufgabe war es, diesen Mistkerl zu finden, der das getan hatte. Und auf diese Aufgabe würde er wie immer seine ganze Wut und seine Empörung über den Scheißhaufen Welt richten. Wut und Empörung, die ihn aber nie daran hinderten, mit professioneller Präzision und eiskaltem Verstand den Täter zu jagen. Ein Horrorszenario wollte er sich an diesem regnerischen Faschingssonntag überhaupt nicht vorstellen: dass man auch die kleine Hülya so finden würde und sie nicht mehr am Leben war.

*

Blacky erreichte Kerstin Weiß nicht. Ihr privates Handy war abgeschaltet, und auf dem Diensthandy lief die Ansage, dass man sich in dringenden Fällen mit der Pressestelle des Polizeipräsidiums Würzburg in Verbindung setzen sollte. Eine erste Welle von Enttäuschung und Groll gab ihm den Gedanken ein, zu ihrer Wohnung zu fahren und einfach an der Tür zu klingeln. Eine zweite Welle von Feigheit verwarf diesen Gedanken wieder. Dem Aschermittwoch-Blues, den er sich daraufhin zum Üben vornahm, gewann er heute ganz neue Facetten ab.

Kurz vor zwölf entschloss er sich, die Idee in die Tat umzusetzen, die er seit zwei Tagen im Kopf herumwälzte. Lothars Abschiedsworte an ihn gestern Abend waren gewesen: „Schau dir diesen Mann genauer an, der die ‚Kindertotenlieder' sammelt. Wie heißt er noch? Wenning, richtig? Er hat was mit dem Faschingsprinzen zu tun. Garantiert. Ich schwör's dir."

Er hatte wie das Orakel von Ballyluffininish geklungen. Kriminalschriftstellerphantasien. Blacky sah Hülya, das kleine Mädchen, vor sich. Und den Mann im Jaguar. Den Mann, der besessen war von Friedrich Rückerts morbiden Gedichten über den Tod von Kindern. Den Mann, der ein Mädchen angesprochen hatte, das daraufhin spurlos verschwunden war. Ein Mann, der offenbar so einflussreich und wohlhabend war, dass er als unantastbar galt. Ihn wollte Blacky kennenlernen. Vielleicht würde er ihn heute endlich erreichen.

Langsam und konzentriert wählte er die Nummer. Dieses Gespräch war ein Drahtseilakt. Die Wahrscheinlichkeit, dabei abzustürzen, war groß. Es gab eigentlich nur eine Chance: ihn da zu packen, wo Journalisten die meisten Menschen packen konnten. Bei ihrer Eitelkeit.

„Wenning", meldete sich eine sehr sonore, kultivierte Stimme.

„Christian Schwarz von Main-Radio Schweinfurt. Guten Tag, Herr Wenning. Ich möchte mich gleich dafür entschuldigen, dass ich Sie am Sonntag störe. Aber ich habe Sie in den letzten Tagen nicht erreichen können, und wahrscheinlich sind Sie auch morgen wieder mit Terminen überlastet. Da dachte ich mir, vielleicht kann ich ja heute kurz mit Ihnen reden."

„Worum geht es, Herr Schwarz?"

„Ich weiß nicht, ob Sie meine Sendung kennen? Jeden Werktagmorgen auf Main-Radio."

„Ja, natürlich. Im Bad und im Auto höre ich recht häufig zu. Leider immer nur kurz, aber Sie haben eine sehr angenehme Stimme. Und Sie bringen viele Themen gut auf den Punkt."

Pluspunkt. Blacky bedankte sich und begann zu fabulieren. Von einer neuen Sendereihe am Morgen, in der wichtige Persönlichkeiten der Stadt aus Politik, Wirtschaft und Kultur zu Wort kommen sollten. Menschen, die etwas zu sagen hätten, authentisch, persönlich, meinungsstark. Nichts Oberflächliches, sondern Gespräche mit Substanz und echtem Informationswert.

„Und wie kommen Sie da gerade auf mich, Herr Schwarz?"

Eine heikle Klippe. Blackys Gedanken rasten. Jetzt musste eine originelle Begründung her. Eine, die Lars Wenning veranlassen würde, nicht einfach nein zu sagen.

„Also, um ganz ehrlich zu sein, Sie sind mir von einem echten Insider empfohlen worden. Wir haben da offensichtlich einen gemeinsamen Barista. Joe von *Viva Porcellino* meinte, Sie seien genau der Richtige, wenn es um einen mit allen Wassern gewaschenen Manager geht."

Lars Wenning lachte. Es klang ziemlich sympathisch. Blacky atmete auf.

„Na, wenn Joe das meint, muss ich wohl ran. Und wie machen wir das nun?"

„Ich würde mich gern bald mal mit Ihnen treffen, um die Details durchzusprechen und einen Termin auszumachen, an dem Sie zu mir ins Studio kommen. Was halten Sie von morgen Nachmittag bei Joe?"

„Oh, so kurzfristig? Nein, keine Chance, ich bin morgen völlig zu mit Terminen. Und den Rest der Woche sieht es nicht besser aus. Und nächste Woche auch nicht."

„Ach, du Schande. Das wirft mir natürlich alles durcheinander."

Blacky machte eine kleine Pause. Er wusste, was er nun zu sagen hatte. Der Trick bestand darin, einen vielbeschäftigten, langfristig ausgebuchten Mann wie Lars Wenning mit einem sehr kurzfristigen Terminvorschlag zu überraschen.

„Das ist jetzt wahrscheinlich ein bisschen unverschämt", sagte er, „aber hätten Sie vielleicht heute noch eine halbe Stunde Zeit? Mir wäre damit ungeheuer geholfen."

Das Zögern des Managers verriet Blacky, dass er gewonnen hatte. Eine Ablehnung wäre nämlich prompt gekommen.

*

Ein unangenehmer Nieselregen hüllte die Stadt ein und vertrieb alle Faschingslaune. Nur ein paar kostümierte Kinder tobten durch die Luitpoldstraße und knallten mit ihren Spielzeugpistolen. Okan Demir schrak bei jedem Schuss zusammen und vergrub sich tiefer in seine Angst. Die Erleichterung, die er vor ein paar Stunden nach dem Besuch der drei Männer verspürt hatte, war einer tiefen Erschöpfung gewichen. Er hatte vergeblich versucht, auf dem Sofa ein wenig zu schlafen. Dann hatte er Tee gekocht und war mit der Tasse in der Hand ruhelos durch die Wohnung gewandert. Als er die ersten Schüsse hörte, trat er ans Fenster und sah hinaus. Die spielenden Kinder, die der graue Regen nicht zu stören schien, versetzten ihm einen solchen Stich ins Herz, dass er sich abwandte, auf dem Boden zusammenkauerte, die Augen schloss und Hülyas Gesicht suchte.

Er fand nichts, sah nur einen verschwommenen Fleck und geriet in Panik. Mit einem Satz war er auf den Beinen, stürzte hinüber zum Schrank, riss eine Schublade auf und holte den Karton mit den vielen ungeordneten Fotos heraus. Die neuesten Bilder hatte er der Polizei gegeben, aber beim Wühlen stieß er auf so viele Aufnahmen von Hülya, dass er sich allmählich beruhigte. Nun wusste er wieder, wie sie aussah. Und jetzt wusste er auch, dass er sie wiedersehen würde.

Dann hielt er plötzlich Bilder von Dilek in den Händen. Er hatte in den letzten Jahren so gut wie nie eines davon angeschaut, weil er ihr Gesicht, ihre Haare, ihren Körper keine Sekunde vergessen hatte. Als er sie jetzt sah, erschien sie ihm merkwürdig fremd. Er spürte den Abstand von fünf Jahren und die Zeit, die vergangen war. Und dann kam wieder dieses völlig paradoxe Gefühl der totalen Leere hoch, das ihn jedes Mal überwältigte, wenn er intensiv an sie dachte. Eine totale Leere, weil er nichts wusste, überhaupt nichts.

Ihr letztes Lebenszeichen war eine Mail aus Grosny gewesen, in der sie ihm mitteilte, mit ihrem Fotografen ins Rebellengebiet fahren zu wollen. Sie recherchierte für eine türkische Zeitung Fakten zum kurz vorher gemeldeten Tod des tschetschenischen Guerillaführers Schamil Bassajew. Er war nicht sonderlich beunruhigt gewesen. Dilek war mehrfach in Tschetschenien und den anderen Kaukasusstaaten gewesen, sie kannte die politischen Verhältnisse genau, hatte vorzügliche Verbindungen und galt als erstklassige Expertin für die dortigen Konflikte. Die Nachricht von der Entführung erreichte ihn schon am nächsten Tag, und wenige Stunden später erfuhr er, dass der Fotograf und der Fahrer ermordet aufgefunden worden waren. Von Dilek fehlte jede Spur. Er selbst hatte keine Möglichkeit, nach Tschetschenien zu reisen, aber sein Schwiegervater Bülent Agaoglu setzte alle Hebel ein, die ihm zur Verfügung standen. Und das waren angesichts seines Vermögens und seines gesellschaftlichen Einflusses nicht wenige. Doch weder der russische noch der türkische Geheimdienst förderten irgendwelche brauchbaren Ergebnisse zutage. Erst zwei von Dileks Vater angeheuerte Privatagenten schnappten nach Wochen vage Gerüchte auf, die Journalistin sei von Rebellen ins unzugängliche Bergland verschleppt und bei einem Fluchtversuch erschossen worden. Mehr hatten sie nicht erfahren.

Okan Demir hatte Hülya bis heute nicht davon überzeugen können, dass ihre Mutter tot war. „Mama kommt wieder“ waren ihre Worte seit Jahren. Den furchtbare Zynismus des Lebens, dass nun auch seine Tochter Hülya verschwunden war, durchlitt Okan Demir an diesem regnerischen

Nachmittag mit solcher Härte, dass er zum ersten Mal daran dachte, sich etwas anzutun.

*

Blacky holte die Barchetta aus der Tiefgarage und brauste durch den Nieselregen Richtung Hochfeld. Es waren keine fünf Minuten bis zur Deutschfeldstraße, aber er musste sich beeilen.

„Na schön, dann kommen Sie doch am besten gleich", hatte Lars Wenning nach einigen Sekunden Bedenkzeit schließlich gesagt. „Sonst schieben wir das tatsächlich nur auf die lange Bank. Ich habe allerdings nicht allzu viel Zeit, ich muss dann noch weg. Aber wenn Sie sich sofort auf den Weg machen könnten, würde es klappen."

Konnte er natürlich nicht. Er musste erst noch duschen, sich rasieren, ein Hemd bügeln, die beste Jeans aus dem Wäschetrockner holen. Vorsichtshalber nahm er sogar die Ohrringe ab. Das tat er in letzter Zeit immer öfter, wenn er besonders seriös erscheinen wollte. In den wilden Jahren seines Lebens als Türsteher vor unterfränkischen Discos und DJ in allen möglichen Etablissements wäre er noch nicht einmal im Traum auf eine solche Idee gekommen. Doch so nach und nach waren Maßstäbe verrutscht, Grundsätze ins Wanken geraten und Lebensutopien geplatzt. Dass das auch noch mit der Anpassung an Gesellschaftskonventionen einherging, über die er früher nur gelacht hatte, fand er einerseits beängstigend und andererseits amüsant.

Lothar, der das alles längst schon hinter sich hatte, pflegte zu sagen: „Anarchie findet im Kopf statt und hat nichts mit einer Krawatte zu tun."

Diese letzte Form von transformierter Anarchie verweigerte Blacky noch, aber der elegante Sakko, den er schließlich anzog, wies schon in die Richtung.

Das Anwesen in der Deutschfeldstraße war von einer hohen Mauer umgeben. Blacky stand vor dem hermetisch geschlossenen Sicherheitstor und suchte die Klingel. Hier und in den Häusern ringsum lebte jener kleine Teil der Schweinfurter Bevölkerung, der vom anderen Teil geringschätzig und neidvoll Großkopferte genannt wurde. Er fand einen kleinen Knopf ohne Namensschild. Wer hier wohnte, legte Wert auf Anonymität. Ein leises Surren, die Tür öffnete sich von allein und schloss sich hinter ihm wieder. Der Hof war mehr als geräumig, zwei grün gestrichene Garagentore, hinter einem parkte wohl der Jaguar. Ein Portikus mit zwei Säulen, hart an der Grenze zur Geschmacklosigkeit. Dort stand der Hausherr im gelben Kaschmirpullover und strahlte Kühle, Eleganz und Selbstbewusstsein aus.

Blacky hatte sich längst die Chuzpe der meisten Journalisten zu eigen gemacht, die darin bestand, sich von nichts beeindrucken zu lassen: von Anfang an auf gleicher Augenhöhe und bloß kein Zeichen von Devotheit. Alle, die sich für wichtig hielten, zogen sich morgens ihre Unterhosen an, genauso wie er. Und wenn man sie in Unterhosen sehen würde, wären sie alle gleich lächerlich. Diese Sicht der Dinge änderte zwar nicht wirklich etwas, machte einen aber frei im Kopf.

„Hallo, Herr Wenning“, begrüßte er ihn betont lässig. Erst einmal das tun, was er gut konnte: den Boden für ein lockeres, unkonventionelles Gespräch bereiten. Was er mit der ganzen Aktion eigentlich bezweckte, davon hatte er nicht den blassesten Schimmer. Immerhin, ein erster Eindruck. Das also war der Mann, der ein Auto mit dem ominösen Zeichen des Bösen, der 666, fuhr. Der Mann, den er seit

Tagen verdächtigte, ein kleines türkisches Mädchen entführt zu haben. Das Problem, dem er sich nun gegenübersah, war: Dieser Mann, ein dunkelblonder, norddeutscher Typ Mitte vierzig, wirkte trotz einer zurückhaltenden Kühle recht sympathisch. Seine Idee, diesen Mann zur Strecke zu bringen, kam Blacky jetzt reichlich albern vor.

*

Er hatte ihn durch eine Art Vestibül ins Wohnzimmer geführt. Schon allein in diese beiden Räume hätte Blackys Wohnung dreimal hineingepasst. Sie saßen sich auf Ledersesseln im englischen Clubstil gegenüber, im Kamin brannte ein Feuer, es fehlte nur noch das Glas Whisky, um ein Klischee zu vervollständigen. Aber Lars Wenning schien kein Gastgeber sein zu wollen, sondern ein hochkonzentrierter Gesprächspartner mit wenig Zeit; er sah immer wieder auf die Uhr und wirkte angespannt.

Aus den Augenwinkeln nahm Blacky die Antiquitäten, Bilder und Skulpturen wahr, die dem Raum eine Aura von Kunstsinnigkeit und Noblesse verliehen. Währenddessen redete er über Einzelheiten einer Sendereihe, die es gar nicht gab und wahrscheinlich auch nie geben würde. Dann arbeitete er sich allmählich zu persönlichen Dingen vor.

„Würden Sie Ihren beruflichen Werdegang als typisch für einen Manager bezeichnen?"

„Ja, ich befürchte schon. Ich hatte eigentlich immer nur Zahlen, Systeme und Strategien im Kopf. Ich abstrahiere gern."

„Wenn ich mich hier so dezent umschaue, scheint es aber auch noch die Kunst und das Interesse an schönen Dingen zu geben."

„Das ist die andere Seite. Sie ist aber für die Öffentlichkeit wohl weniger von Belang."

Er blockte ziemlich deutlich ab. Blacky bohrte nicht nach. Dann fielen ihm drei Bilder ins Auge, mit einem davon konnte er etwas anfangen.

„Sie sind ursprünglich nicht aus Schweinfurt, Herr Wenning?"

„Nein, ich bin gebürtiger Kölner."

„Aber Sie sind schon lange hier?"

Lars Wenning bedachte ihn mit einem Blick, der zu sagen schien: Können wir bald zum Ende kommen?

„Erst seit fünf Jahren", antwortete er knapp.

„Ach so? Und was haben Sie vorher gemacht? Bitte entschuldigen Sie diese Fragen. Aber ich habe bei der Recherche nicht viel über Sie gefunden."

„Schon gut. Fragen zu stellen ist Ihr Beruf. Ich war vorher bei Volkswagen in Wolfsburg."

„Interessant", sagte Blacky. „Immerhin scheinen Sie ja eine echte Beziehung zu Schweinfurt entwickelt zu haben. Wer hat schon ein Bild von Friedrich Rückert an der Wand hängen?"

Er deutete auf den Kupferstich in der Mitte der drei Bilder mit dem bekannten Porträt des Dichters.

„Und das", sagte er völlig ins Blaue hinein und zeigte auf die anderen Bilder, „sind seine beiden Kinder, die gestorben sind."

Es war geraten, aber naheliegend. Zwei Ölgemälde mit rührenden Kindergesichtern.

„Wie hießen sie noch? Ernst und Luise?"

„Richtig", sagte Lars Wenning. „Sie sind sehr gut informiert."

„Ich bin Schweinfurter", sagte Blacky. „Friedrich Rückerts ‚Kindertotenlieder'. Eine tragische Geschichte."

Lars Wenning antwortete nicht. Sein Gesicht war regungslos. Zu regungslos, fand Blacky.

„Ziemlich aktuell gerade", fuhr er fort. „Wenn man an die beiden Mädchen denkt."

„Ich bin leider nicht im Bilde, was Sie meinen." Nun setzte er ein absolut desinteressiertes Pokerface auf.

„Wie Sie wissen, war ich für ein paar Tage im Ausland. Ich bekomme überhaupt selten mit, was in der Stadt passiert."

Blacky lächelte leise in sich hinein. Es war schon faszinierend, dazusitzen und einem eloquenten Erfolgsmenschen beim Lügen zuzuhören. Haargenau zu wissen, dass kein Wort von dem, was er sagte, stimmte. Und den Vorsprung zu haben, dass der andere nicht ahnte, was er wusste. Und wer so lügt, dachte Blacky, der hat Dreck am Stecken.

„In einem See wurde die Leiche eines italienischen Mädchens gefunden, das zwei Jahre lang vermisst wurde. Und seit Mittwoch ist ein neunjähriges türkisches Mädchen spurlos verschwunden."

Blacky beobachtete Lars Wennings Gesicht. Wieder keine Regung.

„Das ist wirklich tragisch", sagte er nur. „Ich habe davon nichts mitbekommen."

Du Mistkerl, hätte Blacky am liebsten geschrien, du verdammter Mistkerl! Ich habe dich und das Mädchen gesehen, und ich weiß auch, dass du nicht in Göteborg warst. Und ich weiß auch, dass du in deinem sogenannten Refugium mit dem Polizeichef gefrühstückt hast. Und der hat dir von all diesen Dingen erzählt, und dann habt ihr zusammen ein

Alibi gebastelt. Ein Alibi, das du bitter nötig hast. Aber ich komme dir noch auf die Schliche.

„Dann wissen Sie auch nichts von der Leiche auf dem Rückert-Denkmal?“, fragte er stattdessen. „Die Geschichte beschäftigt die ganze Stadt.“

„Ich hatte noch keine Gelegenheit, mich zu informieren“, sagte Lars Wenning. „Aber was hat das alles mit unserer Sendung zu tun?“

„Nichts. Natürlich nichts. Es sind nur die Themen, die mich als Journalisten zurzeit auch sehr beschäftigen. Entschuldigen Sie die Abschweifung.“

Lars Wenning erhob sich und deutete damit unmissverständlich an, dass das Gespräch für ihn beendet sei. Blacky erklärte im Hinausgehen noch vage, dass er sich wegen des konkreten Sendetermins rechtzeitig melden würde. Er hatte das Gefühl, dass der Manager ziemlich misstrauisch geworden war. Seine höfliche Freundlichkeit jedenfalls war verschwunden.

Im Vestibül stand eine schmale, blasse Frau. Blacky konnte sie sofort der leisen, müden Stimme zuordnen, die er vom Telefon her kannte. Lars Wenning schien ungehalten zu sein, sie hier zu sehen.

„Meine Frau“, sagte er kurzangebunden. „Herr Schwarz vom hiesigen Radio. Er ist gerade am Gehen.“

Die Frau streckte ihm ihre Hand entgegen.

„Sie haben schon ein paar Mal angerufen“, sagte sie.

„Wirklich?“ Lars Wenning sah sie merkwürdig an. „Das hast du mir gar nicht gesagt.“

„Du hast noch nicht viel mit mir gesprochen“, sagte sie.

Blacky betrachtete, peinlich berührt von der Szene, intensiv das kleine Aquarell, das am Treppenaufgang an der Wand hing. Ein Landschaftsbild eines markanten Tales. Links auf einer steilen Anhöhe eine Burgruine, rechts in weitläufigen Wiesen eine Art Landhaus. Er kramte in seiner Erinnerung. Ein Weinfest, vor ein oder zwei Jahren … Er hatte ein Interview mit der Weinkönigin gemacht.

„Dieses Tal kenne ich", sagte er in das Schweigen der Eheleute Wenning hinein. „Ist das nicht irgendwo im Steigerwald?"

„Handthal", sagte die Frau. „Ein wunderbares Fleckchen Erde, finden Sie nicht auch? Das Bild habe ich gemalt. Wir haben da ein kleines Refugium. Und wenn bald Sommer ist, werden wir dort auch wieder sein."

„Herr Schwarz möchte gehen", fiel ihr Lars Wenning brüsk ins Wort und öffnete die Haustür.

„Besuchen Sie uns im Sommer doch mal in Handthal", sagte die Frau und reichte Blacky wieder die Hand.

Er lächelte sie an.

„Warum nicht", sagte er. Dann ging er hinaus in den Regen.

*

Bis eben hatte er nicht gewusst, wie schwer es war, heimlich einem anderen Wagen zu folgen. Tausendmal im Kino und im Fernsehen gesehen, stellte es sich in der Wirklichkeit als anspruchsvolles Unternehmen heraus. Ein falsches Timing, und der metallicblaue Jaguar würde, während er an einer roten Ampel warten musste, im Grau des nieseligen Spätnachmittags verschwinden. Da er nicht die geringste Ahnung hatte, wohin Wenning fuhr, konnte er es nicht riskieren, den Sichtkontakt zu verlieren. Andererseits bestand aber ständig die Gefahr, dass Lars Wenning auf die Barchetta hinter ihm aufmerksam werden und ihn im Rückspiegel erkennen könnte. Es war wenig Verkehr, also musste er auf Abstand bleiben. So lavierte sich Blacky bremsend und beschleunigend hinter dem Jaguar durch die gesamte Stadt und kam sich dabei vor wie ein Idiot.

Mit der Idee zu der ganzen Aktion hatte er schon auf der Hinfahrt gespielt. Wennings sichtliche Unruhe während des Gesprächs bestärkte ihn darin. Er musste unbedingt herausfinden, was dieser Mann an diesem Sonntag noch so alles trieb. Lange hatte er nicht warten müssen, keine fünf Minuten nach ihrer Verabschiedung öffnete sich das Tor und Lars Wenning fuhr die Deutschfeld- und Markgrafenstraße hinunter Richtung Mainberger Straße. Blacky folgte ihm so unauffällig wie möglich auf seinem Weg über den Paul-Rummert-Ring und die Maxbrücke; zu diesem Zeitpunkt war er noch davon überzeugt, dass der Manager unterwegs war in Richtung Gerolzhofen und Steigerwald. Doch im Hafengebiet bog er nicht auf die B 286 ab, sondern fuhr geradeaus und dann nach links zum Baggersee. Hier war um die Zeit kaum noch ein Fahrzeug unterwegs, und Blacky saß in der Barchetta wie auf glühenden Kohlen. Er erwartete jeden Augenblick, dass Wenning vor ihm anhalten, ihn stoppen und zur Rede stellen würde. Doch offensichtlich bemerkte er ihn auch jetzt nicht; der Jaguar verschwand hinter der Autobahnunterführung. Nun konnte Blacky sich Zeit lassen. Dort gab es nur den großen Parkplatz, und dort würde er ihn finden.

*

Vorsichtshalber ließ er die Barchetta bei der Abzweigung zur Kleingartenanlage stehen, verbarg sich hinter einem Busch und schaute zum Parkplatz hinüber. Der graue Regen hüllte den Spätnachmittag bereits in ein dämmriges Zwielicht. Lars Wenning war aus seinem Wagen gestiegen, vom Durchgang zum Baggersee lief eine Frau auf ihn zu. Sie sagte etwas, das Blacky nicht verstehen konnte, dann fiel sie ihm um den Hals. Lars Wenning nahm sie in die Arme und zog sie dicht an sich.

Schau mal einer an, dachte Blacky, was es doch für Überraschungen gibt.

Er überlegte, ob es ihm gelingen könnte, näher an die beiden heranzukommen. Aber der Parkplatz war menschenleer, und die Frau stand mit dem Gesicht in seine Richtung gewandt. Sie kam ihm bekannt vor, er wusste aber nicht, wo er sie hinstecken sollte.

Zwischen den beiden entspann sich offenbar eine Diskussion. Lars Wenning sah zum Himmel und nickte schließlich. Dann blitzten die Blinkleuchten des Jaguars auf; er hatte das Fahrzeug abgeschlossen. Er ging mit der Frau zusammen zu einem dunklen BMW hinüber und stieg auf der Beifahrerseite ein.

Blacky rannte zur Barchetta, ließ sie rasch an und stieß einige Meter zurück hinter die erste Wegbiegung. Vorne sah er den BMW in der Autobahnunterführung verschwinden. Er wartete noch einige Sekunden, dann folgte er dem Wagen langsam.

*

Wieder führte die Fahrt durch die ganze Stadt und endete schließlich am äußersten Ende des Deutschhofes. Blacky merkte in letzter Sekunde, dass der BMW in eine Stichstraße abgebogen war. Wenn er ebenfalls hineinfuhr, würde er auf dem Präsentierteller landen. Er hielt an, stieg aus und ging einige Meter die Straße hinunter. An ihrem Ende, neben einem ziemlich pompösen Haus direkt am Waldrand, öffnete sich eben automatisch ein Garagentor. Der BMW verschwand dahinter, und das Tor schloss sich wieder.

Blacky blieb im Regen stehen und wartete. Er kam sich vor wie Humphrey Bogart als Sam Spade oder Philip Marlowe in einem düsteren Hollywood-Krimi. Allerdings hätte er sich, um die Inszenierung perfekt zu machen, dazu eine Zigarette anzünden müssen. Aber Rauchen gehörte schon lange nicht mehr zu seinen Lastern. Wobei es mit den Lastern insgesamt bergab ging, aber das war eine eigene Geschichte.

Schließlich sah er hinter mehreren Fenstern im Haus Licht. Dann wurden Jalousien heruntergelassen. Er ließ noch einige Minuten verstreichen. Wie ein harmloser Spaziergänger setzte er sich in Bewegung, musterte die anderen Häuser und ließ dabei das pompöse Haus nicht aus den Augen. Als er auf dessen Höhe war, streifte er gemächlich an dem Anwesen vorbei und blieb wie zufällig an der Tür zum Vorgarten stehen. Er holte ein Papiertaschentuch aus dem Sakko, putzte sich ausgiebig die Nase und las dabei das Messingschild unter dem Klingelknopf.

Hubert und Melanie Rudloff

Jetzt wusste er, wo er die Frau schon gesehen hatte. An der Seite des Faschingsprinzen war sie zwar nicht in Erscheinung getreten. Aber als Ehefrau des stadtbekannten Unternehmers Hubert Rudloff war sie in der Öffentlichkeit immer halbwegs präsent gewesen. „Seine trauernde Witwe" hatten die Medien sie in den letzten Tagen genannt. Doch wie Blacky nun wusste, schien sie Trost gefunden zu haben. Was allerdings eine Frage aufwarf, die er noch nicht zu Ende zu denken wagte.

Lothar, dieser Fuchs! „Es gibt eine Verbindung zwischen Lars Wenning und Hubert Rudloff." Darauf hatte er bestanden. Dass es um eine Frau ging, darauf war er zwar nicht gekommen. Aber immerhin, den richtigen Riecher hatte er gehabt. Er musste unbedingt mit ihm reden.

Blacky sah auf die Uhr. Dreiviertel fünf. Zeit für einen Ausflug in den Steigerwald. Lars Wenning würde ihm vorerst nicht in die Quere kommen. Denn der war ja wohl erst einmal mit seinem Schäferstündchen beschäftigt.

*

Immer noch verweigerte er kategorisch die Anschaffung eines Navigationssystems. „Ich kann schließlich Karten lesen", pflegte er trotzig zu sagen. „Außerdem passt so ein Ding in eine Barchetta nicht rein." Bestärkt wurde er darin von Lothar, der von sich behauptete, jede noch so kleine Straße in Irland auch ohne Elektronik im Schlaf zu finden.

Blacky scheiterte an diesem frühen Sonntagabend hinter Gerolzhofen irgendwo zwischen Schallfeld, Wiebelsberg und Bimbach. Er verhedderte sich, hatte keine Karte dabei, fuhr im Kreis, überwand schließlich seinen männlichen Stolz und fragte nach dem Weg. Endlich fand er in Oberschwarzach die einzige Straße, die nach Handthal führt.

Den Ort hatte er kleiner und übersichtlicher in Erinnerung. Es war inzwischen so gut wie dunkel, ratlos kurvte er herum und hoffte, irgendwo das Landhaus, das er auf dem Aquarell gesehen hatte, identifizieren zu können. Es war aussichtslos. Als er zum fünften Mal an der *Steigerwaldstube* vorbeikam, parkte er den Wagen und betrat den Gasthof.

Ein paar Männer spielten Karten, der Wirt stand hinter der Theke, alle schauten Blacky neugierig an, als er sich an einen Tisch setzte. Ein Fremder ist im Dorf, dachte Blacky und fühlte sich jetzt wie Gary Cooper in einem Schwarzweißwestern. Der Wirt fragte allerdings nicht: „Brandy?“, sondern empfahl ihm höflich einen Silvaner.

Als er ihm den Schoppen gebracht hatte, blieb er vor dem Tisch stehen.

„Noch unnerwegs?“

Blacky ergriff heilfroh die Gelegenheit.

„Ich hatte hier in der Gegend zu tun, und als ich in Oberschwarzach den Wegweiser nach Handthal gesehen habe, dachte ich mir: Machst du mal ’nen Abstecher. Ein guter Bekannter hat hier ein Landhaus und schwärmt immer so von eurem Dorf. Aber leider ist es ja schon dunkel. Viel habe ich nicht mehr gesehen.“

Der Wirt nahm diese Mitteilungsfreude grinsend auf.

„Dann müssen Sie halt nochmal komm', wenns hell is. Wer is’n Ihr Bekannter, wenn ich ä mal frag dürft?“

„Lars Wenning aus Schweinfurt. Ich weiß nicht, ob Sie ihn kennen.“

„Na klar. Der hat doch sein Haus direkt nebendran.“ Der Wirt deutete zu einem der dunklen Fenster. „Gleich überm Bach. Ä reicher Mann. Kommt manchmal mit seiner Frau zum Essen zu uns. Aber net oft.“

„Ich habe ihn jetzt auch schon länger nicht mehr gesehen. War er denn in letzter Zeit mal hier?“

„Nää, jetzt im Winter sind die net da. Obwohl, vor ä paar Tag is er fei hier abends mit so’m Transporter aufgetaucht. Also, ich glaub wenigstens, dass er es war. Gsehn hab ich ihn net.“

„War das am Mittwoch?“, fragte Blacky elektrisiert.

„Kann scho sei. Ja, des war am Mittwoch, klar. Die Karter war'n ja da. Wieso?“

„Ach, nur so. Ich wollte ihn anrufen, und seine Frau ... Na ja, egal. Ich trinke jetzt in Ruhe meinen Wein, und dann mach ich mich vom Acker. Kann ich gleich bezahlen?“

Der Wirt verstand den Wink mit dem Zaunpfahl und kassierte, ohne mit der Wimper zu zucken, sechs Euro. Blacky ließ sich einige Minuten Zeit mit dem Wein, obwohl es ihn kaum noch auf dem Sitz hielt. Beim Hinausgehen bemühte er sich, völlig gelassen und entspannt zu wirken. Draußen sprintete er zum Auto, fuhr zweihundert Meter die Straße hinunter und stellte die Barchetta weitab von jeder Straßenlampe dicht neben einen Schuppen. Aus dem Handschuhfach nahm er eine Taschenlampe, aus dem Kofferraum holte er ein Paar Arbeitshandschuhe und einen großen Schraubenschlüssel. Dann machte er sich auf den Weg zurück.

*

Über den Bach führte eine Brücke, dahinter lag links eine Wiese, daran schloss ein umzäuntes Grundstück an. Das Haus lag in völliger Dunkelheit, und Blacky konnte nicht erkennen, ob es dem auf dem Bild glich. Aber es war das einzige, das der *Steigerwaldstube* auf dieser Seite des Baches benachbart war. Er zögerte noch, ob er es wirklich tun sollte.

Des Risikos war er sich bewusst. Es lag hauptsächlich darin, dass er nicht überprüfen konnte, ob eine Alarmanlage installiert war. Wenn ja, gab es zwei Möglichkeiten. Entweder würde ein für ihn sicht- und hörbarer Alarm ausgelöst werden. Dann hatte er eine reelle Chance, noch verschwinden zu können. Oder aber, es handelte sich um ein verborgenes Funksystem, das mit der nächsten Polizeistation verbunden war. Diesen Alarm würde er erst mitbekommen, wenn die Funkstreifenwagen vor dem Haus standen. Im günstigen Fall konnte das einige Zeit dauern. Wenn er aber Pech hatte, war ein Streifenwagen in unmittelbarer Nähe und würde innerhalb weniger Minuten aufkreuzen.

Die Alternative war, die Polizei gleich zu verständigen, damit sie das Haus durchsuchte. Er überlegte, ob er Kerstin anrufen sollte. Vielleicht würde er sie endlich erreichen. Nein, keine gute Idee. Sie würde es nicht riskieren, eine derartige Aktion ohne Rückversicherung nach oben auszulösen. Und wie das enden würde, konnte er sich ausmalen. Und außerdem: Wie sicher war er sich denn? Er hatte letztlich nur wilde Vermutungen. Natürlich, wenn die Polizei Hülya in diesem Haus finden würde, wäre er der Held. Wenn nicht, der Depp. Blamiert bis auf die Knochen. Vielleicht war Lars Wenning ja doch nur ein Schürzenjäger. Vielleicht aber auch ein Kindesentführer. Vielleicht sogar ein Mörder.

Blacky wollte es wissen. Jetzt.

*

Er löste zumindest keinen offenen Alarm aus, als er über den niedrigen Jägerzaun kletterte und sich dem Haus näherte. Wenn er sich sehr beeilte, konnte er eventuell auch bei einem verdeckten Alarm rechtzeitig noch den Rückzug antreten. Die Fenster waren ausnahmslos alle durch Rollläden fest verschlossen. Hier hatte er keine Chance. Es blieben nur die Türen.

Mit der Taschenlampe leuchtete er kurz die Haustür ab. Massives Holz, wahrscheinlich nicht gerade ein dünnes

Brett. Ein normales Zylinderschloss. Er hatte erst einmal eine Tür aufgebrochen. Allerdings eine ziemlich billige Wohnungstür. Seine eigene. Nach einem Streit, an den er nicht mehr denken wollte. Das Luder hatte ihn ausgesperrt. Es war nicht allzu schwer gewesen. Bei dieser Haustür hatte er seine Zweifel.

Blacky schlich um das Haus herum. An der Rückseite war eine Kellertreppe. Sie führte in einem engen Schacht zu einer Eisentür hinunter. Hier war er völlig abgeschirmt. Er rüttelte an der Tür, sie ließ sich einen oder zwei Millimeter nach innen drücken. Auf Höhe des Schlosses setzte er den Schraubenzieher an. Es ging viel leichter, als er gedacht hatte.

*

Im Keller gab es neben der Heizung nur zwei große Räume mit Werkzeug, Gartengeräten, Fahrrädern, einer Golfausrüstung und Altpapier. Im Erdgeschoss des Hauses fand er im Schein der Taschenlampe eine große, bestens eingerichtete Küche, ein nobles Wohnzimmer mit Kamin, eine Toilette und drei kleinere Räume, die nur spärlich möbliert waren. Vom Flur führte eine Treppe zum ersten Stock hoch. Oben gab es zwei Schlafzimmer, ein großzügiges Bad, einen Fitnessraum mit Geräten sowie eine Art Arbeitszimmer. Und eine weitere Treppe zum Dachgeschoss. Blacky ging hinauf und stand erneut vor einer verschlossenen Tür. Sie war aus leichtem Holz und leistete kaum Widerstand.

*

Es war wie in einem Traum. Oder einem Film. Kein Albtraum. Kein Horrorfilm. Unwirklich. Surreal. Beklemmend. Erschütternd. Rätselhaft und eindeutig. Kein Zimmer des

Schreckens. Aber erschreckend. Nicht unheimlich, sondern ein heimliches Zimmer. Intim. Auf den ersten Blick unfassbar. Auf den zweiten Blick unglaublich. Ein Geheimnis. Und doch lag alles zutage. Nicht zu verstehen, aber von großer Klarheit.

Er stand in einem Schrein. Wahrscheinlich war dies das beste Wort. Das Licht der Taschenlampe hatte er nicht ertragen können. Es beleuchtete nur Details, die er so nicht verstand. Er musste alles sehen. Das ganze Ausmaß begreifen. Er hatte nach einem Lichtschalter gesucht. Ihn gefunden. Es gab nur indirektes, schummriges Licht. Aber es reichte aus, um den gesamten Raum zu erfassen, zu überblicken.

Allmählich begriff er, dass das Kind tot war.

Das Kind, das ihn von Tausenden von Bildern anschaute und anlächelte. Die Bilder waren in allen Größen, als Passfoto, als Riesenposter an Wände und Decke geheftet. Es war immer dasselbe Kind, Säugling, Baby, Kleinkind bis zum Alter von vielleicht fünf Jahren. Ein Mädchen, sommersprossig und blond. Porträts und Schnappschüsse aus allen Jahreszeiten, Kindergeburtstag, Weihnachten, Urlaub am Meer, auf der Schaukel, mit Bällen, Puppen, Spielsachen, immer nur dieses eine Kind, dieses eine Mädchen. Das Zimmer war das Fotoalbum eines ganzes Kinderlebens.

Dieses einen Kinderlebens. Die Erinnerung daran. Dieses Zimmer war nur Erinnerung. Das war es, was Blacky nach und nach verstand. Auf dem Boden lag alles Spielzeug, das dieses Mädchen je besessen hatte, in völliger Unordnung. Mitten darin stand ein großer, altväterlicher Lehnstuhl. Daneben eine Musikanlage der Edelklasse mit Designerboxen. Auf einem Tisch stapelten sich CDs, alles Aufnahmen des immer gleichen Werks: die „Kindertotenlieder“

von Gustav Mahler. Um den Lehnstuhl herum reihten sich Büchertürme, zahllose Exemplare von allen möglichen Ausgaben der „Kindertotenlieder“ Friedrich Rückerts.

In diesem Zimmer trauerte ein Vater um sein Kind.

Blacky löschte das Licht und verließ das Haus, so schnell er konnte.

*

Im Laufe der Nacht hörte in Schweinfurt der Regen auf, und es kündigte sich ein Wetterumschwung an. Zunächst blies ein eiskalter Wind durch die Straßen und Gassen, dann sank die Temperatur unter den Nullpunkt. Die allgegenwärtige Nässe überfror und wurde zu Glatteis. Die Polizei verzeichnete eine Reihe von Unfällen, die teils auf die Witterung, teils auf den Alkoholkonsum dieser Faschingsnacht zurückzuführen waren. In die Krankenhäuser wurden bis zum frühen Morgen mehrere Personen eingeliefert, die ausgerutscht und schwer gestürzt waren. Kriminalhauptkommissar Wolfram Bayer schlief auf dem Sofa, weil ihn seine Frau aus dem Schlafzimmer ausgesperrt hatte. Die Tür aufzubrechen, sah er keine Veranlassung. Melanie Rudloff lag noch lange wach und spürte den Zärtlichkeiten nach, die ihr Lars so unverhofft bereitet hatte. Blacky war nach der Rückkehr aus dem Steigerwald sofort zu Bett gegangen, denn der Montag wartete auf seinen *Morning Man*. Sein Schlaf war schwer und traumlos. Nur einmal wachte er kurz auf und fragte sich, ob er die Erlebnisse des Abends nicht doch nur geträumt hatte.

Rosenmontag

„Es ist jetzt sechs Uhr und fünfundzwanzig Minuten. Ich bin Christian Schwarz, und ich begleite Sie durch den Rosenmontagmorgen auf Main-Radio Schweinfurt. Aus aktuellem Anlass beginne ich diesen Tag allerdings mit einem ernsten Thema. Seit mittlerweile fast einer Woche ist hier in Schweinfurt die neunjährige Hülya verschwunden. Mein Gast im Studio heute ist Herr Okan Demir, der Vater des vermissten Mädchens. Gleich werden wir über diesen Fall, über Hülya und über die schrecklichen Tage sprechen, die Herr Demir durchgemacht hat. Nach dem nächsten Titel gibt es die ersten Lokalnachrichten des Tages und dann das aktuelle Studiogespräch."

Blacky startete *Only Time* von Enya, zog den Regler für das Studiomikrofron nach unten und wandte sich seinem Gesprächspartner zu. Okan Demir saß trotz der frühen Stunde äußerst korrekt gekleidet da, dunkelblauer Anzug, klassische Streifenkrawatte, tadellos gebügeltes Hemd, polierte schwarze Schuhe, die Haare sorgfältig frisiert. Er hatte Punkt sechs Uhr vor der Tür gestanden und sich sehr zurückhaltend gezeigt. In ihrem kurzen Vorgespräch hatte ihm Blacky kaum ein Wort entlocken können. Nun instruierte er ihn noch einmal über den Ablauf der Sendung, bat ihn um möglichst kurze Antworten auf seine Fragen und schlug vor, zunächst etwas von Hülya zu erzählen. Der Rechtsanwalt nickte nur, und Blacky hatte plötzlich das Gefühl, dass die Sache doch zum Problem werden könnte.

*

Kerstin Weiß stellte ihre Kaffeetasse ab und überlegte, ob sie anrufen und intervenieren sollte. Aber dafür war es schon zu spät. So etwas konnte man höchstens diskret im Vorhinein machen. Als Polizeisprecherin direkt in die Berichterstattung der Presse einzugreifen, stand ihr nicht zu. Sie nahm das Telefon und rief Kriminaloberkommissarin Marion Werner, die Leiterin der Sonderkommission „Hülya", an.

„Schalte mal dein Radio ein", sagte sie. „Demir sitzt live im Studio und will gleich über das Verschwinden seiner Tochter reden. Keine Ahnung, was er damit bezweckt."

Sie hätte Blacky erwürgen können. Warum hatte er das nicht mit ihr abgesprochen? Die selbstkritische Erkenntnis, dass sie gestern den ganzen Tag nicht zu erreichen gewesen war, kam ihr erst nach und nach und machte sie schließlich wütend auf sich selber. Dazu meldete sich wieder das schlechte Gewissen, und sie nahm Abstand von dem Verlangen, ihn zu erwürgen. Ihre bockige Reaktion am Samstag war völlig überzogen gewesen und die darauffolgende Nacht, bei Tageslicht betrachtet, eine Katastrophe. Sie hatte keine Ahnung, wie sie das wiedergutmachen konnte. Obwohl, eine Ahnung hatte sie schon, aber diese Art von Wiedergutmachung erschien ihr im Augenblick auch nicht angemessen. Spätestens bis morgen Abend zu seinem Auftritt in der Disharmonie musste sie sich über ihr weiteres Vorgehen im Klaren sein. Sie kaute gegen jede Gewohnheit auf den Fingernägeln herum und wartete gespannt darauf, was sich bei Main-Radio tun würde.

„Hülya ist neun Jahre alt", begann Blacky das Gespräch. „Seit fast einer Woche ist sie spurlos verschwunden. Ihr Vater Okan Demir ist heute Morgen bei mir im Studio. Herr Demir, können Sie uns ein bisschen von Hülya erzählen? Damit wir alle ein Bild von ihr bekommen?"

Okan Demir fasste sich an den Krawattenknoten und zögerte genau die Sekunde, die einem Radiomoderator wie eine halbe Ewigkeit vorkommt. Dann begann er zu sprechen.

„Ich möchte Ihnen zunächst danken, Herr Schwarz", sagte er, „dass ich zu Ihnen in die Sendung kommen durfte. Das ist mir schon deshalb besonders wichtig, weil Sie ja offenbar der letzte bekannte Zeuge gewesen sind, der Hülya am Mittwoch noch einmal gesehen hat."

„Das ist richtig", meinte Blacky, bei dem bereits Alarmglocken zu schrillen begannen. Interviewpartner, die schon auf die erste Frage nicht eingingen, liefen meistens aus dem Ruder. „Aber das war reiner Zufall und tut eigentlich nichts zur Sache. Ich …"

„Es wirft aber Fragen auf", unterbrach ihn Okan Demir. „Denn meines Wissens haben Sie der Polizei recht aufschlussreiche Einzelheiten mitgeteilt. Einzelheiten, denen bis heute nicht mit der nötigen Sorgfalt nachgegangen worden ist.

„Ich weiß nicht, ob man das so sagen kann. Und …"

„Doch! Man kann es so sagen!" Der Anwalt klang plötzlich sehr schroff. „Und man kann es noch viel deutlicher sagen. Die Schweinfurter Polizei hat von Anfang an diesen Fall – also das Verschwinden meiner Tochter – schleppend und ohne viel Interesse bearbeitet. Man hat sich zwar in blinden Aktionismus gestürzt, Suchaktion und so, aber niemand hat Hülya ernsthaft finden wollen."

„Das ist ein schwerer Vorwurf, Herr Demir, den Sie erläutern müssen."

„Die ermittelnden Kriminalbeamten waren und sind nämlich der absurden Meinung, ich selbst hätte mit dem Verschwinden Hülyas zu tun. Sie haben das Ganze als eine Art Familienangelegenheit betrachtet. Und wissen Sie, warum? Weil es wieder um Vorurteile geht. Die Türken und ihre seltsame Welt. Der Islam und die Frauen. Das Kopftuch und die Zwangsehe. Ehrenmorde und die ganze Scheiße. Ich …"

„Herr Demir!" Blacky drehte dem Rechtsanwalt das Mikrofon etwas leiser, damit er seine Wortkaskade unterbrechen konnte. Eigentlich hätte er ihn am liebsten ganz abgewürgt und Musik hochgefahren, aber das wäre ein zu heftiger Eingriff gewesen. Er musste die Situation mit Souveränität retten. „Herr Demir, Sie sprechen da jede Menge heiße Eisen an, und ich weiß nicht, ob das alles hierhergehört. Ich schlage vor, wir spielen erst mal ein paar Takte Musik, und dann reden wir weiter."

„Ich lasse mir das Wort von Ihnen nicht verbieten! Es ist an der Zeit, dass die Öffentlichkeit erfährt, wie voreingenommen die Schweinfurter Polizei diese Sache handhabt. Nur weil es sich bei Hülya um ein türkisches Mädchen handelt, wird nicht mit dem nötigen Nachdruck ermittelt, und ein ehrenwerter Mann wie ich muss sich abstruse Vorwürfe gefallen lassen. Das ist ein Skandal und …"

„Wie gesagt, erst einmal etwas Musik", fiel ihm Blacky ins Wort, „danach klären wir die Dinge in Ruhe."

Chris de Burgh mit *High on Emotion* klärte die Dinge zunächst auf seine Weise.

*

Ihr Handy klingelte, als Kerstin Weiß dabei war, die direkte Studionummer von Main-Radio zu suchen. Ihre Kollegin Marion Werner meldete sich aufgebracht.

„Hast du das gehört?“

„Ja, natürlich. Was will er denn damit?“

„Ich weiß es nicht genau“, sagte Marion Werner. „Vielleicht Nebelkerzen schmeißen. Einen Nebenkriegsschauplatz eröffnen. Von sich ablenken nach dem Motto ‚Angriff ist die beste Verteidigung‘. Ich hatte am Samstag ein Gespräch mit ihm, in dem sich diese Richtung schon andeutete. Aber letzten Endes bin ich ratlos. Ich habe immer noch keinen Schimmer, was da wirklich läuft. Aber wenn er die Öffentlichkeit mit dieser Tour aufmischt, wird's gar nicht lustig.“

„Wir müssen uns absprechen“, meinte Kerstin Weiß. „Ich brauche mehr Informationen über die ganze Sache. Hast du später eine Stunde Zeit?“

Sie verabredeten sich für neun Uhr in der Dienststelle. Dann wählte Kerstin Weiß die Studionummer. Im Radio lief inzwischen Meat Loaf, *You took the words right.* Es dauerte eine Weile, bis Blacky abnahm.

„Hier ist Kerstin“, sagte sie.

„Hallo.“ Reserviertester Tonfall.

Sie schluckte.

„Du, was da im Augenblick läuft ...“

„Hat sich schon erledigt.“

„Wieso?“

„Demir ist soeben gegangen. Und hat dabei wilde Drohungen ausgestoßen. Ich sage dir: Zieht euch warm an.“

*

Kaum hatte Blacky Chris de Burgh gestartet und die Studiomikrofone ausgeschaltet, war Okan Demir aufgesprungen.

„Das lasse ich nicht mit mir machen“, hatte er gebrüllt.

„Herr Demir, jetzt beruhigen Sie sich doch. Wir können ja über alles reden. Nur nicht in diesem Stil.“

„Ach, Sie haben doch keine Ahnung. Und mein Stil kann Ihnen scheißegal sein. Es geht um das Leben meiner Tochter. Begreifen Sie das? Offensichtlich nicht! Aber ich werde euch allen die Hölle heißmachen. Ich finde andere Wege, um der Öffentlichkeit zu sagen, was in dieser Stadt läuft. Wie die Polizei auf ganzer Linie versagt. Da werden noch Köpfe rollen. Das verspreche ich Ihnen!“

Dann war er aus dem Studio gerannt, hatte die Türen hinter sich zugeschlagen und den Sender verlassen. Blacky sah ihm hilflos hinterher. Patricia stand wie vom Donner gerührt mitten in der Redaktion.

„Was war das denn?“, fragte sie bestürzt.

„Keine Ahnung“, sagte Blacky. „Heute ist Rosenmontag. Da sind die Narren los.“

Nun musste er auf die Schnelle für die Hörer eine Erklärung dafür finden, weshalb das Studiogespräch mit Okan Demir schon zu Ende war.

*

Um acht Uhr an diesem Morgen brachte Kriminalhauptkommissar Wolfram Bayer in der Lagebesprechung der Mordkommission den Ermittlungsstand in Sachen Hubert Rudloff präzise auf den Punkt.

„Nichts“, sagte er. „Absolut nichts.“ Er blickte in müde Gesichter, die sich teils auf Arbeitsüberlastung, teils auf das Faschingswochenende zurückführen ließen.

„Es ist nur ein Strohhalm“, rechtfertigte er seine Entscheidung, die Witwe des Mordopfers, Melanie Rudloff, seit dem frühen Morgen observieren zu lassen. Die Skepsis der Kollegen war mit Händen zu greifen, und er räumte freimütig ein, dass es alles in allem unwahrscheinlich sei, die Lösung dieses Falls in persönlichen Motiven zu finden.

„Selbst wenn Melanie Rudloff einen Liebhaber hat, was ich kaum bezweifle, weist dieses Verbrechen natürlich in andere Dimensionen“, gab er zu. „Trotzdem lassen wir die Observierung ein paar Tage laufen und schauen mal, was dabei herauskommt.“

Der Kollege, der sich um die Ergebnisse der Spurensicherung kümmerte, referierte nochmals die Details und sagte dann: „Es ist bestürzend, wie wenig wir wissen. Diese Tat ist mit großem Aufwand geplant und ausgeführt worden, sie ist eine Kette von zahllosen Einzelheiten, aber wir kommen nirgendwo weiter. Es steht fest, dass Rudloff von einem relativ großen Transporter mehrfach überfahren wurde. Wir haben keinerlei Aufschlüsse darüber, wo dies geschehen ist. Geschweige denn, dass wir irgendeinen Hinweis auf dieses Fahrzeug hätten. Die Seile, mit denen er am Denkmal befestigt war, sind Allerweltserzeugnisse unbekannter Herkunft. Alles andere: Fehlanzeige.“

„Ich bringe das jetzt ungern ins Spiel“, sagte Wolfram Bayer schließlich, „aber wir werden uns damit abfinden müssen, dass dieser Fall dem Bereich der organisierten Kriminalität zugeordnet wurde. So höre ich es aus dem Präsidium in Würzburg. Fakt ist: Hubert Rudloff hat zahlreiche seiner Kunden in ganz Unterfranken dazu verleitet, in dieses blödsinnige Objekt im Fränkischen Seenland zu investieren. Ohne Zweifel in betrügerischer Absicht. Er hat gewusst, dass es sich bei dem Projekt um eine Seifenblase handelt, die nie zu realisieren gewesen wäre. Warum hat er es getan? Nun ja, die alte Nummer: Er hatte seit einiger Zeit erhebliche finanzielle Schwierigkeiten und wollte, kopflos geworden, seinen Kopf retten. So weit, so banal. Die Kollegen vom Sonderdezernat in Würzburg jedenfalls waren drauf und dran, ihn in den nächsten Tagen festzusetzen. Ob das etwas gebracht hätte, steht auf einem anderen Blatt. Interessant wird es bei der Frage nach den Hintermännern der ganzen Sache. Denn diese Nummer im Fränkischen Seenland ist nur die Miniversion einer viel größeren Kiste. Angeblich läuft seit einiger Zeit überall in Deutschland und sogar in halb Europa derselbe Quatsch. Hubert Rudloff mag ein großer Gauner gewesen sein. Letztendlich war er bei diesen Dimensionen nur ein sehr kleiner Fisch."

„Na klasse", rief ein junger Polizeikommissar. „Womit wir also bei der Mafia wären. Welche darf's denn sein? Eine der italienischen? Die albanische? Wahrscheinlich die russische, oder?"

„Wie behauptet wird", sagte Bayer ernst, „laufen die Fäden in Baku zusammen. Also in Aserbaidschan. Wenn jemand überhaupt weiß, wo das ist. Sollte sich Rudloff mit den Jungs von dort wirklich angelegt haben, dann können wir die Akte allerdings jetzt schon zumachen."

„Gehört das systematische Überfahren von Menschen vielleicht zum Repertoire der aserbaidschanischen Mafia?", fragte der junge Kommissar ironisch. „Das wäre doch eine Spur, oder?"

„Das ist mir so was von wurscht", brummte Bayer. „Ich komme mir ehrlich gesagt vor wie in der Märchenstunde. Aserbaidschanische Mafia. Baku-Connection. Die aserbaidschanische Mafia in Schweinfurt. Von ganz oben heißt es, das wäre mittlerweile unsere Realität, das könnten wir nicht mehr ignorieren. Bullshit ist das. Ich schlage vor, wir vergessen es und fangen nochmals von vorn an. Auf die Mafia schieben können wir's immer noch."

*

Okan Demir verließ Main-Radio hochzufrieden. Es hatte ihn Überwindung gekostet, einen solchen Auftritt hinzulegen. Eigentlich bevorzugte er leise und diskrete Töne. Aber er konnte auch vor Gericht aufzünden, wenn es der Sache diente, und auf dieses Repertoire hatte er im Sendestudio zurückgegriffen.

Das, was ihm am Freitag nach dem Gebet geraten worden war, hatte er in einem ersten Schritt ausgeführt. Es würde eine gewisse Wirkung haben. Weitere Schritte und Nadelstiche mussten nun folgen.

Er ging in seine Kanzlei, setzte sich an den Schreibtisch und entwarf einen kurzen Text. Dann beauftragte er seine Sekretärin, diesen Text umgehend an alle Presseorgane in Schweinfurt per Mail und Fax zu versenden. Trotz seiner Anspannung und Sorgen konnte er sich eines kleinen Lächelns nicht erwehren. Dilek, die Profijournalistin, wäre stolz auf ihn gewesen.

*

„Was ist dieser Okan Demir für ein Mensch?", fragte Polizeioberkommissarin Kerstin Weiß ihre Kollegin Marion Werner. „Kann man den verstehen?"

Sie saßen im Büro der Polizeipressesprecherin, tranken Kaffee und aßen Faschingskrapfen, die Kerstin Weiß aus einem der zahllosen Backwarenshops der Innenstadt mitgebracht hatte.

„Die schmecken nicht wirklich", meinte Marion Werner und betrachtete kritisch die bräunliche Füllung.

„Tja, früher gab's solide Bäckereien, und heute macht jeden Tag eine neue dubiose Filiale auf. Aber jetzt drück dich nicht um meine Frage."

„Tu ich nicht. Ich weiß nur keine gute Antwort. Verstehe mich bitte nicht falsch, nur … er ist halt doch Türke, ein türkischer Mann, und er denkt und handelt nach Kategorien, die ich nicht einschätzen kann. Ganz ehrlich, so ist es …"

„Aber er ist Vater. Vater einer kleinen Tochter. Da kann er doch nicht viel anders sein als andere Väter."

„Nein, das ist es ja auch nicht. Obwohl sein Verhalten am Anfang schon merkwürdig war. In gewisser Weise unbeteiligt. Und genau das ist der Punkt. In dieser Geschichte läuft im Hintergrund ein ganz anderer Film. Wahrscheinlich in türkischer Sprache ohne deutsche Untertitel. Ich kann nur vage vermuten, worum es geht. Oder gehen könnte."

„Wollen wir es noch einmal von vorn aufrollen?", fragte Kerstin Weiß. „Vielleicht habt ihr etwas übersehen?"

„Können wir machen. Wir wälzen es in der Soko zwar dauernd hin und her, aber vielleicht fällt dir was auf. Also die Fakten: Okan Demir stammt aus Schweinfurt, hat in Würzburg Jura studiert, kam dann als Rechtsreferendar nach Schweinfurt zurück. Er eröffnete als junger Anwalt eine Kanzlei, die bis heute floriert. In der türkischen Community hatte er einen guten Ruf, seine Eltern waren dort angesehene Leute. Seine Mandantschaft besteht bei weitem nicht nur aus Türken, er vertritt auch viele Deutsche querbeet in allen Rechtsgebieten. Irgendwann hat er geheiratet und ist mit seiner Frau, einer türkischen Journalistin, nach Berlin gezogen. Dilek Demir war die Tochter von Bülent Agaoglu, einem schwerreichen Unternehmer aus Istanbul. Er mischt weltweit in der Logistikbranche mit und dirigiert ein richtig großes Firmenimperium. Okan und Dilek haben in Berlin eine Tochter bekommen, Hülya. Als sie etwa vier Jahre alt war, wurde ihre Mutter während eines beruflichen Einsatzes in Tschetschenien entführt und von Rebellen umgebracht. Okan Demir ist mit seiner Tochter dann nach Schweinfurt zurückgekommen und arbeitet seitdem hier wieder als Anwalt."

„Und es ist sicher, dass Hülyas Mutter wirklich tot ist?", fragte Kerstin Weiß. Ihre grauen Augen waren hellwach.

„Ja, ich denke schon", erwiderte Marion Werner. „Das ist ja vor ein paar Jahren durch alle Medien gegangen, und Herr Demir hat es uns ausführlich noch einmal erzählt."

„Mir ist nur gerade eingefallen, dass Hülya diesem Lars Wenning gesagt haben soll, sie sei unterwegs zu ihrer Mutter. So steht es im Protokoll, das der Chef über sein Gespräch mit Wenning angefertigt hat."

„Ja, stimmt. Aber Hülya hat offenbar nie wirklich daran geglaubt, dass ihre Mutter nicht mehr lebt. Herr Demir sagte uns, sie sei überzeugt gewesen, eine gute Fee würde ihre Mama eines Tages wieder zurückbringen."

„Das bricht einem fast das Herz. Scheißwelt."

„Ja. Und Scheißjob. Okay, was noch? Okan Demir hat in Schweinfurt einen Bruder, der als Fotograf arbeitet. Eine ziemlich undurchsichtige Figur. Ein bisschen Künstler, macht Aktaufnahmen und so'n Zeugs, ist aber auch international für große Magazine tätig. Hat mal Aufsehen erregt mit einer Fotoserie über die russische Mafia."

„Interessant. Wer in Schweinfurt so alles rumläuft." Kerstin Weiß überlegte kurz, dass sie diese Aktaufnahmen gern einmal sehen würde. Schon allein deshalb, weil die brave Kollegin Werner ein so angewidertes Gesicht gezogen hatte.

„Na ja, ich weiß nicht", sagte Kriminalkommissarin Werner. „Ein schräger Vogel. Okan Demir verlor nach seiner Rückkehr dann offensichtlich etwas den Boden unter den Füßen. Vielleicht hängt das auch mit seinem Bruder Murat zusammen. Jedenfalls machte er, was man so hört, eine Menge Spielschulden. Es wird auch von krummen Geschäften gemunkelt, aber da weiß keiner was. Letztes Jahr gab es in Justizkreisen mächtig Furore, weil Hülyas Großvater plötzlich versuchte, mit einer Armada von Anwälten das Sorgerecht für seine Enkelin zu erstreiten. Angeblich, um sie in die Türkei holen zu können. Wie es aussieht, wird sie einst das Firmenimperium erben, und er wollte als Patriarch offenbar dafür schon die Weichen stellen. Hat natürlich nicht geklappt, und es ist ziemlich nebulös, was das Ganze eigentlich sollte."

Sie nahm sich noch einen Krapfen und biß mit weit aufgerissenem Mund großzügig hinein.

„So viel zur Vorgeschichte. Hülyas Verschwinden am letzten Mittwoch ist nach wie vor ein einziges Rätsel. Wir haben keinerlei Erkenntnisse darüber, unter welchen Umständen sie die Schule verlassen hat. Sie war plötzlich einfach weg. Wir wissen nicht, was sie die ganze Zeit gemacht hat, bis sie von dem Zeugen Schwarz und dem – nun ja, Zeugen Wenning in der Nähe des Media Marktes gesehen wurde."

„Das mit Wenning stinkt zum Himmel", merkte Kerstin Weiß finster an.

„Wird das nicht ein bisschen zur fixen Idee von dir?", fragte Marion Werner etwas säuerlich. „Okay, der Kollege Lutz hat Scheiße gebaut, weil er Wenning völlig außer Acht gelassen hat, um sich beim Chef lieb Kind zu machen. Okay, der Mann war nicht in Göteborg und hat seine Frau belogen – aber das ist nicht strafbar. Der Chef hat ihn abgeklopft, und wir haben ganz vorsichtig daneben auch noch ein wenig rumgestöbert. Ich denke, er ist sauber."

„Wenn du meinst, wird es wohl so sein. Was ist mit dieser Spedition am Ende der Friedrich-Rätzer-Straße?"

„Ich hielt das ja für die erfolgversprechendste Spur überhaupt. Das Unternehmen gehört zum Agaoglu-Imperium und ist der hiesige Marktführer für Transporte in die Türkei. Demir sagt, Hülya hätte davon keine Ahnung gehabt. Dennoch ist die Nähe zu dem Ort, wo sie zum letzten Mal gesehen wurde, natürlich frappant. Aber völlige Fehlanzeige. Keinerlei Hinweise darauf, dass das Mädchen dort war. Trotzdem halte ich es nach wie vor für möglich, wenn nicht sogar für wahrscheinlich, dass der Großvater hinter dem Ganzen steckt. Nur mit Beweisen kann ich leider nicht dienen."

„Und ganz andere Möglichkeiten? Siehst du zum Beispiel eine Verbindung zu der Mädchenleiche aus dem See?"

„Nein. Ausnahmsweise bin ich mit Bayer mal einer Meinung. Die einzige Übereinstimmung besteht darin, dass es sich um etwa gleichaltrige Mädchen aus ausländischen Familien handelt. Aber sonst? Es gibt keinen zeitlichen und örtlichen Zusammenhang, die Umstände sind völlig verschieden."

„Nun ja", meinte Kerstin Weiß. „Mal langsam. Laura verschwand damals auch einfach so. Ein Täter also, der es hervorragend versteht, völlig unbemerkt zu agieren, ohne irgendwelche Spuren zu hinterlassen. Wo hat er damals das Mädchen missbraucht und stranguliert? Die Untersuchungen haben ergeben, dass dies nicht im Freien geschehen ist. Er hat sie also an einen Ort gebracht, an dem er offenbar völlig ungestört war. Niemand hat vor zwei Jahren auch nur den geringsten Hinweis geben können. Kannst du wirklich ausschließen, dass dieser Täter auch Hülya zu diesem Ort gebracht hat?"

„Ach", sagte Marion Werner spitz, „willst du dich allmählich für den Aufstieg in die Mordkommission qualifizieren?"

„Nö", erwiderte die Polizeisprecherin und sah auf die Uhr, um zu signalisieren, dass sie das Gespräch beenden wollte. „Wenn du magst, kannst du die zwei Krapfen hier noch mitnehmen."

*

Nur Veronika erschien zur Redaktionskonferenz am Rosenmontag dezent kostümiert. Sie hatte sich eine rote Pappnase aufgesetzt, eine gelbe Schleife ins Haar gebunden und einen sehr schrillen Ringelpulli angezogen. Sören saß bleich und still in einer Ecke; und Patricia wusste nicht, ob sie anfangen oder auf Olaf Röder warten sollte. Der hatte gegen jede Gewohnheit telefonisch auch für diesen Tag sein Erscheinen zur Konferenz angekündigt, war aber noch nicht aufgetaucht. Blacky ließ sich sehr viel Zeit bei der Zubereitung seiner Tasse Darjeeling; er war völlig in Gedanken versunken und mit Nachdenken beschäftigt.

„Sören, geht's dir nicht gut?", fragte Patricia, um die Zeit zu überbrücken.

„Ahh, lass mich in Ruhe", stöhnte er. „Euer blödes bayerisches Bier und euer dämlicher Frankenwein. Ich bin todkrank."

„Die Menge macht's und die Mischung", sagte Blacky, der mit seinem Tee zur Tür hereinkam.

„Is doch Quatsch", nölte Sören. „Jever und Klaren kann ich beliebig viel und in jeder Reihenfolge trinken, und am nächsten Tag bin ich fit wie ein Äffchen."

Bevor Blacky irgendeine Gemeinheit über Ostfriesen und Fasching aus dem Ärmel zaubern konnte, erschien Olaf Röder auf der Bildfläche. Er trug ein Clownskostüm mit roter Perücke und weißen Handschuhen und sah darin zum Heulen jämmerlich aus. Alle schauten ihn an, als wäre er eine Erscheinung aus einer anderen Welt.

„Warum seid ihr nicht verkleidet?", fragte er streng in die Runde. „Heute ist Rosenmontag, und da treten wir unseren Hörern im Kostüm gegenüber."

„Ich glaube nicht, dass unsere Hörer das in irgendeiner Weise zu schätzen wissen", sagte Blacky. „Zumal sie uns ja leider nicht sehen können."

„Muss ich dir eigentlich nach so vielen Jahren noch das Radio erklären", erwiderte Olaf Röder gereizt. „Du als Supermoderator solltest doch wissen, dass sich auch die äußere Befindlichkeit in der Stimme niederschlägt. Wenn du also am Rosenmontag kostümiert vor dem Mikrofon sitzt, wird deine Stimme ganz automatisch auch Rosenmontagsstimmung vermitteln und transportieren. Das ist ein Grundgesetz unseres Metiers, mein lieber Freund."

„Du hast also heute Morgen nicht zugehört?", fragte Blacky, der genau wusste, dass sein Redaktionsleiter niemals vor acht Uhr morgens das Radio einschaltete. „Da war Rosenmontagsstimmung zum Beispiel gar nicht angebracht.

Und ich weiß nicht, ob wir heute überhaupt so sehr auf die Pauke hauen sollten."

„Wieso, was war denn?", fragte Olaf Röder argwöhnisch. Patricia berichtete behutsam und in diplomatisch gewählten Worten von dem Studiogespräch mit Okan Demir und seinem dramatischen Abgang.

„Blöde Idee, diesen Mann am Rosenmontag ins Studio zu setzen", tadelte der Redaktionsleiter und sah Blacky grimmig an. „Das ist kein Thema für die närrischen Tage."

„Aber du wolltest doch emotionale Berichterstattung über das verschwundene Mädchen", verteidigte sich Blacky. „Und ein Gespräch mit dem Vater versprach nun einmal jede Emotionalität."

„Blöde Idee", wischte Olaf Röder den Einwand ungerührt vom Tisch. „Ja, blöde Idee, das kann ich gar nicht anders sagen, Blacky. Und weil ich gerade bei blöden Ideen bin – Sören …"

„Ja, hier", sagte Sören mit ungewohnt piepsiger Stimme.

„… wollte dir sagen, dass es eine ausgesprochen blöde Idee von mir war, dich am Samstag anzupfeifen. Ich bin in mich gegangen und zu der Erkenntnis gelangt, dass du genau richtig gelegen hast mit dem Mädchenkiller von Schweinfurt. Die Gefahr besteht, dass so einer sein Unwesen treibt, gar keine Frage. Wir machen das zum Thema der Woche, und Sören wird das federführend übernehmen. Natürlich in enger Absprache mit mir, was sich von selbst versteht bei einer so heiklen Sache. Gut, was gibt's noch?"

„Den Faschingszug morgen", sagte Patricia. „Es ist immer noch nicht klar, wie der ASKV das im Einzelnen handhaben will. Wird Iris I. teilnehmen oder nicht, soll der Tod Hubert Rudloffs einfach stillschweigend übergangen werden oder wird es in irgendeiner Form eine Ehrung geben? Und was denkt eigentlich die Schweinfurter Bevölkerung darüber, dass der Faschingszug stattfindet?“

„Das mit dem ASKV und der Iris klär ich ab“, sagte Olaf Röder. „Und wenn ihr Wert auf Volkes Stimme legt, dann soll Veronika von mir aus halt eine Umfrage in der Fußgängerzone machen. Aber schneidet für die Sendung nur Meinungen rein, die dafür sind, dass der Faschingszug stattfindet. Wir müssen die offizielle Linie stützen.“

„Mein Gott, Olaf, das können wir doch nicht machen“, sagte Patricia entsetzt. „Die Hörer, die dagegen sind, fühlen sich verarscht.“

„Na gut, dann zwei kritische Stimmen. Aber nicht mehr. Und mindestens acht Befürworter des Faschingszuges. Positive Stimmung. Morgen ist die Stadt proppenvoll. Der Rubel rollt. Und alle, die davon profitieren, schalten bei uns Werbung. Oder werden es demnächst tun. Davon leben wir, Leute. Vergesst das nie!“

„Und was ist mit dem Mord an dem famosen Faschingsprinzen Hubert?“, fragte Blacky. „Greifen wir das überhaupt nicht mehr auf? Berichte über den Stand der Ermittlungen und so?“

Olaf Röder machte ein sehr ernstes Gesicht, was unter seiner Clownsperücke zum Brüllen komisch aussah.

„Brisantes Thema“, raunte er. „Sehr brisant. Es war die Mafia, munkelt man. Angeblich ist die Kripo schon zurückgepfiffen worden. Von ganz oben. Von ganz, ganz oben. Also München. Ihr versteht, was ich sagen will?“

„Woher willst du das denn wissen?“ Blacky bemühte sich, seiner Stimme nicht allzu viel ironische Skepsis beizumischen.

„Wie du weißt, führe ich jeden Morgen, bevor ich hierherkomme, auf verschiedenen Ebenen Gespräche. Und da erfahre ich so allerlei. Das allermeiste davon kann ich gar nicht weitergeben. Jedenfalls ist die Rede von der Mafia, und da sollten wir ganz, ganz vorsichtig agieren."

Blacky fragte sich im Stillen, ob der Redaktionsleiter seine Gespräche auf verschiedenen Ebenen heute Morgen in diesem Clownskostüm geführt hatte. Laut fragte er: „Das heißt dann aber doch, dass Hubert Rudloff wirklich ein Drecksack war?"

„Wieso heißt es das?" Olaf Röder schien ehrlich verwundert über diese Frage zu sein.

„Wenn ihn die Mafia – wer immer das auch ist – auf dem Gewissen hat, dann heißt das, dass er mit der Mafia zu tun hatte. Und wenn er mit der Mafia zu tun hatte, war er in deren Geschäfte verwickelt. Anscheinend so sehr, dass er deswegen sterben musste. Ergo war er ein Dreckskerl. Ist doch logisch, oder?"

„Mein lieber Blacky." Olaf Röder sprach jetzt sehr sanft. „Ich habe es bereits am Freitag gesagt: Hubert Rudloff hat sich sehr große Verdienste um unsere Stadt erworben. Wir sollten sein Andenken nicht beschmutzen. Es könnte doch auch sein, und ich halte das für viel wahrscheinlicher, dass er heldenhaft gegen die Mafia gekämpft hat. Sich dieser Krake widersetzte. Und deswegen gestorben ist."

„Amen", sagte Blacky. „Ich jedenfalls habe in meinen Gesprächen auf verschiedenen Ebenen ganz anderes gehört. Und danach war Hubert Rudloff alles andere als ein Ehrenmann. Er hatte so viele dunkle Flecken auf seiner angeblich so weißen Weste, dass keine Reinigung der Welt die je hätte entfernen können."

„Es ist infam“, erwiderte der Redaktionsleiter, „wie solche Verleumder das Ansehen dieses Mannes in den Dreck ziehen. In Ordnung, Hubert war auch nur ein Mensch, und er mag seine Fehler gehabt haben, aber ich persönlich weiß nur von einer einzigen dummen Sache, die man ihm vorwerfen konnte. Wirklich nur einer einzigen, und das ist nicht viel für ein ganzes Leben.“

„Und was ist das für eine dumme Sache?“, fragte Blacky. „Anlagebetrug größten Stils im Fränkischen Seenland?“

„Rede keinen Unsinn. Deine Informanten haben die Geschichte bestimmt auch ausgespuckt. Alle von Huberts Feinden haben sie ständig aufs Tapet gebracht, wenn sie ihm ans Bein pinkeln wollten. Aber man muss auch die Kirche im Dorf lassen. Natürlich ist es unschön, wenn man einen Menschen totfährt. Aber er hat das doch nicht mit Absicht getan. Es war ein Unfall. Ein schrecklicher Unfall. Deswegen ist man noch kein Verbrecher.“

„Er hat jemanden totgefahren?“

„Ja. Ein Kind. Vor ein paar Jahren. Irgendwo bei Wolfsburg. Er hatte einen neuen Phaeton gekauft. Für seine Frau. Er selber fuhr ja nur BMW. Um sie zu überraschen, ist er mit ihr in die Autostadt gefahren. Das übliche Programm. Zur Feier des Tages haben sie ziemlich gebechert. Hubert hat halt gerne getrunken. Gefahren ist dann er. Dummerweise. Freilich, er hätte nicht abhauen sollen. Das hat ihm mächtig geschadet. Vor Gericht und überhaupt. Aber er hat dafür bezahlt. Er hat seine Strafe bekommen und fertig. Das ist der einzige dunkle Fleck auf Hubert Rudloffs weißer Weste, den ich kenne.“

„Weißt du, wer dieses Kind war?“, fragte Blacky wie elektrisiert.

„Nein. Keine Ahnung. Irgendein Kind halt. Ich glaube, es war ein kleines Mädchen."

*

Gegen elf Uhr erhielt die Pressesprecherin der Schweinfurter Polizei, Kerstin Weiß, einen Anruf von einem Vertreter einer alteingesessenen Schweinfurter Tageszeitung. Er fragte an, wie sie die Einladung von Rechtsanwalt Okan Demir an die Presse einschätze und interpretiere. Kerstin Weiß wurde von dieser Anfrage kalt erwischt; sie wusste von nichts. Kleinlaut bat sie den Redakteur, ihr den Text der Einladung zu mailen. Er tat es, und nachdem sie die paar Zeilen gelesen hatte, atmete sie tief durch. Dann wanderte sie in ihrem Büro auf und ab und überlegte. Schließlich rief sie bei Main-Radio an. Patricia, die Chefin vom Dienst, meldete sich.

„Hallo, hier ist Kerstin Weiß von der Polizei Schweinfurt. Ist Blacky zu sprechen?"

„Na, sicher mit Freuden", sagte Patricia launig. „Er diskutiert gerade mit dem Chef, und da ist ihm bestimmt jede Unterbrechung recht."

Dann war Blacky in der Leitung.

„Hallo", sagte Kerstin Weiß. „Heute schon zum zweiten Mal. Störe ich?"

„Kein Problem."

Er war immer noch karg, knapp und reserviert. Hat er eigentlich den Samstagabend versaut, oder war ich das, fragte sich Kerstin Weiß, bevor sie dienstlich zur Sache kam.

Habe ich eigentlich den Samstagabend versaut, oder war sie das, fragte sich Blacky und überlegte, ob er das jetzt zur Diskussion stellen sollte. Aber Kerstin Weiß kam ohne Umschweife zur Sache.

„Ich habe eine Bitte an dich", sagte sie. „Hast du schon die Presseeinladung von Okan Demir gesehen?"

Hatte er nicht. Sie erklärte ihm rasch, worum es ging.

„Könntest du da hingehen und mir danach sofort berichten, was gelaufen ist?"

„Warum gehst du nicht selber hin?"

„Weil ich keine Einladung erhalten habe. Und weil das in dem Fall das Dümmste wäre, was ich machen könnte."

Blacky überlegte nur kurz.

„Okay", sagte er. „Tust du mir auch einen Gefallen?"

„Ja", sagte sie. „Ich tue dir in nächster Zeit jeden Gefallen, den du willst. Also, das heißt, vielleicht nicht jeden, das müssten wir im Einzelnen dann noch klären – aber grundsätzlich … O Gott, was rede ich da eigentlich?"

„Ich lausche mit Interesse", sagte Blacky. „Aber eigentlich wollte ich dir sagen, dass du bei mir noch was guthast. Das mit Samstagabend war schon doof von mir …"

„Okay, fangen wir mit dem Gefallen an, den ich dir tun soll. Und dann sehen wir weiter."

„Hubert Rudloff", sagte er. „Faschingsprinz und Mordopfer. Er hat vor ein paar Jahren bei Wolfsburg ein Kind überfahren. Kannst du herausfinden, wie dieses Kind hieß?"

Er hörte, wie sie langsam ein- und ausatmete. Sie sprach erst nach einer langen Pause weiter.

„Er hat ein Kind überfahren? Das ist ja …"

„Genau", sagte Blacky. „Genau das ist es."

*

Der Seniorchef des Bestattungsunternehmens *Medich* teilte Melanie Rudloff am späten Vormittag mit, dass die Leiche ihres Mannes von der Staatsanwaltschaft freigegeben worden war. Für die Beerdigungsfeierlichkeiten schlug er den Freitagnachmittag vor. „So hast du noch Zeit, dich um deine persönliche Gästeliste und deine privaten Vorbereitungen zu kümmern. Alles Weitere übernehmen wir. Es wird natürlich viele Ansprachen und letzte Grußworte geben."

Sie hatte weder Interesse an einer persönlichen Gästeliste noch an letzten Grußworten und sagte einfach nur mechanisch „Ja, danke."

„Da dein Mann nach dem Ritus der evangelischen Kirche beigesetzt wird, werden wir es von der Loge aus halten wie immer: Wenn die Trauergäste sich entfernt haben, werden die Brüder am offenen Grab das maurerische Begräbnisritual durchführen, die drei Rosen niederlegen und die Bruderkette schließen."

„Ja, natürlich", sagte sie. „Macht, was ihr wollt."

Sie hatte an nichts mehr Interesse. Die Gepflogenheiten der Freimaurer waren ihr genauso gleichgültig wie die Beisetzung ihres Mannes. Alles, was von nun an sein würde, war völlig bedeutungslos. Melanie Rudloff wusste seit diesem Morgen, dass es keine Zukunft mehr gab.

*

Patricia legte Blacky das Einladungsschreiben auf den Schreibtisch, das der Rechtsanwalt Okan Demir verschickt hatte. Er überflog es und verstand, weshalb Kerstin Weiß so aus dem Häuschen war.

Sehr geehrte Damen und Herren
von der Presse in Schweinfurt,
mein Name ist Okan Demir, ich bin der Vater der kleinen Hülya, die seit fast einer Woche spurlos verschwunden ist. Sie

alle haben darüber berichtet. Heute nun wende ich mich an Sie und lade Sie zu einem vertraulichen Gespräch in meine Kanzlei ein. Ich möchte Ihnen exklusiv Informationen darüber zukommen lassen, wie schlampig und voreingenommen die Schweinfurter Polizei in dieser Angelegenheit bisher ermittelt hat. Der Verdacht lässt sich leider nicht von der Hand weisen, dass der Grund, weshalb noch keinerlei Ergebnisse erzielt worden sind, in der türkischen Herkunft und im islamischen Glauben unserer Familie zu suchen sind. Ähnlich unprofessionell und erfolglos agierten die zuständigen Beamten schon vor zwei Jahren im Fall der verschwundenen Laura Gabrieli, deren Leiche nun zufällig gefunden wurde. Die Familie dieses Mädchens ist italienischer Herkunft. Die naheliegende Möglichkeit, dass ein Mörder, der es auf Mädchen mit ausländischem Hintergrund abgesehen hat, in Schweinfurt und Umgebung sein Unwesen treibt, wird von der Polizei völlig bestritten. Weshalb wohl? Über die Gründe für diese skandalöse Ignoranz möchte ich gerne mit Ihnen ins Gespräch kommen.

Es folgte der Hinweis, dass das Pressegespräch um zwölf Uhr mittags in der Kanzlei des Anwaltes am Georg-Wichtermann-Platz stattfinden sollte.

„Ich würde gerne hingehen", sagte Blacky zu Patricia.

„Wenn du unbedingt am Rosenmontag Überstunden machen möchtest, von mir aus", antwortete sie. „Wird Kerstin Weiß auch da sein?"

„Mit Sicherheit nicht."

„Schade. Sonst hättest du sie gleich um die Stellungnahme der Schweinfurter Polizei bitten können."

„Die wird nicht lange ausbleiben, denke ich."

„Na gut“, seufzte Patricia. „Das wird noch ein arbeitsreicher Tag.“

Olaf Röder kam aus seinem Büro, um in die Mittagspause zu gehen. Das Clownskostüm hatte er abgelegt.

„Mensch, Olaf“, meinte Blacky, „jetzt, wo mir eingefallen ist, woran du mich die ganze Zeit erinnert hast, machst du wieder auf normal. Dabei hat dir die Verkleidung so gut gestanden.“

„Woran habe ich dich denn erinnert?“, fragte der Redaktionsleiter mürrisch.

„An die Beschreibung des Clowns, der die Taxitussi in der Nacht entführt hat, als Hubert Rudloff ermordet wurde. Wo warst du da eigentlich? Hast du ein Alibi?“

„Schmarr nicht so dumm“, blaffte Olaf Röder. Und von ihrem Schreibtisch her quengelte Veronika: „Das ist keine Taxitussi. Das ist meine Tante Rita.“

„Ach so?“, sagte Blacky. „Warum hast du das nicht gesagt? Da hättest du uns doch ein Interview vermitteln können.“

„Es hat mich ja keiner gefragt“, sagte Veronika patzig.

„Eigenständiges Denken wäre hilfreich, junge Dame.“

Kopfschüttelnd verließ Blacky die Redaktion.

*

Der Tag hatte so gut begonnen. Zur gewohnten Zeit rief er sie an. Sie verspürte wie jedes Mal diese große, jähe Freude. Wie oft hatte er das schon getan, ein kleines Ritual, das die letzten Jahre begleitet hatte. Die Minuten dafür waren immer knapp bemessen gewesen, aber was zählte das schon. Wichtig war nur, seine Stimme zu hören und zu wissen, dass er an sie dachte. Danach hatte der Tag ein Gesicht und ihr kleines Leben eine Perspektive. Dass diese Perspektive lediglich eine vage Hoffnung war, bekümmerte sie zwar ständig. Aber die Hoffnung war besser als das Nichts.

Nun stand sie vor dem Nichts. Nach dem letzten Abend, der noch einmal für ein paar Stunden den Himmel vorgetäuscht hatte, stürzte Melanie Rudloff an diesem Morgen innerhalb weniger Sekunden hinab in jene Hoffnungslosigkeit, die immer der Urgrund all ihrer Angst gewesen war. Was sie befürchtet, geahnt und tief im Innern auch gewusst hatte, war nun geschehen.

Seine Stimme hatte geklungen wie noch nie. Ernst, leise, gehetzt. Er ließ sie kaum zu Wort kommen. Danach wusste sie gar nicht mehr, was er alles gesagt hatte. Nur dieser eine Satz, er hämmerte in den Ohren, er hallte im Kopf, er brannte in der Brust.

„Ich weiß noch nicht, wohin mein Weg mich führen wird. Es ist besser, wenn wir uns nicht wiedersehen."

Er hatte grußlos aufgelegt. Die Stille danach war ein einziger Schrei.

*

Als Murat Demir die beiden Männer sah, war ihm sofort klar, dass dieser Augenblick sein Leben verändern würde. Er hatte natürlich damit gerechnet, es überraschte ihn aber doch, wie früh sie kamen. Eigentlich hatte er gehofft, noch ein paar Tage Zeit zu haben. Doch seine Wünsche und Vorstellungen würden ab jetzt nur noch von geringerer Bedeutung sein.

Sie hatten sein Atelier fast zögernd betreten, grüßten freundlich und warteten, bis die Kundin, die eben an der Kasse bezahlte, den Laden verließ. Es waren sehr junge Männer, und sie machten nicht viele Worte.

„Komm mit“, sagte der eine. „Du wirst erwartet.“

Murat Demir machte den schwachen Versuch, Zeit zu gewinnen.

„Könnt ihr nicht später noch einmal kommen?“, fragte er. „Ich kann das Geschäft jetzt schlecht allein lassen.“

„Du wirst erwartet“, sagte der andere Mann. Murat Demir nickte, nahm seine Jacke vom Kleiderständer und ging mit den Männern hinaus auf die Straße. Er schloss den Laden ab und stieg in den schwarzen Mercedes, der mit offenen Türen und laufendem Motor in der Bauerngasse stand. Am Steuer saß ein dritter Mann.

Er wusste, wohin sie ihn bringen würden, obwohl er noch nie dort gewesen war. Sein Bruder wohnte gleich um die Ecke, und die Wohnung ihrer Eltern, in der sie aufgewachsen waren, hatte sogar in unmittelbarer Nachbarschaft gelegen. Trotzdem hatte Murat Demir sich dem unscheinbaren Gebäudekomplex niemals genähert. Als Kind hatte ihn die Ehrfurcht davon abgehalten, und als Erwachsener suchte er mit diesem Teil seiner Herkunft keine Berührung mehr.

Die Fahrt dauerte nur wenige Minuten, in der Sattlerstraße ließen sie ihn aussteigen, und er folgte den beiden Männern durch den schmalen Torbogen in einen Innenhof, der für diese Schweinfurter Gegend erstaunlich großzügig war. Hier lebte seit Jahrzehnten die einflussreiche Familie Akbey, die größtes Ansehen genoss, weil ihr Name wie kein anderer für die Traditionen der türkischen Heimat stand. Wer bei dieser Familie anklopfte, weil er Rat suchte, Geld brauchte, einen Streit schlichten oder ein Problem lösen wollte, wurde nicht abgewiesen. Allerdings wurde er dafür dann in die Pflicht genommen, und über Umfang, Dauer und Beschaffenheit dieser Pflicht entschied allein Süleyman Akbey, das Oberhaupt der Familie. Murat Demir hatte ihn um Hilfe für seinen Bruder gebeten, und nun würde er erfahren, was der Preis dafür war.

*

Auf dem Georg-Wichtermann-Platz tobten Prinzessinnen, Cowboys, Zauberlehrlinge und Vampire herum. Drei Hexen versuchten das Chaos zu bändigen. Offenbar veranstaltete ein Kindergarten in der Nähe eine Art kreativen Rosenmontagsausflug. Blacky, dem Kinder sofort auf die Nerven gingen, bahnte sich einen Weg durch das Spektakel. Zwei Vampire versuchten, ihn in den Oberschenkel zu beißen. Unwirsch schüttelte er sie ab. Ein Cowboy stand mit einer Wasserpistole vor ihm und zielte auf seine Brust. Er schob ihn unsanft beiseite. Als ihn fünf Zauberlehrlinge johlend umringten, stieß er einen tarzanähnlichen Schrei aus. Die Zauberlehrlinge kreischten, und eine der Hexenerzieherinnen keifte hinter ihm her: „Seien Sie mal nicht zu grob zu den Kindern!"

Er gab keine Antwort und suchte durch die enge Gasse Richtung Spitalstraße das Weite. Die Bilder, die ihm heute durch den Kopf gingen, hatten zwar auch mit Kindern zu tun, waren aber weit entfernt vom harmlosen Quatsch dieses bescheuerten Tages. Er sah die kleine Hülya in ihrem gelben Anorak mit dem grünen Schulranzen, und er sah das fremde Mädchen auf Tausenden von Fotos. Alles war ein Rätsel, er hatte viele Fragen und wusste keine Antworten. Was hatte er gelernt, als Volontär am Anfang seines Journalistenlebens? Nur wer die richtigen Fragen stellt, bekommt richtige Antworten. Wem konnte er heute die richtigen Fragen stellen?

In Gedanken versunken kam er im *Viva Porcellino* an. Die meisten, die immer da waren, waren auch heute da. Den Theaterleiter erkannte er kaum, er war als Othello geschminkt und sang gerade eine italienische Opernarie. Ein Stadtrat, der früher Metzger gewesen war, hatte sich als Metzger kostümiert und trug eine sehr rote Schürze. Eine ehemalige Oberbürgermeisterin hatte sich als ehemalige Oberbürgermeisterin verkleidet und trug das sehr offensiv zur Schau. Joe, der Barista, hatte eine Lederhose an, die von blaukarierten Hosenträgern gehalten wurde.

„Ja schau, du bist heut aber früh dran", begrüßte er Blacky.

„Helau", sagte Blacky ironisch, bestellte seinen Cappuccino und verzog sich in die hinterste Ecke der Kaffeebar.

*

Polizeioberkommissarin Kerstin Weiß hörte konzentriert zu, wie Blacky ihr am Telefon vom Auftritt Okan Demirs vor der gesamten Presse Bericht erstattete.

„Mehr war also nicht?", fragte sie schließlich.

„Nein, er hat eigentlich nur das breitgetreten, was schon in seinem Schreiben stand. Also massive Vorwürfe, die Schweinfurter Polizei sei generell ausländer- und islamfeindlich. Er wisse aus seiner Tätigkeit als Rechtsanwalt, wenn Türken Geschädigte sind, würde angeblich nur nachlässig ermittelt. Wenn allerdings ein Türke Täter ist, werde gegen ihn mit aller Härte vorgegangen."

„Das ist doch Quatsch."

„Mag sein, aber so sagt er es eben. Du wirst schon wissen, ob da was dran ist oder nicht."

„Hör zu, das ist ein ziemlich schwieriges Thema. Grundsätzlich stimmt das so nicht, aber natürlich haben wir da unsere Probleme. Wenn zum Beispiel ein sehr einflussreicher alter Mann, Patriarch einer großen Familie, sich hier in Schweinfurt als islamischer Friedensrichter aufspielt und unter Türken, Arabern und Albanern eine eigene Justiz, völlig an den deutschen Gerichten vorbei, praktiziert – dann stehen wir da ziemlich machtlos daneben. Uns jetzt aber auch noch Untätigkeit vorzuwerfen, ist schon heftig!"

„Okay, verstehe", sagte Blacky. „Anscheinend ein heißes Eisen."

„Glaubst du, er hat noch mehr auf der Pfanne?"

„Ich denke nicht. Da war auch viel heiße Luft dabei. Es geht nicht um substanzielle Vorwürfe, sondern um Stimmungsmache. Und ich kann mich des Eindrucks nicht erwehren, es war gar nicht sein eigenes Lied, das er da gesungen hat."

„Klar", sagte Kerstin Weiß. „Da läuft ein ganz anderer Film im Hintergrund. Wie meine Kollegin so schön sagte: Auf Türkisch, ohne deutsche Untertitel."

*

Süleyman Akbey empfing Murat Demir in einem sehr großen Zimmer, das eigentlich schon ein Saal war. Dicke Teppiche lagen auf dem Boden, sonst war es nur spärlich möbliert. Die Akbeys trugen ihren Reichtum nicht hier zur Schau, sondern in ihren Villen am Bosporus. Murat Demir versuchte Haltung zu bewahren und nicht allzu devot zu erscheinen. Trotzdem war er nervös und unsicher.

Der alte Mann ging auf die achtzig zu, er war groß und sehr schlank, trug einen weißen, kurzgestutzten Bart und hatte hellwache Augen. Er war gekleidet mit einem schlichten grauen Anzug, seine Finger glitten unaufhörlich über die

Gebetskette. Einer der beiden Männer, die Murat Demir abgeholt hatten, brachte Tee, dann begann Süleyman Akbey das Gespräch gegen jede Gewohnheit ohne Höflichkeitsfloskeln und ausschweifende Vorreden. Sein Türkisch war gewählt, von vielen arabischen Wörtern durchsetzt, ein Ausdruck seiner Gelehrsamkeit und Frömmigkeit.

„Du hast mich nach dem Gebet am Freitag um Hilfe für deinen Bruder gebeten", sagte er. Murat Demir nickte.

„Nun, ich habe mit deinem Bruder gesprochen, und ich hoffe, er war ehrlich zu mir. Wir haben eine Lösung für seine Probleme gefunden, ich habe dich herkommen lassen, weil du mir versprochen hast, für seine Schuld einzustehen."

Murat Demir neigte den Kopf als Zeichen der Zustimmung.

„Nun, es ist nicht so, dass nicht auch er selbst seinen Teil dazu leisten muss. Meine Familie wird, wenn es nötig ist, auf seine Dienste zurückgreifen. Dennoch wirst du derjenige sein, der die Sühne zu erbringen hat. Bevor ich dir sage, was wir von dir erwarten, will ich darlegen, worin die Schuld deines Bruders besteht und was wir für ihn getan haben."

Allmählich begann Murat Demir zu begreifen, wie wenig er der Logik, Konsequenz, Unerbittlichkeit und Macht dieses Mannes noch würde entkommen können. Er hatte sich darauf eingelassen, zu den Wurzeln seiner Herkunft zurückzukehren. Dort würde er nun Traditionen und Regeln begegnen, die ihm fremd waren. Ob das eine gute Idee gewesen war, stand auf einem eigenen Blatt. Er hatte es für seinen älteren Bruder getan, und zu dieser Entscheidung würde er stehen.

„Ich verkenne nicht", begann Süleyman Akbey, „dass deinem Bruder Unglück widerfahren ist. Aber danach hat er den Pfad der Tugend verlassen und ist gefährliche Wege gegangen. Er hat sich dem Glücksspiel hingegeben und viel Geld verloren. Dann hat er sich mit unehrlichen Männern eingelassen. Was weißt du darüber?“

„Na ja“, sagte Murat Demir, „ich weiß, dass er sich von diesem Hubert Rudloff, der letzte Woche ermordet wurde, zu einem krummen Ding hat überreden lassen und von ihm übers Ohr gehauen wurde.“

„Kennst du die Einzelheiten?“

„Nicht wirklich. Es ging darum, Männer aus der türkischen Gemeinschaft zu überreden, ihr Geld in eine angeblich todsichere Sache zu investieren. Nur, todsicher war das Ganze dann offenbar nicht. Und jetzt ist viel Geld kaputt.“

„Nun, Dummheit wird bestraft. Allerdings hat dein Bruder sehr schlimm gehandelt. Er hat acht fromme Männer belogen und ihnen eine falsche Geschichte erzählt. Er hat ihnen weisgemacht, sie würden ihr Geld für zwei Jahre als Darlehen zum Bau einer großen Moschee in Berlin geben und es dann mit einem sehr guten Zins zurückerhalten. Sie waren leichtgläubig und haben ihm vertraut, weil er der Schwiegersohn von Agaoglu Bey ist. Dein Bruder hat das Geld nirgendwo investiert, sondern zur Begleichung seiner Schulden verwendet.“

„Scheiße“, sagte Murat Demir.

„Schließlich hat er, als die Männer ihn bedrängten, sein Ehrenwort gegeben, das Geld innerhalb von drei Tagen zurückzubezahlen. Ein Ehrenwort, das er nicht halten konnte. Ich habe deinen Bruder aus dieser Verpflichtung gelöst und den Männern ihr Geld erstattet. Dieses Problem ist also beseitigt.“

„Das ist gut.“

„Nun, dein Bruder hat aber noch einen viel größeren Fehler begangen. Er hatte sich, in Komplizenschaft mit diesem Herrn Rudloff, dem Ucar-Clan aus Aserbaidschan gegenüber verpflichtet. Du weißt, was das bedeutet?“

„Ich kann es mir vorstellen.“

„Das Geschäft war, dass dein Bruder die eine Million Euro, die er von unseren Landsleuten aufgrund seiner Lüge erhalten hatte, über Herrn Rudloff an den Clan fließen lässt und dafür an dessen Geschäften beteiligt wird. Zum Beispiel an diesem betrügerischen Investitionsprojekt. Da er das Geld für seine eigenen Zwecke verwendet hat, fühlt der Clan sich hintergangen.“

„Das klingt nicht gut.“

„Der Ucar-Clan lässt nicht mit sich spaßen. Die Männer des Clans haben deinen Bruder bedroht. Und als seine Tochter verschwunden war, dachte er, der Clan habe sie entführt.“

„Ah, jetzt verstehe ich. Er hat sogar gedacht, ich hätte meine Finger dabei mit im Spiel gehabt.“

„Nun, dein Bruder hat mich angefleht, seine Tochter zu retten. Ich habe mit dem Oberhaupt der Ucar-Leute gesprochen.“

„Sie haben großen Einfluss, Macht und Klugheit, Süleyman Bey.“

„Sagen wir so, es hat mich etwas Geld gekostet.“

„Allah razı olsun“, murmelte Murat Demir.

„Ich konnte deinem Bruder die Mitteilung machen, dass die Ucar-Leute seine Tochter nicht in ihrer Gewalt haben. Was deinen Bruder in neue Angst und tiefe Sorgen gestürzt hat. Denn für ihn schien es nun erwiesen, dass ihr etwas anderes, vielleicht Schrecklicheres zugestoßen ist.“

„Allah möge es verhüten.“

„Nun", sagte Süleyman Akbey, „er hat es verhütet. Du kannst deinem Bruder sagen, was ich an diesem Morgen erfahren habe. Seine Tochter lebt und ist in Sicherheit."

*

Blacky sah hinaus auf die Judengasse und dachte nach. Er musste zu einer Entscheidung kommen. Entweder er ließ das Ganze, oder er packte es jetzt entschlossen an. Die Nachforschungen von Kerstin Weiß waren erst einmal ein Schlag ins Wasser gewesen.

„Tut mir leid", hatte sie gesagt, nachdem sie mit dem Rätselraten über Okan Demir und seine Absichten nicht mehr weitergekommen waren, „was Rudloff betrifft, habe ich bislang nichts herausfinden können. Das ist ja schon ein paar Jahre her, und unser Computer hat gar nichts ausgespuckt. Klar, der Vorfall ereignete sich ja auch nicht in Bayern, sondern in Niedersachsen. Ich habe dann eine Anfrage nach Wolfsburg geschickt, aber die lassen sich Zeit mit der Antwort. Rosenmontag ist ein schlechter Tag für solche Dinge. Sorry, ich sage Bescheid, sobald ich etwas erfahre."

„Sehen wir uns morgen Abend?", hatte er noch gefragt.

„Klar. Meinst du, ich lasse meine Karte verfallen? Ich freue mich drauf."

Vielleicht war es das Beste, jetzt nach Hause zu gehen, die Gitarre zu nehmen und die Songs noch einmal feinzuschleifen. Und dann ins Bett zu fallen. Er war todmüde von der letzten kurzen Nacht, und so wie früher Rosenmontagabend richtig einen draufmachen, kam leider nicht mehr in Frage. Der Wecker würde wieder um halb vier klingeln, und täglich grüßte das Murmeltier …

Dann kam ihm eine bestechende Idee, er zahlte, winkte

den Narren in der Kaffeebar freundlich zu und machte sich auf den Weg.

*

Zum ersten Mal an diesem Tag erhielt Kriminalhauptkommissar Bayer gegen fünfzehn Uhr einen Anruf von der jungen Beamtin, die zur Überwachung Melanie Rudloffs eingesetzt worden war.

„Bingo, Chef", sagte sie etwas aufgeregt. „Vor dem Anwesen hat soeben ein Fahrzeug der Marke Fiat Barchetta angehalten. Ein Mann ist ausgestiegen, hat geklingelt und über die Sprechanlage einige Sätze gesagt. Dann hat es eine Weile gedauert, die Haustür wurde geöffnet, der Mann ist ins Haus gegangen. Ich stoppe die Zeit seines Verbleibens."

„Wusste ich's doch", triumphierte Bayer. „Beschreibung des Mannes. Alter."

„Sehr markant. Glattrasierter Kopf, Ringe im Ohr. Ziemlich salopp gekleidet. Eher der lockere Typ. Mitte bis Ende dreißig."

„Mhm", machte der Hauptkommissar gedehnt. „Ringe im Ohr? Ich weiß nicht … Na ja, das Alter würde passen. Etwas jüngerer Liebhaber, klar. Geben Sie mir das Autokennzeichen."

Er notierte es sich und spürte, dass er irritiert war.

*

Sie war attraktiv, ohne Zweifel. Das Schwarz ihrer Kleidung machte ihre Figur sehr schlank und jugendlich. Er schätzte sie auf höchstens vierzig. Sein Alter. Nur ihr Gesicht war abgespannt, müde. Ringe unter den Augen. Die Lippen schmal und zusammengepresst. Blacky fragte sich, ob der düstere

Ausdruck ihrer Augen wirklich Trauer war. Oder ein ganz anderes Gefühl, das er nicht deuten konnte.

Sie saß sehr aufrecht auf der vorderen Kante des Sessels, alles an ihr verriet tiefstes Misstrauen.

„Also, was wollen Sie?“, fragte sie scharf.

„Ich möchte mich mit Ihnen über Ihren Mann unterhalten“, erwiderte Blacky. „Wie ich schon sagte, ist es besser, wir reden in aller Ruhe und Offenheit, bevor ich etwas im Radio bringe, das Ihnen dann nicht gefällt.“

Es war nicht einfach gewesen, sie über die Sprechanlage dazu zu veranlassen, die Tür zu öffnen. Und es war noch schwieriger gewesen, sie an der Haustür zu überreden, ihn einzulassen. Erst wollte sie ihn im Flur abfertigen, dann hatte sie ihn doch ins Wohnzimmer geführt. Wie kann man nur so spießig wohnen, hatte er sich gedacht, als er auf dem plüschigen Sofa Platz nahm.

„Mein Mann ist tot“, sagte sie. „Alle Fragen, die Sie dazu haben, sollten Sie besser der Polizei stellen. Ich weiß von gar nichts.“

„Sehen Sie, Frau Rudloff“, tastete sich Blacky behutsam weiter, „es sind so viele Gerüchte im Umlauf über Ihren Mann. Und ich weigere mich als Journalist, Gerüchte zu verbreiten. Nur manchmal kann ich sie von der Wahrheit nicht trennen. Verstehen Sie?“

Sie sah ihn desinteressiert an.

„Eigentlich ist mir alles egal“, sagte sie. „Machen Sie, was Sie wollen.“

„Zum Beispiel das Gerücht, Ihr Mann habe vor ein paar Jahren betrunken ein Kind totgefahren. Ein Mädchen.“

„Ach Gott, die alte Geschichte. Die kennt doch jeder.“

„Die Frage ist, ob jeder die ganze Geschichte kennt.“

„Was wollen Sie damit sagen?“

„Haben Sie die Eltern des Mädchens eigentlich je gesehen?“

„Nein. Aber was geht Sie das an?“

„Sie waren doch dabei. Bei dem Unfall. Oder nicht?“

„Ja. Ich war dabei. Aber ich war eingedöst. Ich habe nichts mitbekommen … nur einen schrecklichen Schlag gehört. Und dann ist mein Mann einfach weitergefahren. Das wissen Sie doch alles.“

„Und später beim Prozess? Haben Sie die Eltern da kennengelernt?“

„An diesen Tag kann ich mich nicht mehr erinnern“, sagte Melanie Rudloff.

„Haben Sie denn irgendeinen Verdacht oder Anhaltspunkt, wer Ihren Mann getötet haben könnte?“, wechselte Blacky abrupt das Thema. Sie schien verwirrt.

„Nein, nicht den geringsten. Aber …“

„Sind Sie wirklich nie auf die Idee gekommen, der Vater des getöteten Mädchens könnte sich an Ihrem Mann gerächt haben?“

Einen Augenblick lang war sie fassungslos. Dann reagierte sie merkwürdig. Sie entspannte sich völlig, lehnte sich im Sessel zurück und schlug die Beine übereinander.

„Wie kommen Sie denn auf diesen Quatsch?“, sagte sie spöttisch.

„Ich finde es eine naheliegende Frage“, meinte Blacky. „Zumal Ihr Mann ja auch überfahren wurde. Und das unter sehr ungewöhnlichen Umständen.“

Sie richtete sich wieder auf.

„Ich möchte das Gespräch beenden“, sagte sie. „Bitte verlassen Sie mein Haus.“

Er ignorierte diese Aufforderung völlig.

„Sagt Ihnen der Name Wenning etwas? Lars Wenning?"

Melanie Rudloff war schon halb aus dem Sessel aufgestanden. Jetzt ließ sie sich zurücksinken.

„Warum wollen Sie das wissen?"

„Also sagt Ihnen der Name etwas?"

Sie zögerte lange. Er sah, wie ihre Gedanken ratterten. Zwischen Verweigerung, Lüge und Wahrheit schwankten.

„Ja", sagte sie schließlich. „Das war der Vater des Mädchens, das mein Mann überfahren und getötet hat. Der Vater von Sophie Wenning."

„Und er ist ein Mann, den Sie sehr gut kennen", sagte Blacky. „Vielleicht viel zu gut."

*

Die junge Beamtin meldete sich erneut bei Hauptkommissar Wolfram Bayer.

„Der Mann hat das Haus der Rudloff wieder verlassen", sagte sie. „Er ist in sein Auto gestiegen und weggefahren."

„Ja, okay", knurrte Bayer und knüllte den Notizzettel mit dem Namen des Halters einer Fiat Barchetta zusammen, den er vom Schreibtisch genommen hatte. „Sie können für heute Schluss machen."

Er legte auf und schlug mit der Faust auf den Tisch.

„Scheiß Presse", fluchte er. „Scheiß Reporter. Scheiß Radio."

*

Blackys Gedanken wirbelten. Er fuhr mit der Barchetta die Deutschhöfer Straße hinunter in die Stadt. Sollte er Kerstin anrufen? Oder gleich den Leiter der Mordkommission informieren? Oder erst alles noch einmal überdenken? Dann fiel ihm Lothar ein.

Er bog in die Lindenbrunnenstraße ab und hielt am Parkplatz der Turngemeinde an. Es würde ein langes und teures Telefonat werden.

„Na, wie ist das Wetter in Irland?", fragte er, nachdem sich Lothar brummig gemeldet hatte.

„Du störst mich beim Schreiben", kam die Stimme aus Ballyluffininish. „Ich bin mitten in einem Krimi."

„Ich auch", sagte Blacky und berichtete umstandslos ohne jede weitere Diskussion die Ereignisse und Erkenntnisse der letzten beiden Tage.

Das anschließende Schweigen aus Irland kam ihm endlos vor. „Bist du noch da?", fragte er schließlich.

„Ich denke nach", antwortete Lothar. „Also, auf keinen Fall gehst du zur Polizei."

„Warum nicht?"

„Erst werden sie dich nicht ernst nehmen und dich auslachen. Dann wird ihnen die Erkenntnis dämmern, dass du recht haben könntest. Zum Schluss heimsen sie den Erfolg ganz allein für sich ein. Nein, nein, mein Lieber, so dumm war schon Sherlock Holmes nicht. Er brachte jeden Täter selbst zur Strecke. Und das wirst auch du mit diesem Lars Wenning tun. Jage ihn, konfrontiere ihn mit seinen Taten und liefere ihn dann der irdischen Gerechtigkeit aus."

„Tja", sagte Blacky, „das Problem ist nur, dass ich keinen einzigen wirklichen Beweis habe. Alles ist bisher nur Hypothese."

„Das stimmt", meinte Lothar. „Also musst du Beweise beschaffen."

„Und wie?"

„Indem du einen seiner Komplizen ausfindig machst. Einen, der bei der ganzen Tat dabei war. Denn allein hat er das alles nicht geschafft.“

„Wenn es mehr nicht ist“, stöhnte Blacky. „Du hast dir leicht reden.“

„Aber ich hatte recht. Auf der ganzen Linie hatte ich recht. Oder nicht? Es gibt eine Verbindung zwischen den beiden Männern. Es geht um ein Mädchen. Und Friedrich Rückert ist der Schlüssel.“

„Du bist genial“, murmelte Blacky und legte auf. Er war nach diesem Gespräch auch nicht viel klüger als zuvor.

*

Er reagierte nicht. Sie drückte seine Nummer erneut, ließ es wieder lange läuten. Endlich nahm er das Gespräch an.

„Ja?“, sagte er knapp und abweisend.

„Lars, ich bin's“, sagte Melanie Rudloff. Sie hatte ihre Rufnummer unterdrückt, damit wenigstens eine kleine Chance bestand, dass er ans Handy ging.

„Ich habe jetzt keine Zeit“, antwortete er brüsk.

„Es ist wichtig“, sagte sie. „Eben war ein Reporter bei mir. Vom Radio.“

„Christian Schwarz?“

„Ja, ich glaube.“

„Und?“

„Er weiß alles, Lars.“

„Was heißt, er weiß alles?“

„Das mit uns. Und … Lars, was hast du nur getan?“, flüsterte Melanie Rudloff.

*

Es war empfindlich kalt geworden, und Blacky fröstelte, als er sich von der Tiefgarage durch den Zürch auf den Heimweg machte. In der Rittergasse kam ihm ein Taxi entgegen, und zu seinem Erstaunen hatte er schon wieder eine glänzende Idee. Er kehrte um und ging durch die Brückenstraße hinauf zum Marktplatz. Dem Haus gegenüber, in dem Friedrich Rückert geboren worden war, stand ein halbes Dutzend Taxis. Er musterte im Vorbeischlendern die Fahrer, beim letzten Wagen blieb er stehen und klopfte an die Seitenscheibe. Der Fahrer blickte auf und deutete ungeduldig nach vorn.

„Ich habe nur eine Frage", rief Blacky. Der Taxifahrer ließ die Scheibe herunter und sagte griesgrämig: „Nu schrein'se mal nicht so."

„Entschuldigung, ich habe halt eine laute Stimme. Wissen Sie zufällig, wo Ihre Kollegin Rita Halbleib ist?"

„Kommt gleich", sagte der Mann, und die Scheibe glitt wieder nach oben.

Blacky stand einen Moment unschlüssig da, dann ging er die paar Schritte zum Denkmal Friedrich Rückerts hinüber. Der Dichter saß wie immer gedankenvoll auf seinem Stuhl, das große Buch nachlässig zur Seite geschoben. Ein eisiger Wind kam auf, fegte quer über den Platz, und Blacky hätte schwören können, dass die langen Haare Rückerts in der heftigen Bö kurz geflattert hatten. O Mann, es war Zeit, dass er allmählich in die Nähe seines Bettes kam.

Ein weiteres Taxi fuhr über den Markt und hielt an. Graf Dracula und eine Haremsdame stiegen aus. Dann wuchtete sich auch die Fahrerin aus dem Auto. Sie war nicht ganz schlank, und Blacky dachte beim Hinübergehen: Nicht jeder Name passt zu jedem Menschen.

„Hallo", grüßte er mit Zuckerstimme, „sind Sie nicht Frau Halbleib?"

Sie war sofort auf der Hut.

„Ja, schon", sagte sie. „Warum?"

„Mein Name ist Christian Schwarz von Main-Radio Schweinfurt. Ich recherchiere noch einmal die ganze Angelegenheit mit der Leiche auf dem Rückert-Denkmal. Unsere Praktikantin, die Veronika, hat mir gesagt, dass Sie ihre Tante sind – na ja, und da habe ich gedacht, vielleicht können Sie mir helfen. Ich meine, der Veronika gefällt es ja bei uns, und sie möchte unter Umständen auch noch länger bleiben."

Rita Halbleib ließ sich überhaupt nicht beeindrucken.

„Ich hab schon alles der Polizei gesagt."

„Ich weiß, aber mich interessiert vor allem dieser Clown. Also der Mann, der Sie entführt hat. Könnten Sie ihn noch einmal beschreiben?"

„Nö."

„Warum nicht?"

„Weil ich keine Lust hab."

„Und warum haben Sie keine Lust?"

„Weil Sie mir auf die Nerven gehen, junger Mann."

„Ich frage Sie doch nur höflich etwas. Ich meine, Sie müssten doch auch Interesse daran haben, dass er noch gefunden wird."

„Hab ich aber nicht. Und jetzt lassen Sie es gut sein."

Es war zwecklos. Blacky hob grüßend die Hand und trat den Rückzug an. Allein auf dem kurzen Weg hinüber in die Frauengasse begegneten ihm vier burleske Clowns. Wie viele von ihnen mochte es heute Abend in der Stadt geben? War der Helfershelfer, zuständig für das Ablenkungsmanöver in der Mordnacht, auch darunter? Er würde es in dieser Nacht, der Nacht der Narren, nicht herausfinden. Und auch nicht morgen, am Faschingsdienstag. Auch da würde es in Schweinfurt vor Clowns nur so wimmeln.

*

Die Schweinfurter Justiz kannte keinen Rosenmontag und sprach bis zum frühen Abend im Namen des Volkes Recht. Murat Demir saß vor dem großen Saal des Landgerichts, wo seit Stunden die Große Strafkammer tagte und sein Bruder einen Drogendealer verteidigte. Endlich war das Urteil verkündet, und Okan Demir kam heraus, die schwarze Robe über dem Arm. Murat ging auf ihn zu, fiel ihm um den Hals, Tränen in den Augen.

„Gepriesen sei Allah", sagte er. „Gepriesen sei Allah."

Okan Demir begriff sofort.

„Wo ist sie?", fragte er.

„In Sicherheit. Sie ist in Sicherheit. Es geht ihr gut."

„Wo ist sie? Sag schon!"

„In Dubai. Bei ihrer Mutter."

*

Der eisige Wind brachte im Lauf der Nacht zum Faschingsdienstag einen späten Schnee. Bereits nach Mitternacht fielen die ersten Flocken, gegen zwei Uhr morgens veranstalteten an die zwanzig Narren des Altstadt-Kegelclubs auf dem Marktplatz eine Schneeballschlacht. Friedrich Rückert sah dabei zu und hatte eine weiße Kappe auf den langen Haaren. Joe, der Barista, führte um diese Zeit seinen Hund noch einmal Gassi und traf dabei auf den Oberbürgermeister und dessen Frau. Er war als Graf Dracula verkleidet, sie ging im Kostüm einer Haremsdame. Beide dachten, dass man sie nicht erkennen würde, aber der scharfe Blick von Joe durchschaute alles. Vor dem Rathaus erklärte ein Stadtrat mit roter Metzgerschürze einer nicht mehr ganz jungen Primaballerina, die vor Kälte wie Espenlaub zitterte, sein neuestes Vorhaben: das Denkmal Friedrich Rückerts ganz vom Marktplatz zu entfernen und in die Wehranlagen zu verbannen. Die ganze Stadt war bis zum Morgen voller Clowns, und Olaf Röder, der sturzbetrunken den sturzbetrunkenen Sören und die nicht mehr nüchterne Veronika im Arm hielt, beschloss, im nächsten Fasching eine originellere Verkleidung zu wählen. Solange er noch halbwegs klar denken konnte, dachte er dabei an Winnetou. Dann dachte er gar nichts mehr.

Faschingsdienstag

Das Diensthandy von Kriminalkommissarin Marion Werner klingelte morgens um halb sieben. Sie war gerade aufgestanden und noch sehr verschlafen. Deshalb verstand sie in den ersten dreißig Sekunden die Tragweite dieses Anrufs überhaupt nicht und brauchte eine weitere Minute, bis sie hellwach und reaktionsfähig war. Da war es aber schon zu spät, der frühe Anrufer hatte bereits wieder aufgelegt.

Sie setzte sich auf den Küchenstuhl, sortierte die Gedanken und überlegte, ob sie eine rechtliche Handhabe hätte, den Anrufer aufzuhalten. Ihr fiel keine ein, also würde sie seinen Entschluss wohl oder übel akzeptieren müssen. Das ungute Gefühl beschlich sie, von dem Film, den sie sowieso nicht verstanden hatte, nun auch das Ende nicht mitzubekommen.

Ärgerlich und erleichtert zugleich nahm sie das Telefon und wählte die Privatnummer der Pressesprecherin der Schweinfurter Polizei.

Kerstin Weiß schien schon putzmunter und energiegeladen zu sein. Marion Werner konnte ihre Kollegin im Grunde nicht ausstehen; sie war ihr zu flattrig, zu kokett, nicht gediegen genug, zu unkonventionell. Aber sie musste notgedrungen mit ihr kooperieren, um den schwachen Frauenflügel der Polizeiinspektion wenigstens halbwegs auf einer gemeinsamen Linie zu halten. Ihr war jedoch klar, dass

Kerstin Weiß sie für eine brave Spießerin hielt. Und das machte den Umgang miteinander nicht leichter.

Kriminalkommissarin Werner setzte die Pressesprecherin zunächst betont sachlich über den Inhalt des frühen Anrufs in Kenntnis. Dann schoss sie einen ihrer kleinen Giftpfeile ab.

„Tja, damit ist deine Theorie vom Mädchenmörder mit ungestörter Rückzugsmöglichkeit wohl vom Tisch."

„Worüber wir doch alle ziemlich froh sein können", sagte Kerstin Weiß.

*

Radio Gaga von Queen, ein langer Song von über fünf Minuten, wurde von Blacky nach nicht einmal der Hälfte der Zeit ausgeblendet und durch den *Main-Radio ganz aktuell*-Jingle ersetzt. Dann zog er das Studiomikrofon hoch und sah auf die Digitaluhr vor sich.

„Um sieben Uhr und zehn Minuten an diesem Faschingsdienstag habe ich eine topaktuelle Meldung für Sie, die gerade bei uns hereingekommen ist. Das Zittern um die seit fast einer Woche vermisste neunjährige Hülya scheint ein Ende gefunden zu haben. Sie ist offenbar wohlbehalten wieder aufgetaucht. Nähere Informationen hat für uns nun Polizeioberkommissarin Kerstin Weiß von der Schweinfurter Polizei, die ich am Telefon begrüße. Guten Morgen, Frau Weiß …"

„Guten Morgen, Herr Schwarz."

Sie hatten sich angewöhnt, bei ihren Telefonaten on air die beiden Namen völlig unbetont einfach wegzusprechen. Natürlich hätte es ein netter Gag sein können. Aber die Themen, mit denen sie es fast immer tun hatten, eigneten sich kaum für solche Späße.

„Es ist richtig, was Sie sagen. Wie uns der Vater von Hülya heute Morgen überraschenderweise mitgeteilt hat, befindet sich das Mädchen bei seinem Großvater in der Türkei. Nähere Einzelheiten sind uns zur Stunde nicht bekannt, doch wir werden versuchen, die noch fraglichen Umstände dieser Entwicklung herauszufinden. Für weitere Ermittlungen hier in Schweinfurt besteht aber kein Anlass mehr, die Sonderkommission „Hülya“ wird deshalb aufgelöst. Ich möchte – vor allem im Hinblick auf konkrete Vorwürfe gegen die Schweinfurter Polizei – noch anfügen, dass die ermittelnden Beamtinnen und Beamten von Anfang an die Möglichkeit im Blick hatten, Hülya könne sich bei ihrem Großvater in Istanbul aufhalten. Nichtsdestotrotz wurde in den vergangenen Tagen vonseiten der Polizeibehörden alles Menschenmögliche getan, das Mädchen ausfindig zu machen. Inwieweit die Polizei bewusst irregeführt wurde, wird noch zu klären sein. Im Augenblick sind wir aber alle sehr froh über den glücklichen Ausgang dieser Angelegenheit.“

„Vielen Dank“, übernahm Blacky die Moderation. „Das war Polizeioberkommissarin Kerstin Weiß von der Polizei in Schweinfurt zur überraschenden Wendung im Fall der verschwundenen Hülya. Bei uns auf Main-Radio erfahren Sie heute das, was morgen in der Zeitung steht. Und manchmal erfahren Sie es sogar schon sehr früh am Tag.“

Er fand, *Mamma mia* von Abba sei nun passend. Der Lokalteil einer alteingesessenen Schweinfurter Tageszeitung, der neben ihm lag, machte auf mit der Schlagzeile *Ist die Schweinfurter Polizei auf einem Auge blind? Der Vater von Hülya erhebt schwere Vorwürfe.*

*

Okan Demir schaltete das Autoradio aus. Nach Abba war ihm nicht zumute. Er lehnte sich im Beifahrersitz zurück. Sein Bruder Murat saß am Steuer. Sie hatten soeben die Hahnenhügelbrücke überquert und bogen auf die A 70 Richtung Würzburg ein.

„Du wirst noch Schwierigkeiten bekommen", sagte Murat.

Okan Demir schloss die Augen und zuckte mit den Schultern.

„Darauf kommt es jetzt auch nicht mehr an."

„Du hast der Polizei gesagt, du würdest nach Istanbul fliegen?"

„Ja."

„Haben sie nichts dagegen?"

„Was wollen sie machen? Ich bin ein freier Bürger dieses Staates. Und ich habe nichts verbrochen."

„Das kann man auch anders sehen."

Okan Demir öffnete die Augen wieder und sah seinen Bruder von der Seite her prüfend an.

„Süleyman Bey hat dir alles gesagt?"

„Das weiß ich nicht. Vielleicht hat er mir nur einiges gesagt und anderes nicht. Es war ein großer Fehler von dir, dich mit den Teufeln vom Ucar-Clan einzulassen."

„Glaub mir, ich habe es sehr bereut."

„Werden sie dich in Ruhe lassen?"

„Vielleicht. Vielleicht auch nicht. Süleyman Bey hat ein Stillhalteabkommen mit ihnen geschlossen."

„Sein Einfluss ist nicht unbegrenzt. Und auch sein Reichtum nicht."

„Wir werden sehen."

„Du wirst noch Schwierigkeiten bekommen", wiederholte Murat Demir seinen Satz. „Von den Leuten des Clans und von der Polizei. Die wird herausfinden, dass du in all diese Betrügereien verwickelt warst."

„Wohl eher nicht. Das ist alles über Hubert Rudloff gelaufen. Und der ist tot. Gegen einen Toten werden keine Ermittlungen mehr geführt."

Okan Demir lächelte zufrieden. Sein Bruder streifte ihn mit einem misstrauischen Blick.

„Also hat dir sein Tod doch genutzt?"

*

Veronika kam kurz nach halb acht mit einem aktuellen Wetterbericht, der nichts Gutes verhieß, ins Studio getänzelt. Für die Mittagszeit waren erneut Schneeschauer angekündigt, und die Temperaturen sollten den ganzen Tag über eisig bleiben. Der große Schweinfurter Faschingszug drohte zur Rutschpartie zu werden, alle leichtbekleideten Närrinnen und Narren würden der Gefahr ausgesetzt sein, sich eine hundsgemeine Erkältung zu holen.

Tänzeln war das richtige Wort für Veronikas Art der Fortbewegung. Sie schien noch reichlich Restalkohol im Körper zu haben, war völlig aufgekratzt und von ungewohnt frivoler Heiterkeit. Im Dreivierteltakt näherte sie sich dem Mischpult, wedelte mit dem Wetterbericht und ließ sich auf Blackys Schoß fallen. Dann begann sie *Love is in the Air* mitzusingen, womit Main-Radio gerade die Hörer in Schweinfurt und Umgebung, im Steigerwald, in den Haßbergen und der Rhön erfreute. Blacky überlegte kurz, ob er die Gelegenheit nutzen sollte, und entschied sich dafür, sie sanft von seinem Schoß zu schieben. Sie zog ein Schmollmündchen und hauchte ihm einen Luftkuss zu.

„Ich habe gestern übrigens deine Tante getroffen", sagte er, um irgendetwas gesagt zu haben. „Die Taxifahrerin."

„Ach, die liebe Tante Rita", zwitscherte Veronika. „Love is in the air …"

„Na ja, lieb … Sie kam mir eher etwas mürrisch vor. Unnahbar und unfreundlich."

„Darfst du ihr nicht übelnehmen, echt nicht. Sie hat ganz schön Sorgen. Alles richtig scheiße."

„Okay."

Blacky machte einen Crossmix zu Eros Ramazotti und *Cose della vita.* Veronika verzog das Gesicht und trat einen Schritt zurück. Sie wirkte plötzlich sehr ernst.

„Drei Cousinen. Verstehst du? Eine davon hatte Leukämie, eine hat Leukämie, und die dritte hat noch keine Leukämie. Das bin ich. Ich bin die älteste. Vielleicht bekomme ich keine mehr. Vielleicht aber doch. Wir haben das alle in den Genen, weißt du? Nicht weit von dort, wo wir geboren wurden, machten die Russen früher Atomversuche. Irgendwie haben wir da was von abgekriegt.

„Scheiße", murmelte Blacky und bereute alles, was er in den letzten sechs Wochen zu Veronika gesagt hatte.

„Kannst du aber sagen. Jetzt hat's Ilonka erwischt. Die Tochter von Tante Rita. Drum ist die so schlecht drauf, verstehst du? Aber vielleicht hilft ja der Typ noch mal. Ich hab gehört, er will noch mal helfen."

„Welcher Typ?", fragte Blacky und begriff in einem Bruchteil dieser Sekunde alles.

*

Ab Mittag würde er sich freinehmen. Er musste einen klaren Kopf bekommen, die vielen Gedanken einmal zum Stillstand bringen und ein paar Stunden einfach nur Mensch sein. Mit seiner Frau zusammen würde er zum Faschingszug gehen, natürlich unkostümiert, lediglich als Zaungast. Vielleicht würde er dann angesichts der vielen Menschen dort doch ein paar Überlegungen darauf verschwenden, ob sich die Mörder Hubert Rudloffs darunter befinden könnten. Aber nur ein paar kurze Überlegungen, denn sie würden sowieso zu keinem Ziel führen. Danach irgendwo einen Kaffee, und am Spätnachmittag stand einer der Höhepunkte des Jahres an: die traditionelle Schlachtschüssel der Juristen, Kriminalisten und Pessimisten Schweinfurts, wobei sich die Letzteren lediglich aus den beiden Ersteren zusammensetzten. Wie immer würden sie sich in den verschwiegenen Räumen einer längst nicht mehr bestehenden Brauerei treffen; und diese Zusammenkunft samt Völlerei und Gelage hatte etwas Geheimbundartiges und Verschwörerisches an sich. Lange nicht jeder aus der Zunft wurde dazu eingeladen. Keiner, der auf der Einladungsliste stand, sprach je davon. Und alle, die nicht auf der Einladungsliste standen, wussten nur vage von ihrer Existenz und ärgerten sich jedes Jahr erneut über ihre offensichtliche Unbedeutendheit.

In den nächsten Stunden hatte Kriminalhauptkommissar Wolfram Bayer aber noch einiges an Arbeit vor sich. Er wollte erneut die Akte in der Mordsache „Laura Gabrieli“ durcharbeiten, und er musste sich auf die Pressekonferenz des morgigen Tages vorbereiten. Da würde er sich gegen die Order von oben stellen, den Fall „Hubert Rudloff“ in Richtung organisiertes Verbrechen zu bearbeiten. Und er würde gleichzeitig zugeben müssen, dass er trotzdem keine Ahnung hatte, wer alternativ als Täter in Frage kam.

*

„Also hat dir sein Tod doch genutzt?“, wiederholte Murat Demir seine Frage, da sein Bruder keine Antwort gegeben hatte. „Neulich hast du mir das Gegenteil versichert.“

„Neulich war eine andere Zeit. Da hatte ich Angst um Hülya, weil ich glaubte, der Clan hätte sie entführt. Und da hätte mir Rudloff mit seinen Verbindungen unter Umständen helfen können. Was meinst du, wie ich das Muffensausen bekommen habe, als ich hörte, Rudloff sei tot. Ich dachte, jetzt beginnt der Clan Rechnungen zu begleichen und Hülya und ich würden die nächsten Opfer sein.“

„Haben die Ucar-Leute diesen Rudloff erledigt?“

„Wer sonst? Wahrscheinlich hat dieser Kleinganove mit großen Ambitionen sie beschissen. So wie er alle beschissen hat. Und ich traue ihm die Dummheit zu, den Clan zu bescheißen.“

Murat Demir schwieg dazu. Er wollte seinen Bruder nicht noch weiter demütigen. Er brauchte nicht zu wissen, wie viel ihm Süleyman Akbey preisgegeben hatte. Dass auch Okan Demir so dumm gewesen war, den Ucar-Clan aufs Kreuz legen zu wollen.

Die A7 Richtung Süden war wie immer dicht befahren, und Murat Demir machte Tempo, weil sie die A3 nach Frankfurt Zeit kosten würde.

„Sie könnten dir das als Fluchtversuch auslegen“, sagte er. „Vielleicht wartet die Polizei am Flughafen sogar schon auf dich.“

Okan Demir lächelte wieder.

„Ach nein“, erwiderte er. „Ich glaube, ich habe gestern genug Feuer entfacht, um von meinem Herd abzulenken.“

Sein Bruder sah ihn an und schüttelte verständnislos den Kopf.

„Sei dir nicht so sicher", warnte er. „Warum hast du ihnen eigentlich nur die halbe Wahrheit gesagt? Warum hast du ihnen verschwiegen, dass Dilek am Leben ist?"

„Weil ich es selbst noch nicht begreife, Murat", sagte Okan Demir. „Und weil mir das diese schreckliche Beamtin nicht geglaubt hätte. Sie hätte es für eine Finte gehalten. Die Behauptung, Hülya sei bei ihrem Großvater in Istanbul, ist eine schöne Bestätigung ihrer Theorie. Damit gibt sie sich zufrieden."

„Sie wird Bülent Bey über kurz oder lang kontaktieren."

„Ja, das wird sie tun. Ich kann es nicht verhindern."

„Du weißt, was dann passieren wird. Er wird rasen. Er wird Himmel und Hölle in Aufruhr versetzen."

„Dilek wird schon wissen, was dann zu tun ist."

„Wie hat sie es nur angestellt? Das mit Hülya?"

„Sie muss in Schweinfurt gewesen sein. Nur sie kann es geschafft haben, Hülya aus der Schule wegzuholen. Hülya hat immer geglaubt, dass ihre Mutter zurückkommt. Ich werde es bald wissen."

„Das Leben geht seltsame Wege", sagte Murat Demir. „Ausgerechnet an dem Tag, als ich Hülya entführen sollte. Was für eine Schnapsidee von dir."

„Es hätte geklappt, Murat, es hätte geklappt. Eine kurze Nachricht eines Entführers, eine fiese Drohung – und Bülent Bey hätte für das Leben seiner Enkeltochter jede Summe dieser Welt gezahlt. Ich wäre mit einem Schlag alle Sorgen los gewesen."

„Oder du hättest deinen vielen Dummheiten eine weitere hinzugefügt."

*

Die Redaktionskonferenz von Main-Radio an diesem Faschingsdienstag dauerte keine fünf Minuten. Olaf Röder war nicht anwesend. Veronika berichtete, er sei am frühen Morgen plötzlich sehr krank geworden und habe sich dauernd übergeben müssen. Niemand fragte, woher sie das wusste. Sören sprach überhaupt kein Wort, und Blacky hing so hartnäckig seinen Gedanken nach, dass Patricia jeden Versuch aufgab, irgendetwas zu besprechen.

„Ich regele alles weitere mit dem Nachmittagsmoderator", sagte sie resigniert, „und Sören berichtet wie geplant live vom Faschingszug. Das war's für heute. Helau."

„Komm, wir gehen", sagte Blacky zu Veronika. Sie trippelte neben ihm her wie ein kleines Reh. Patricia runzelte die Stirn über diese neue Entwicklung, verlor aber kein Wort darüber. Die beiden verließen gemeinsam und einträchtig den Sender.

Draußen wirbelten kleine Schneeflocken und spielten Winter. „Scheißwetter", meinte Veronika. „Da frieren wir uns ganz schön den Arsch ab."

Blacky, weiter in Gedanken und nicht zu entsprechenden Assoziationen aufgelegt, murmelte zerstreut: „Wir sind doch warm angezogen."

„Ja, jetzt. Aber nachher ... Ich bin bei der Garde, und der Zug dauert zwei oder drei Stunden."

Selbst diese Information rief in Blacky heute keine naheliegenden Bilder von kurzen Röckchen und so weiter wach, er befreite die Windschutzscheibe der Barchetta vom Schnee und ließ Veronika einsteigen.

„Cooles Auto", sagte sie. Er nickte nur und fuhr los.

*

Heute war Alexander Eisentraut früher als sonst zu seinem See mit dem grünen Wasser gegangen. Er hatte ab Mittag frei und wollte mit seiner Familie dann den Faschingszug anschauen. Jetzt suchte er hier noch für ein paar Minuten die Erinnerung. Die Erinnerung an ein früheres Leben. Er hatte es verlassen, weil ihm ein neues Leben erstrebenswerter vorgekommen war. Doch dieses neue Leben hatte sich als launisch und wechselhaft erwiesen.

Seine kleine Tochter hatte tückische Keime des alten Lebens mit nach Deutschland gebracht, und schließlich war großes Leid über die Familie gekommen. Aber unverhofft war ein Retter erschienen, und alles wurde gut. In seiner grenzenlosen Dankbarkeit hatte Alexander Eisentraut so viel versprochen, wie ein Mensch nur versprechen kann. Natürlich hatte er nicht geglaubt, es in dieser Unbedingtheit je einlösen zu müssen. Doch als es von ihm eingefordert wurde, verpflichteten ihn die Ehre und die Angst dazu, zu seinem Versprechen zu stehen. Das, was von ihm verlangt wurde, war so ungeheuerlich, dass er heftig mit sich ringen musste. Am Ende siegte der Gedanke, es sei die unerbittliche Logik seines Schicksals, Leben mit Leben erkaufen zu müssen. Eine Logik, der er nicht entrinnen konnte. Die Angst, die Krankheit könne zu seiner Tanja zurückkehren, wenn er dem Schicksal den Tribut nicht zahlte, ließ ihn schließlich einwilligen.

Nun verfolgten ihn schreckliche Bilder, und auch die friedliche Ruhe seines Sees konnte den Aufruhr seiner Seele nicht besänftigen.

Heute war die Erinnerung an früher besonders stark. Der Schnee ließ alle Konturen verschwimmen und legte über das Wasser, das Ufergras, die Bäume jene Melancholie, die ihm im anderen Leben so oft auf die Nerven gegangen war. Jetzt hätte er sich gerne darin verloren, aber er musste zurück in die Zukunft seines Schicksals.

Als er sich umdrehte, sah er verblüfft seine Nichte Veronika und einen fremden Mann auf sich zukommen.

„Hallo, Onkel Alexander“, sagte Veronika. „In der Spedition haben sie gemeint, du seist hier. Und einer hat uns den Schleichpfad gezeigt. Echt krass. Das hier ist mein Kollege Christian. Vom Radio, wo ich gerade mein Praktikum mache. Er wollte dich was fragen.“

Blacky schüttelte Alexander Eisentraut die Hand und konnte dabei das Misstrauen förmlich greifen. In seinem Blick lag die gleiche ablehnende Skepsis wie gestern bei seiner Schwester, der Taxifahrerin Rita Halbleib. Wahrscheinlich würde er ihm auch die gleiche Abfuhr erteilen.

„Ja, also, Veronika hat mir zufällig von der Krankheit Ihrer Tochter und der dramatischen Geschichte, wie sie geheilt wurde, erzählt. Na ja, und seltsamerweise hatte ich vor ein paar Tagen mit Herrn Wenning Kontakt. Lars Wenning. Sie kennen ihn ja.“

Veronika hatte ihn als Engel, als Wohltäter, als Menschenfreund gepriesen. Er hatte ein Vermögen für die Behandlung der kleinen Tanja in den USA ausgegeben. Einfach so. Bloß weil er über ein paar Umwege von der Krankheit des Mädchens und dem Leid der Familie erfahren hatte. Sie konnte ihn nicht genug rühmen.

„Und da dachte ich mir“, fuhr Blacky fort, „vielleicht könnten wir im Radio darüber berichten. Und das eventuell in der Fastenzeit mit einer Spendenaktion unserer Hörer verbinden. Veronika hat mir gesagt, ihre andere Cousine …“

„Kommen Sie mit“, unterbrach ihn Alexander Eisentraut. Er hielt mit einer Handbewegung Veronika auf Abstand und ging mit Blacky einige Schritte am Ufer des Sees entlang.

„Was wollen Sie von mir?“, fragte er dann halblaut.

„Genau genommen gar nichts“, sagte Blacky. „Ich wollte mir nur ein Bild verschaffen. Von Ihnen. Von dem Mann, der aus Dankbarkeit einem anderen Mann bei seinem Verbrechen behilflich war. Bei einem Mord.“

„Was reden Sie da?“, flüsterte Alexander Eisentraut.

„Wie viele Männer aus Ihrer Familie waren noch beteiligt? Ich glaube nicht, dass Lars Wenning und Sie es zu zweit bewerkstelligt haben.“

Alexander Eisentraut schwieg. Er sah über den See in die Ferne. Dort war nur ein undurchsichtiges Grau, aus dem die Schneeflocken kamen.

„Und natürlich Ihre Schwester“, sagte Blacky. „Die Taxifahrerin. Wissen Sie, was ich denke? Sie hat das mit dem Clown und der Entführung nur erfunden. Und Lars Wenning hat dafür versprochen, für ihre Tochter Ilonka zu sorgen. Das ist alles sehr tragisch.“

„Und was wird nun?“

„Das müssen Sie selbst entscheiden.“

„Man kann seinem Schicksal nicht entkommen“, sagte Alexander Eisentraut.

*

Sie hatten lange geschwiegen. Kurz vor dem Rhein-Main-Flughafen fragte Okan Demir:

„Hat dir Süleyman Bey gesagt, wie er herausgefunden hat, wo Dilek und Hülya sind?“

„Nein, er hat nur angedeutet, es sei für ihn nicht allzu

schwierig gewesen, Dilek habe nicht alle Spuren verwischen können. Du stehst tief in seiner Schuld."

„Er wird darauf zurückkommen und meine Dienste in Anspruch nehmen. Ich werde in Zukunft viele Fälle unentgeltlich vertreten müssen."

Murat Demir sagte seinem Bruder nicht, dass er es war, der den Hauptteil der Sühne zu leisten hatte.

Im Abflug-Terminal verabschiedeten sie sich voneinander.

„Wann sehen wir uns wieder?", fragte Murat.

„Ich weiß es nicht. Ich weiß nicht, was mich dort erwartet, und ich weiß nicht, was sein wird."

Okan Demir umarmte seinen Bruder und ging zum Schalter von Emirates, um für den Flug nach Dubai einzuchecken. Dort wartete Hülya auf ihn. Und Dilek. Auf seine Tochter freute er sich mit jeder Faser seines Herzens. Vor der Begegnung mit Dilek hatte er maßlose Angst.

*

In seinem Büro im Hochhaus an der Gunnar-Wester-Straße hatte Lars Wenning den Anruf entgegengenommen und war dann ans Fenster getreten, um lange hinauszuschauen. An den meisten Tagen konnte er von hier bis zum Steigerwald blicken, heute nahm der Schnee, der allmählich in einen graupeligen Regen überging, völlig die Sicht. Die Stadt versank unter einem grauen Schleier, der sich wie feuchte Spinnweben auch über die bunten Masken legte, die zum Faschingszug unterwegs waren.

Lars Wenning ging zurück zum Schreibtisch, schloss die unterste Schublade auf und holte eine matt glänzende Pistole heraus. Er steckte sie in die Innentasche des Jacketts, dann nahm er den Kamelhaarmantel vom Kleiderständer und verließ sein Büro. Im Vorzimmer blieb er kurz bei seiner Sekretärin stehen.

„Frau Wohlfahrt, ich mache für heute Schluss. Sie wollen dann ja sicher auch nach Hause. Ich wünsche Ihnen noch einen schönen Faschingsausklang. Und – was ich noch sagen wollte … Vielen Dank für Ihre Dienste und Ihre Bemühungen."

Er ging, ohne eine Antwort abzuwarten, rasch hinaus. Draußen überquerte er den Gang und fuhr mit dem Aufzug nach unten. Er nickte dem Pförtner zu, trat ins Freie und wandte sich nach links, Richtung Innenstadt. Bis zum Ladenschluss hatte er noch eine halbe Stunde Zeit.

*

Um Punkt dreizehn Uhr hatte sich der Schweinfurter Faschingszug, den die Zeitungen am nächsten Tag mit bewährter Kreativität alle nur wieder als „Gaudiwurm" bezeichnen würden, am Spitalseeplatz in Bewegung gesetzt. Am Straßenrand bibberten die Zuschauer, die Gardemädchen froren, die Elferräte und Honoratioren auf den Wägen tranken vorbeugend Glühwein und Schnaps, und die völlig resistenten Faschingsmuffel hatten sich *Viva Porcellino* zum Exil erkoren. Dort versicherten sie sich allseitig ihrer Abneigung gegen das närrische Treiben und bekämpften gelegentliche Anwandlungen von Heiterkeit mit Secco und Grappa.

Blacky saß mit seiner Tasse Cappuccino wieder im allerhintersten Winkel und grübelte. Er wusste nicht mehr, was er nun letzten Endes tun sollte oder tun musste. Alles passte zusammen, jedes Detail fügte sich zum anderen, er hatte keine Zweifel mehr an dem, was gewesen war. Es war aufregend, Detektiv zu spielen, aber jetzt stellte sich die Frage nach den Konsequenzen. Aus dem Spiel war Ernst geworden. Doch wie ernst sollte er das Spiel nun nehmen?

Natürlich war es das Einfachste, Kerstin Weiß anzurufen, ihr alles haarklein auseinanderzusetzen und den Dingen und der Gerechtigkeit ihren Lauf zu lassen. Aber war das nicht der Punkt? Die Frage nach der Gerechtigkeit? Welche Gerechtigkeit war es, die heute siegen sollte?

Solange er Lars Wenning verdächtigt hatte, ein kleines Mädchen entführt zu haben, war die Antwort auf diese Frage eindeutig und klar gewesen. Das war sie nun nicht mehr. Eigentlich gab es gar keine Antwort. Es gab nur noch Fragezeichen. Und jedes Fragezeichen stand für das Leben und das Schicksal eines Menschen. Jedes Fragezeichen hatte einen Namen: Hubert, Sophie, Lars, Tanja, Alexander, Rita, Ilonka …

Joe, der Barista, näherte sich scheu Blackys Tisch.

„Geht es dir gut, alter Freund?"

„Nein", sagte Blacky. „Nein. Überhaupt nicht."

Der Barista, der die Empfindlichkeiten, Macken und Grenzen seiner Gäste kannte wie kein Zweiter, zog sich still wieder zurück.

Blacky grübelte weiter. Dann fasste er einen Entschluss. Er wollte Lars Wenning zur Rede stellen. So wie er Alexander Eisentraut mit seinem Wissen konfrontiert hatte, würde er auch Lars Wenning damit konfrontieren. Und dann würde er ihn sich selbst überlassen. Wenn es eine Gerechtigkeit gab, musste sie sich selbst ihren Weg suchen.

*

Er musste improvisieren, und das verabscheute er. Andererseits begünstigten der Trubel und das Gewühl in der Innenstadt alles, was er vorhatte. Die Narren waren los, und auch das Ungewöhnliche würde völlig gewöhnlich sein. Den Kamelhaarmantel hatte er im Kofferraum verstaut. Mit der grünen Uniformjacke, der albernen Polizeimütze und dem Gummiknüppel aus Plastik, die er in letzter Minute bei den Faschingsartikeln im Kaufhof gefunden hatte, war er der Umgebung perfekt angepasst. Noch trieb er sich auf dem Marktplatz herum, weil in dem Durcheinander hier die Gefahr am geringsten war, einem Bekannten über den Weg zu laufen. In der Nähe von *Viva Porcellino* zu warten, wäre für ihn als Stammgast zu heikel gewesen. In den Lärm des nahenden Faschingszuges hinein klingelte das Handy. Jetzt musste er handeln.

*

Blacky verließ *Viva Porcellino* unzufrieden und unschlüssig. Er hatte wieder die müde Stimme von Frau Wenning am Telefon gehabt. Sie hatte geflüstert, ihr Mann sei noch in der Firma. Dann hatte sie ihm die Durchwahl zu seiner Sekretärin gegeben. Von ihr erhielt er die Auskunft, Herr Wenning sei bereits gegangen. Nun, dann sollte es eben so sein. Er beschloss, nach Hause zu gehen, eine Stunde zu schlafen und sich dann auf seinen abendlichen Auftritt vorzubereiten.

Auf Höhe der Metzgergasse kam ihm ein Polizist entgegen, der spielerisch einen Gummiknüppel hin und her schwang. Erst war er irritiert, weil nichts stimmte, dann erkannte er, dass es lediglich eine Verkleidung war, ein Kostüm. Und dann sah er das Gesicht und eine halbe Sekunde später die Pistole, die der falsche Polizist auf ihn gerichtet hatte.

Die Stimme klang kühl und kultiviert wie immer.

„Herr Schwarz, Sie nehmen jetzt bitte die Hände nach oben und drehen sich um", sagte Lars Wenning. „Die Pistole ist echt, und ich würde es an Ihrer Stelle nicht darauf ankommen lassen."

Es war die Szene, die er tausendmal gesehen hatte. Kein Krimi und Western ohne „Hände hoch!". Blacky war überrascht, wie schwer es fiel, diese einfache Bewegung auszuführen. Weil man nicht glauben wollte, es tun zu müssen, und weil man sich lächerlich dabei vorkam. Dann tat er es und war sich gleichzeitig sicher, dass die Menschen um ihn herum gleich anfangen würden zu kreischen. Doch keiner nahm Notiz davon, und er begriff die Perfidie von Lars Wennings Vorhaben.

„Gehen Sie jetzt weiter!"

Er ging und spürte den Lauf der Pistole in seinem Rücken. So fühlte sich das also an. Niemand reagierte. Wem es überhaupt auffiel, hielt es für einen Scherz, eine Inszenierung. Er fragte sich, wie es enden würde, und als er vor sich in der Brückenstraße den metallicblauen Jaguar auftauchen sah, wusste er die Antwort.

Lars Wenning saß neben Blacky auf dem Rücksitz und hielt die ganze Zeit die Pistole auf ihn gerichtet. Auch das war eine sehr vertraute Szene. Und es gab ganz unterschiedliche Lösungsmöglichkeiten dafür. Das Problem war nur, dass ihm im Moment keine davon einfiel.

Alexander Eisentraut am Steuer jagte den Jaguar auf der B286 Richtung Gerolzhofen. Das Ziel war klar, und das war schlecht. Denn waren sie erst einmal in Wennings Landhaus, gab es kein Entrinnen mehr. Dann war er den beiden Männern hilflos ausgeliefert. Eine Lösungsmöglichkeit fiel ihm jetzt wieder ein. Man öffnete die Tür und sprang einfach hinaus. Blacky verwarf diese Möglichkeit im Augenblick. Eine andere war: Man veranstaltete im Wagen ein solches Tohuwabohu, dass der Fahrer die Kontrolle über das Fahrzeug verlor, der Wagen ins Schleudern geriet, von der Fahrbahn abkam, sich überschlug und auf dem Dach liegenblieb. Blacky verwarf auch diese Möglichkeit als zu gefährlich.

Schließlich entsann er sich des Hilfsmittels der Kommunikation. Reden konnte nützlich sein. Also lächelte er Lars Wenning an und sagte: „Können wir nicht miteinander reden?"

„Halten Sie den Mund!", sagte Lars Wenning grob. Blacky hatte ihn freundlicher in Erinnerung. Also schwieg er und dachte über seine Dummheit und Naivität nach. Jetzt wusste er, wie ernst er das Spiel zu nehmen hatte.

Als sie Handthal erreicht hatten und durch das Dorf fuhren, versuchte Blacky die Überraschungsvariante mit der Autotür. Sie war verriegelt. Lars Wenning schüttelte nur den Kopf.

„Lassen Sie doch den Quatsch. Wir sind gleich da."

Das war ja das Blöde. Sie bogen auf das Grundstück ein. Blacky sah das Haus nun zum ersten Mal bei Tageslicht. Das Garagentor öffnete sich, Alexander Eisentraut bugsierte den Jaguar in die große Garage, das Tor wurde geschlossen. Jetzt saß er in der Falle.

Es gab einen direkten Durchgang zum Haus, den er vor zwei Tagen nicht gefunden hatte. Lars Wenning bedeutete ihm schweigend, die Treppe zum ersten Stock hinaufzugehen. Dann die Treppe zum Dachgeschoss. Die Tür oben stand einen Spalt weit offen. So, wie er sie zurückgelassen hatte.

„Hier war jemand“, sagte Lars Wenning zu Alexander Eisentraut. „Sehen Sie sich im Haus um.“

Blacky sah eine kleine Chance darin, dass er nun mit Wenning allein war. Doch der richtete nach wie vor die Pistole auf ihn. Sie betraten das Zimmer. Es war auch jetzt dunkel, weil das Dachfenster verhängt war. Lars Wenning schaltete das schummrige, indirekte Licht ein.

„Setzen Sie sich in den Sessel“, sagte er.

Blacky gehorchte. Wenning schloss die Tür des Zimmers.

„Ich möchte, dass Sie es verstehen“, sagte er.

„Ich verstehe es schon“, antwortete Blacky.

„Wirklich? Haben Sie Kinder? Ein Kind? Nein? Dann fehlt Ihnen schon einmal eine wesentliche Voraussetzung. Aber schauen Sie sich um. Und hören Sie!“

Er schaltete die Musikanlage ein. Aus den Boxen kamen die todtraurigen Klänge Gustav Mahlers. Eine Männerstimme begann zu singen.

Nun will die Sonn' so hell aufgehn,
Als sei kein Unglück die Nacht geschehn.
Das Unglück geschah nur mir allein …

„Gustav Mahler hat den Schmerz Friedrich Rückerts erst später am eigenen Leib verspüren müssen. Trotzdem hat er mit dieser Musik alles vorgeahnt. Ich habe den Schmerz schon gekannt und diese Worte erst später lesen müssen, diese Musik erst später hören können. Hören Sie zu!“

Oft denk ich, sie sind nur ausgegangen!
Bald werden sie wieder nach Hause gelangen!
Der Tag ist schön! O sei nicht bang …

Lars Wenning drehte die Musik immer lauter, bis zur Unerträglichkeit. Er hielt die Pistole in der Hand. Blacky befürchtete das Schlimmste.

Abrupt schaltete er die Musikanlage aus. Der Klang hing noch einen Sekundenbruchteil im Zimmer. Er zeigte auf die Bilder ringsum.

„Sie war fünf Jahre alt. Sie ist auf die Straße gelaufen. Er sagte, er hätte sie nicht gesehen. Er war besoffen. Das Schwein war besoffen. Und er ist einfach weitergefahren. Er hat sich nicht um sie gekümmert. Er hat meine kleine Sophie totgefahren."

Dieser Mann war nicht mehr der Lars Wenning, den Blacky kennengelernt hatte. Er hatte sich verwandelt. In irgendeinen beliebigen Menschen, dem Leid widerfahren war. Ein Vater. Eine Mutter. Dann kehrte er zurück zu sich und sagte mit schneidender Stimme: „Auge um Auge. Zahn um Zahn."

„Ja", sagte Blacky. „So steht es wohl geschrieben."

„Halten Sie den Mund! Ich weiß, was Sie sagen wollen. Aber das gilt nicht mehr für mich. Nicht mehr. An dem Tag, an dem Sophie gestorben ist, bin auch ich gestorben. ‚Ich bin der Welt abhandengekommen'. Ein Gedicht von Friedrich Rückert. Was für eine Schande, dass dieses Schwein in der Stadt gewohnt hat, in der ein Genie wie Rückert geboren wurde."

„Sie sind wegen ihm hierhergezogen?"

„Wegen Rudloff? O ja. Ich wollte ihm nahe sein. Ich wollte ihm jeden Tag seines Lebens vergällen. Er sollte langsam sterben."

„Das verstehe ich nicht."

„Nicht?" Lars Wenning lachte kurz auf. „Sie haben sie doch kennengelernt."

„Wen?“

„Melanie. Wissen Sie, was es für diesen Mann bedeutet hat, dass ihm seine Frau nicht mehr gehört? Dass seine Frau einem anderen verfallen ist? Es war die Hölle für ihn.“

„Er hat es gewusst?“

„Natürlich. Am Tag des Prozesses habe ich ihm gesagt: Heute hast du deine irdische Strafe erhalten. Aber sie reicht nicht aus. Ich werde dich peinigen bis an dein Lebensende, und für dieses Ende werde auch ich eines Tages sorgen. Lebe mit dieser Gewissheit! Ich habe ihn ganz allmählich wirtschaftlich ruiniert. Ich habe ihm die Frau genommen. Und heute ist der siebte Tag, dass ich ihn zermalmt habe.“

„Und Melanie Rudloff hat das alles mitgemacht?“

„Sie hatte keine Ahnung von dem, was zwischen uns Männern war. Sie ging auf in der Illusion von der großen Liebe ihres Lebens.“

„Sie haben auch die Liebe Melanie Rudloffs nur für Ihre Rache benutzt?“, fragte Blacky. „Mein Gott. Was sind Sie für ein Mensch?“

„Hören Sie mit Gott auf. Den habe ich zum Zuschauer degradiert. Was ich für ein Mensch bin? Einer, der längst tot ist. Das habe ich Ihnen doch schon gesagt.“

„Wo haben Sie Hubert Rudloff getötet?“

„Sie wollen jetzt aber auch alles wissen, stimmt's? Was geht Sie das eigentlich an? Warum haben Sie sich eingemischt?“

„Ich weiß es auch nicht“, sagte Blacky. „Ich habe Sie mit einem kleinen Mädchen gesehen. Damit hat es angefangen.“

„Ja, die Kleine. Ich war in Sorge um sie. Sie war so allein auf dieser Straße. Es hätte ihr etwas passieren können. Doch sie wollte zu ihrer Mutter.“

„Und Sie waren auf dem Weg in die Spedition. Zu Alexander Eisentraut."

„Er hatte mir alles versprochen. Ich habe ihn gebraucht. Ihn und noch drei Männer. Wir haben Rudloff vor seinem Büro entführt. Dann haben wir ihn hierhergebracht. Er saß in diesem Sessel, in dem Sie jetzt sitzen. Ich habe ihn mit den ‚Kindertotenliedern' bekannt gemacht. Komisch, er hat immer gewusst, dass ich ihn umbringen werde. Und trotzdem war es ihm nicht recht."

Blackys Einsicht in das, was Wahnsinn bedeutet, wuchs beängstigend von Minute zu Minute. Er kalkulierte seine Chancen. Lars Wenning hielt immer noch die Pistole in der Hand.

„Hier in der Nähe ist ein Steinbruch. In einem abgeschiedenen Talkessel. Dort habe ich ihn gejagt. Er rannte um sein Leben. Nackt, wie er war, rannte er um sein nacktes Leben. Er sollte nur noch Kreatur sein. Erbärmliche Kreatur. Ein nacktes Schwein. Dann habe ich ihn überfahren. So wie er meine Sophie überfahren hat. Aber ich habe ihn nicht liegengelassen. Ich habe ihn aufgebahrt. Alle sollten ihn sehen. Der lächerliche Prinz Karneval. Der armselige Hubert Rudloff."

„Und als Vorbereitung darauf haben Sie Friedrich Rückert schon in der Nacht zuvor eine Narrenkappe aufgesetzt?"

Lars Wenning lachte wieder auf.

„Nein. Das war ich nicht. Ein dummer Streich. Ein merkwürdiger Zufall."

„Ich habe einen Freund", sagte Blacky, „der schreibt Kriminalromane. Aber wenn ich ihm das alles erzähle, glaubt er es mir nicht."

„Gehen Sie. Erzählen Sie es ihm. Er soll es aufschreiben. Mir ist es recht."

„Soll das heißen, dass Sie mich gehen lassen?"

Blacky spürte zum ersten Mal in seinem Leben ganz existentiell, wie es war, wenn einem der große Stein vom Herzen fiel.

Lars Wenning schien ehrlich verwundert zu sein.

„Ja, natürlich. Was dachten Sie denn?"

„Na ja, ich weiß nicht ... Die Pistole."

„Herr Schwarz, ich wollte, dass Sie verstehen. Mehr nicht."

„Dazu hätte es aber keine Waffe gebraucht."

„Vielleicht ja doch. Denn Sie hatten Angst. Todesangst, nicht wahr? Deshalb haben Sie mir anders zugehört. Und mehr verstanden. Hätten wir über all das einfach so reden können?"

„Warum wollten Sie überhaupt mit mir reden?"

„Bei uns im Rheinland gab es früher den Brauch der Fastnachtsbeichte. Morgen ist Aschermittwoch. Vielleicht war es das. Wie sollen wir denn heute noch unser Gewissen erleichtern?"

„Gehen Sie zur Polizei. Dort wird man Ihnen gerne zuhören."

„Werden Sie das nicht für mich erledigen?"

„Nein", sagte Blacky. „Ich glaube, das ist nicht meine Aufgabe."

„Schade", sagte Lars Wenning. „Ich hoffte, Sie würden mich von einer schweren Pflicht erlösen."

Er verließ das Zimmer, ohne sich noch einmal umzudrehen. Als er die Treppe hinunterging, hörte er wieder die Musik

Gustav Mahlers. Erst leise, dann schwoll sie an zur vollen Lautstärke. Sie hallte durch das ganze Haus und übertönte jedes andere Geräusch.

Im unteren Flur stand Alexander Eisentraut. Blacky nickte ihm zu und ging hinaus. Es begann zu dämmern, der Schneeregen hatte aufgehört. Er überquerte die Brücke und zog das Handy aus der Tasche. Es gab kein Funknetz. Er betrat die *Steigerwaldstube* und bat den Wirt, ihm ein Taxi zu rufen.

Es wurde die teuerste Taxifahrt seines Lebens. Aber er musste nach Schweinfurt. Er wollte seinen ersten Auftritt nicht verpassen.

*

Sehr zum Ärger von Kriminalhauptkommissar Wolfram Bayer klingelte während der Schlachtschüssel, kurz bevor die eigentlichen Köstlichkeiten wie Kopffleisch und Innereien aufgetragen wurden, das Diensthandy. Er meldete sich leise, hörte erstaunt zu und verließ wenig später zusammen mit dem Chef der Schweinfurter Polizei und dem Leitenden Oberstaatsanwalt Dr. Wurzer unauffällig die verschwiegenen Räume der längst nicht mehr bestehenden Brauerei. Draußen warteten bereits mehrere Dienstwagen, und eine ganze Kolonne von Polizeifahrzeugen verließ Schweinfurt am frühen Abend Richtung Handthal im Steigerwald.

*

Am späten Abend kurz vor Mitternacht verbeugte sich Blacky vor seinem Publikum und dankte für den freundlichen Applaus. Erst fürchterlich aufgeregt, dann immer ruhiger und abgeklärter hatte er seine Balladen vorgetragen. Es waren Menschen da, die er kannte, und auch viele ihm fremde. Nur Kerstin Weiß war nicht gekommen. Er sah in den Gesichtern, dass er den richtigen Ton für diesen Abend traf und manchmal ihre Herzen berührte. Das machte ihm Mut, und er wurde unbeschwerter und freier in der Stimme. Als endlich bei einem Song die ersten den Refrain leise mitzusingen begannen, spürte er, dass er gewonnen hatte.

Dann kündigte er seine Zugabe an.

„Ein Aschermittwoch-Blues. Geschrieben zu einer Zeit, als ich noch nicht wusste, was dieser Tag für mich bringen würde. Was für Gedanken mir an diesem Abend durch den Kopf gehen. Und in welcher Stimmung ich diesmal am Ende des Faschings bin."

Ain't got nothing I can choose
Really nothing but the blues ...

Während er sang, war er weit weg und ganz bei sich. Leben und Leid. Tod und Trauer. Liebe und Lüge. Es waren keine närrischen Tage gewesen, und er fühlte, dass es Zeit für den Aschermittwoch war.

Blacky setzte den letzten Akkord, legte die Gitarre beiseite, ging zu einem Fenster des Saales und öffnete es. Die Glocken der Schweinfurter Kirchen schlugen Mitternacht.

„Il carnevale se n'è andato", sagte er, wie es in Venedig Brauch war. „Der Karneval ist vorbei."

Draußen kam ihm auf der Treppe Kerstin Weiß entgegen, abgehetzt und noch in Uniform.

„Ich bin zu spät", sagte sie.

Er nickte nur.

„Irgendwie klappt das gerade nicht so toll mit uns beiden."

Sie sah ihm sehr ernst ins Gesicht.

„Du musst noch mitkommen", sagte sie. „Auf die Dienststelle. Sie wollten dich schon früher holen, aber ich konnte es rauszögern. Ich wollte deinen Auftritt retten."

„Bin ich jetzt verhaftet? Das wäre doch ein guter Abschluss dieses Tages. Entführt hat man mich übrigens auch schon."

„Das weiß ich alles. Nein, du bist nicht verhaftet. Aber wir brauchen dich als Zeugen. Lars Wenning ist tot. Er hat sich in seinem Haus im Steigerwald erschossen."

Blacky gab mitten in der Nacht Kriminalhauptkommissar Wolfram Bayer seine umfangreiche Aussage zu Protokoll. Dabei behielt er durchaus einiges für sich, von dem er der Meinung war, die Polizei müsse das selbst herausfinden. Als er endlich gehen konnte, war es fast schon Morgen. An Schlaf brauchte er nicht mehr zu denken. Er lehnte das Angebot ab, nach Hause gefahren zu werden. Von der Mainberger Straße ging er zu Fuß über den Oberen Marienbach Richtung Innenstadt, dann durch die Rückertstraße am Geburtshaus des Dichters vorbei. Auf dem Marktplatz blieb er vor dem Denkmal stehen. Friedrich Rückert schien auch an diesem Morgen tief in Gedanken versunken.

Blacky war aufgewühlt und völlig durcheinander. Der Leiter der Mordkommission hatte ihm unmissverständlich klargemacht, dass es seine Pflicht gewesen wäre, sein Wissen der Polizei unverzüglich mitzuteilen.

„Auf eigene Faust Detektiv spielen, das geht nicht! Wir sind dazu da, der Gerechtigkeit zum Sieg zu verhelfen."

Blacky hatte nichts darauf geantwortet.

Welche Gerechtigkeit war es eigentlich, die immer siegen sollte?

Aschermittwoch

Auch an diesem Tag weckte Blacky, der *Morning Man* von Main-Radio, zu gewohnt früher Stunde Schweinfurt auf. Seiner Stimme war nichts anzuhören von dem, was er am vorigen Tag und in der vergangenen Nacht erlebt hatte. Auch dass er keine Sekunde Schlaf gefunden hatte, ließ er sich nicht anmerken.

Schon gegen halb sieben berichtete die Pressesprecherin der Schweinfurter Polizei, Polizeioberkommissarin Kerstin Weiß, in einem kurzen Telefoninterview davon, dass sich im Mordfall Hubert Rudloff neue Erkenntnisse ergeben hätten. „Die Ermittlungen dauern noch an", sagte sie und versprach für den weiteren Verlauf des Tages nähere Informationen. Den Selbstmord eines Schweinfurter Industriemanagers in dem Steigerwalddorf Handthal erwähnte sie nicht.

Ungewöhnlich früh, nämlich um neun Uhr, hielt der Leiter der Mordkommission, Kriminalhauptkommissar Wolfram Bayer, eine kurzfristig anberaumte Pressekonferenz ab. Vorher hatte er sich bei Oberkommissarin Kerstin Weiß versichert, dass der Radiojournalist Christian Schwarz wegen anderweitiger dienstlicher Verpflichtung zu dieser Zeit nicht an der Pressekonferenz teilnehmen konnte. Es waren nur wenige Pressevertreter erschienen. Ihnen wurde von Wolfram Bayer in einigen dürren Sätzen mitgeteilt, dass es seiner Abteilung überraschend schnell gelungen sei, den Mord an dem Immobilienunternehmer Hubert Rudloff aufzuklären. Es sei die Tat eines vermutlich geistesgestörten Einzeltäters gewesen, der als Lars W. bezeichnet wurde. Das Motiv sei mit hoher Wahrscheinlichkeit im persönlichen Bereich zu suchen. Weitere Ermittlungen seien nicht nötig, da der Täter sich selbst gerichtet habe.

Im Anschluss an die Ausführungen des Hauptkommissars gab die Pressesprecherin der Polizeiinspektion, Kerstin Weiß, im Namen des Chefs der Schweinfurter Polizei und des Leitenden Oberstaatsanwaltes eine Erklärung ab. Darin ließen beide Gerüchte dementieren, näher mit dem Industriemanager Lars W. bekannt oder gar mit ihm befreundet gewesen zu sein. Weitere Fragen der Presse dazu wurden nicht zugelassen.

Auf die Bitte des Vertreters einer alteingesessenen Schweinfurter Tageszeitung äußerte sich Kriminalhauptkommissar Wolfram Bayer anschließend noch zum Ermittlungsstand im Fall der ermordeten Laura Gabrieli. Er deutete an, dass erste Ergebnisse erzielt worden seien, der große Durchbruch aber leider noch nicht in Sicht war. Das Tatgeschehen liege schon über zwei Jahre zurück, und es werde einige Zeit in Anspruch nehmen, die neuen Spuren auszuwerten.

Die Sonderkommission „Hülya" war bereits am Vortag aufgelöst worden; Kriminalkommissarin Marion Werner verbrachte den Tag damit, einen umfassenden Abschlussbericht zu schreiben. Darin stellte sie heraus, dass ihr Anfangsverdacht, der Großvater des Mädchens sei an dieser Angelegenheit beteiligt, sich voll und ganz bestätigt habe.

*

Murat Demir war schon am Faschingsdienstag nach Schweinfurt zurückgekehrt. Am Aschermittwoch, der für ihn als Muslim keine Bedeutung besaß, machte er unter anderem eine Reihe von künstlerisch anspruchsvollen Aktaufnahmen, die er an ein einschlägiges Magazin verkaufen wollte. Dann begab er sich wieder zu Süleyman Akbey, um mit ihm Einzelheiten des Dienstes, den er als Sühne zu leisten hatte, durchzusprechen. Die Familie Akbey war daran interessiert, nähere Informationen über interne Abläufe und Ermittlungen der Schweinfurter Polizei und der Justizbehörden zu erhalten. Derartige Kenntnisse würden seiner Arbeit als islamischer Friedensrichter förderlich sein, meinte Süleyman Akbey, und damit allen Muslimen der Stadt zugutekommen. Murat Demir sei wegen seiner Intelligenz, seiner Weltgewandtheit und seines Charmes bestens geeignet, nützliche Kontakte herzustellen und auszuwerten. Der Fotograf hatte sich seit dem ersten Gespräch mit Süleyman Bey bereits Gedanken über Anfangsschritte in diese Richtung gemacht. Er hielt es für eine reelle Möglichkeit, mit der Pressesprecherin der Schweinfurter Polizei, einer Polizeioberkommissarin Kerstin Weiß, in nähere Verbindung zu treten.

Sein Bruder Okan Demir war bereits den zweiten Tag in Dubai. Er hatte Hülya wohlbehalten in seine Arme schließen können und wusste nun, dass dennoch nichts mehr so sein würde, wie es einmal war.

*

Die Redaktionskonferenz von Main-Radio Schweinfurt um zehn Uhr fand wieder ohne Olaf Röder statt. Er würde wie gewohnt eine Stunde später erscheinen und alle Beschlüsse der Konferenz über den Haufen werfen. Blacky balancierte wie immer eine Tasse Darjeeling in den Konferenzraum, wo Patricia bereits ungeduldig vor ihrem Laptop saß. Veronika wirkte sehr bedrückt und würdigte Blacky keines Blickes. Sören dagegen war bester Stimmung und verkündete als Höhepunkt der Konferenz, dass er sein Praktikum in Schweinfurt auf jeden Fall verlängern werde.

Die Pressesprecherin der Schweinfurter Polizei, Kerstin Weiß, saß zur selben Zeit in ihrem Büro und versuchte sich einen Reim auf einige Dinge zu machen, die sie immer noch nicht verstand. Schließlich entschloss sie sich, im Lauf des Tages auf jeden Fall Blacky anzurufen und ihn zu fragen, ob er am späten Nachmittag Lust auf einen Kaffee hatte. Bei der Gelegenheit würde sie ihm vielleicht vorschlagen, seinen ersten Auftritt, den sie verpasst hatte, an einem Abend bei ihr zu Hause zu wiederholen. Sie konnte sich gut vorstellen, dass seine melancholischen Balladen in ihrer Wohnung durchaus zur Geltung kommen würden. Eventuell würde sie vorher noch bei dem Fotografen Murat Demir vorbeischauen, von dem ihre Kollegin Marion Werner so verächtlich gesprochen hatte – unverbindlich natürlich, nur um zu fragen, was es kostete, ein paar schöne Aufnahmen von ihr zu machen. Sie konnte sich nämlich auch gut vorstellen, dass solche netten Fotos an einer Wand bei ihr zuhause Eindruck auf Blacky machen würden.

Melanie Rudloff, die erst auf Umwegen vom Tod Lars Wennings erfuhr, erlitt am späten Vormittag einen Nervenzusammenbruch. Allein die Vorstellung, in den nächsten Tagen an zwei Beerdigungen teilnehmen zu müssen, war zu viel für sie. Den vielen anderen Fragen, die sich wie böse Kobolde vor ihr aufbauten, konnte sie sich überhaupt nicht stellen. So flüchtete sie sich in einen Zustand, der im Lauf des Tages in dermaßen heftige psychotische Symptome überging, dass der von ihr konsultierte Arzt keine andere Möglichkeit sah, als sie vorerst in das Krankenhaus für Psychiatrie Schloss Werneck einzuweisen.

*

Nach Abschluss der Redaktionskonferenz nahm Blacky an diesem Tag seine gewohnte Ritualroutine wieder auf. Er fuhr mit der Barchetta zuerst zu McDonald's und bestellte sich angesichts des Umstandes, dass heute Aschermittwoch und damit Beginn der Fastenzeit war, lediglich einen Salat. Hungrig fuhr er dann zum Media Markt und beschloss, für diesen Abend auf sehr leichte Unterhaltung zu setzen. Obwohl ihm auch eine luxuriöse DVD-Edition der alten Sherlock-Holmes-Fernsehserie mit Peter Cushing und Nigel Stock ins Auge stach, entschied er sich in einem Anfall von kindlicher Nostalgie doch für *Jim Knopf und Lukas den Lokomotivführer* aus der Augsburger Puppenkiste. Er fand, Abwechslung tat not.

Dann unternahm er einen Spaziergang durch Schweinfurts Altstadt. Der Schnee des Vortages war restlos geschmolzen, und es machte sich eine leichte Frühlingsbrise bemerkbar. Er schaute kurz ins Antiquariat in der Judengasse, um Luc Hallo zu sagen. Der zeigte ihm eine alte Prachtausgabe mit Gedichten von Friedrich Rückert; doch Blacky lehnte dankend ab. Im *Viva Porcellino* waren auch heute alle da, die immer da waren. Eine ehemalige Oberbürgermeisterin diskutierte mit dem Theaterleiter über absurdes Theater und dessen Anspruch, die Sinnlosigkeit der menschlichen Existenz darzustellen. Als Joe, der Barista, ihm den Cappuccino brachte und gerade zu einer längeren

Betrachtung über die jüngsten Ereignisse in Schweinfurt ansetzen wollte, piepste Blackys Handy. Eine SMS von Lothar aus Irland.

Bitte nicht mehr stören. Habe alten Krimi verworfen und neuen begonnen. Sehr vielversprechend. Wird eine ganze Serie werden. Tatort immer Schweinfurt. Fortsetzung folgt.

*

Als *Kindertodtenlieder* bezeichnete der Dichter Friedrich Rückert (geboren 1788 in Schweinfurt, gestorben 1866) die 428 Gedichte, die er unter dem Eindruck des Todes seiner Kinder Luise und Ernst schrieb. Alle seine sechs Kinder waren im Dezember 1833 an Scharlach erkrankt. Am 31. Dezember 1833 starb Rückerts jüngstes Kind und einzige Tochter Luise (*25. Juni 1830), am 16. Januar 1834 starb Rückerts Sohn Ernst (*4. Januar 1829); die übrigen Kinder erholten sich von der Krankheit.

Die Gedichte sind „keine Verzweiflungsausbrüche, sondern Seufzer, in denen nach dem Sinn des Schicksals gefragt wird", schreibt Wikipedia. Der Historiker und Schriftsteller Hans Wollschläger nannte die Kindertodtenlieder „die größte Totenklage der Weltliteratur".

Bekanntheit erlangten die Gedichte durch die Vertonung Gustav Mahlers, der in den Jahren 1901 bis 1904 einen Liederzyklus komponierte. Der Komponist, der elf Geschwister hatte, von denen sechs im Kinderalter gestorben waren, wählte fünf Texte aus der Gedichtsammlung zur Vertonung aus. Die Uraufführung fand am 29. Januar 1905 in Wien statt. 1907 starb Mahlers Tochter Maria-Anna an Scharlach-Diphtherie.

Quelle: Wikipedia

Schweinfurter Kriminalromane

Band 1: **Kindertotenlieder** – *Blacky tritt auf*
Broschur · ISBN 978-3-947846-01-6

Band 2: **Karfreitagszauber** – *Blacky macht weiter*
Broschur · ISBN 978-3-947846-02-3

Band 3: **Walpurgisnacht** – *Blacky klärt auf*
Broschur · ISBN 978-3-947846-03-0

Band 4: **Sommernachtstraum** – *Blacky spielt mit*
Broschur · ISBN 978-3-947846-04-7

Band 5: **Totengräberspuk** – *Blacky sieht Gespenster*
Broschur · ISBN 978-3-947846-05-4

Band 6: **Herbstzeitlosen** – *Blacky blickt durch*
Broschur · ISBN 978-3-947846-06-1

Band 7: **Schlachtschüsselblut** – *Blacky wird verfolgt*
Broschur · ISBN 978-3-947846-07-8

Band 8: **Glühweingift** – *Blacky und die Vergangenheit*
Broschur · ISBN 978-3-947846-08-5

Band 9: **Rauhnachtgrauen** – *Blacky in der Unterwelt*
Broschur · ISBN 978-3-947846-09-2

Lothar Reichel
Kindertotenlieder

Gestaltet von Peter Hellmund
Titelbild fotografiert von Tobias Klose
Hergestellt von BoD – Books on Demand, Norderstedt

Auflage 2023
ISBN 978-3-947846-01-6

www.buchverlag-reichel.de